公众人文素养读本 | 总主编 奚爱国

钟怡阳◎编著

流传千年的埃及神话故事

古埃及众神的神秘传说
从故事里深入埃及文化内涵

南京大学出版社

图书在版编目(CIP)数据

流传千年的埃及神话故事 / 钟怡阳编著.—南京：南京大学出版社,2013.3(2021.8重印)
(公众人文素养读本/奚爱国总主编)
ISBN 978-7-305-10942-3

Ⅰ.①流… Ⅱ.①钟… Ⅲ.①神话-作品集-埃及-古代 Ⅳ.①I411.73

中国版本图书馆 CIP 数据核字(2012)第 308933 号

本书经上海青山文化传播有限公司授权独家出版中文简体字版

出版发行	南京大学出版社
社　　址	南京市汉口路22号　　邮　编 210093
网　　址	http://www.NjupCo.com
出 版 人	金鑫荣
丛 书 名	公众人文素养读本
总 主 编	奚爱国
书　　名	**流传千年的埃及神话故事**
编　　著	钟怡阳
责任编辑	张婧妤　刘雪莹
照　　排	南京紫藤制版印务中心
印　　刷	常州市武进第三印刷有限公司
开　　本	787×960　1/16　印张 14.5　字数 260 千
版　　次	2013年3月第1版　2021年8月第4次印刷
ISBN	978-7-305-10942-3
定　　价	40.00元

发行热线　025-83594756　83686452
电子邮箱　Press@NjupCo.com
　　　　　Sales@NjupCo.com(市场部)

＊ 版权所有,侵权必究
＊ 凡购买南大版图书,如有印装质量问题,请与所购
　 图书销售部门联系调换

序言：爱我，就带我去埃及

在非洲的东北部，在地中海的南边，在红海的西边，在尼罗河的岸边，有一个古老而迷人的国度，它的领土约有一百万平方公里，在这广袤的土地上住有7860万国民，他们信奉伊斯兰教，他们相信在天空之上有个万能的太阳神叫做拉哈拉克提，他们把尼罗河视为母亲河——他们就是埃及人，这片魅力的土地就是埃及。

埃及人拥有四千多年的古埃及文明历史，而本书基于埃及历史，整理编辑古埃及神话共66篇，分为上下两部——神界和人界。神界又分为四章，人界也分为四章。

在"世界是这样形成的"一章中，你将看到古埃及人最信任的万能众神之首是如何诞生和统治世界的，你也会看到人神同居的大同景象，你还会看到高贵的女神也嗜血，不仅杀掉很多人类，还净饮他们的鲜血；而在世界形成之初，曾经有过一次劫难，你知道是什么原因吗？本章都会为你一一解答。

在古埃及神话中，天堂不叫天堂，而是赫里尤布里斯城，它是由拉神建造的。在赫里尤布里斯城里，有位漂亮的女神，她容貌倾城，性格温柔，而且武力高强，她堪称完美，但她却使尼罗河河水上涨过一次，淹没了尼罗河沿岸的村庄和土地，想知道是为什么吗？那就关注第二章"完美女神"吧！和完美女神伊西斯一起，体验她的爱情、她的婚姻、她在人生里不得不面对的困境，还有她制造出来的埃及最早的木乃伊。

第三章"天生王族"里，你可以看到完美女神伊西斯的孩子的故事，这个双目是太阳和月亮的天之骄子从小就引人注目，表现卓越。当他日渐长大后，甚至为父母报了仇，进而晋级神界。在本章中，你也能读到图特摩斯四世法老的故事，这个天资聪慧智力超群的法老也是天生的王族，即便命运曾经捉弄了他，但最终还是把属于他的都还给了他。

埃及的万神之主拉神是从一颗蛋里孵出来的，有蛋必定有孵蛋者。天下之大，谁有能力把父神孵化出来？那就一起来"神界散人"中探秘吧！在本章，你能看到猫儿在诡秘微笑，你能看到倾城美女服侍河神，当然，你还能看到最美的爱情。

爱我，就带我去埃及，去看看著名的阿布辛拜勒神庙，看看拉美西斯如何宠爱他的妻子,他说的那句"我可以给你一切。如果是合理的,你要一,我给你二。如果是不合理的,我也可以做昏君满足你"感动过多少女性。而与此同时,神庙里那本神秘的魔法书究竟有什么样的法力,竟然引得众王族前仆后继?吃了老鼠能延年益寿到底是真的还是假的?第五章"觊觎神界"会给你答案。

谁说魔法是神的专属?人类也能拥有。在第六章"魔力无边"中,我们一起去认识古埃及的魔法师们吧!看他们如何争奇斗艳,在法老的王宫里一较高下。

如果说到"不死族",你会想起什么?是浴火重生的凤凰还是神明?第八章"神奇的'不死族'"会告诉你,如果有情,人类也能死而复生。

本书的最后一章,也是埃及脍炙人口的故事,看惯了神明和魔法师们的表演,让我们来看看"骗子的法术"吧!如果一个骗子能娶得四房娇妻,那他算不算成功呢?他是不是和金庸大师笔下的韦小宝很像呢?看过再来讨论吧!

最后,笔者有话要说,如果你对埃及这个国家感兴趣,就翻翻这本书吧!在每章故事后,都安排有"神祇展示栏"和"魅力埃及"的Tips,让你全面了解过去的埃及和现代的埃及!

目　录

序言：爱我，就带我去埃及 ··· 1

第一章　世界是这样形成的 ··· 1
原初之蛋 ··· 2
埃及第一任法老的烦恼 ·· 5
世界的灭顶之灾 ·· 8
太阳船夜巡记 ·· 11
父神的报复 ··· 15
嗜血女神哈托尔 ··· 17
星空是怎样形成的 ·· 20
关于名字的秘密 ··· 23

第二章　完美女神 ·· 27
水夫的奇遇 ··· 28
吹笛的男人和美丽的女人 ·· 32
神在人间 ·· 34
神和法老的较量 ··· 38
恶神来了 ·· 41
宫变 ·· 43
最终的挽歌 ··· 47
兽神贝斯的真面目 ·· 50
寻找人类的主人 ··· 54
小王子的成神之路 ·· 58
梁柱里的宝物 ·· 61
神灵复活 ·· 63
埃及王子出生记 ··· 66

1

智慧神的预言 …………………………………………… 69
毒蝎当保镖的奇怪队伍 ………………………………… 72
神界的爱恨情仇 ………………………………………… 75
灵魂的集中地——神秘岛 ……………………………… 79
埃及最早的木乃伊 ……………………………………… 81

第三章　天生王族 ……………………………………… 85
太阳神之子 ……………………………………………… 86
埃及王子复仇记 ………………………………………… 90
神明法庭开庭了 ………………………………………… 93
设骗局的女神 …………………………………………… 97
砍掉母神的头 …………………………………………… 100
恶神的阴谋 ……………………………………………… 103
登基为王 ………………………………………………… 107
受神谕称王 ……………………………………………… 109

第四章　神界散人 ……………………………………… 113
一只猫的诡秘微笑 ……………………………………… 114
神鹭一样的男子 ………………………………………… 117
大发明家图特 …………………………………………… 120
美女祭河神 ……………………………………………… 123
有情饮水饱 ……………………………………………… 126

第五章　觊觎神界 ……………………………………… 131
王室血脉 ………………………………………………… 132
世间最大的智慧 ………………………………………… 135
智慧神的复仇 …………………………………………… 139
法老的神妾 ……………………………………………… 142
梦的警告 ………………………………………………… 145
延年益寿的鼠宴 ………………………………………… 149

第六章　魔力无边 …… 153
女神的献礼 …… 154
帝王的烦恼 …… 157
泰迪的预言 …… 160
火烧背叛者 …… 163
歌女的发钗 …… 165
受诅咒的王子 …… 168
此生唯一的爱 …… 171
蜡烛做成的轿子 …… 174
黑白魔法之争 …… 176

第七章　神奇的"不死族" …… 179
埃及的潘金莲 …… 180
美人的原罪 …… 184
倾城王后浴火重生 …… 188
我不知道你的名字 …… 192

第八章　骗子的法术 …… 197
消失的老婆子 …… 198
官太太被骗了 …… 200
世界上最慷慨的人 …… 206
勇敢的阿里 …… 210
让人心动的女骗子 …… 212
游龙戏凤 …… 218

第一章
世界是这样形成的

原初之蛋

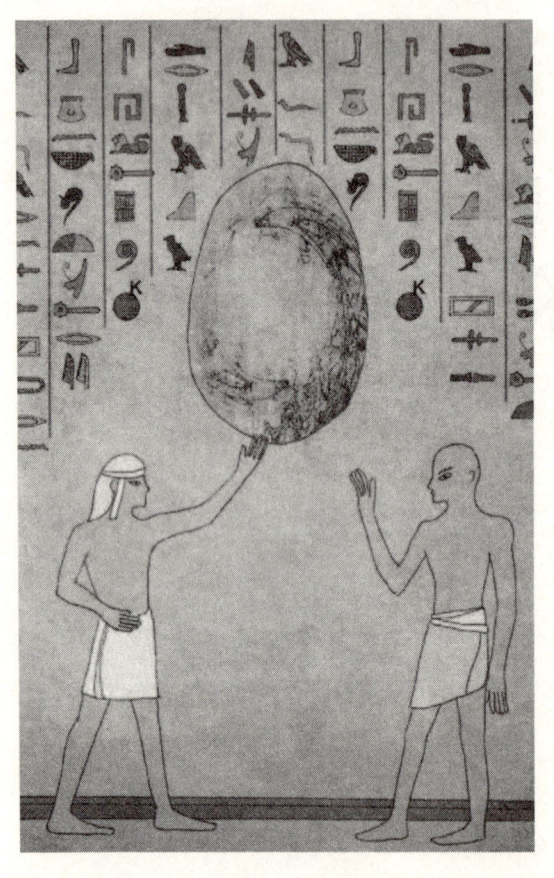

一切的故事从一颗蛋开始。

这是一颗不平凡的蛋。世界诞生之初,它就已经存在了。(顺便说一句,那时的天地不像现在这样分明,它们是连成一片的,整个世界都是混沌朦胧的)但当整个世界成长到"婴儿期"的时候,它依旧是最初的那个它。一直在海上孤独地漂着,谁也不知道哪儿才是它的落脚点。

再后来,地球上的某一个地方出现了人类的踪迹。他们还没学会耕地种植,他们唯一懂得的,就是要亲近自然,敬畏大自然的力量。他们靠自然过活:喝山里清澈的泉水,用晨间新鲜的露水漱口,采摘林中色泽鲜艳的果子充饥,剪裁大片的树叶为衣。

在经过数以百计年份的融合后,这群人类有了共同的文化意识,他们组成了一个国家叫做埃及。

直到此时,那颗蛋却还是最初的那颗蛋,还是孤独地漂在海上,找不到落脚点。

让我们穿越历史的浓云来一窥它的真实面目吧!它高逾一人身,周长要两个人手拉手的长度。它表面上的花纹奇美。最神奇的是,每个走到它面前的人都不由自主地有种莫名的感觉,像是巨大的温暖向人身上倾轧而来,霸道却不凶猛且能让人肃然起敬。

看到这儿,也许你会好奇,为什么一直在漂流的巨蛋会被这么清晰地观察?原因很简单,因为它落脚了。

在某个谁也无从得知的时刻,它结束了漂流生涯,选择了尼罗河河畔的美丽国度——埃及。更高级地来说,这是"主"的意愿。

传说在很久之前,宇宙尚未成形之时,世间存在一位伟大的主,它法力无边,世界之于它就像是孩童手中的一个玩偶。它信手拈来便创造了河流山川、人类鸟兽。在它临走前,还用身上的汗毛为人们创造了世界的主宰,它把主宰世界的神封印在这颗叫做"原初之蛋"的巨蛋里,等巨蛋里的神具备了保护世人的能力,蛋壳自然就会裂开,而那天之后,宇宙万物都会以崭新的面貌示人。而毫无疑问地,世人将拥有更加美好的未来。

从巨蛋漂来的第一天,埃及的人们就发现了它,他们在冥冥之中感觉到,这一定是神的赏赐。他们小心翼翼地守护着它,开始了漫长的等待。

几百年也不过就是一瞬间。

那颗蛋却还是那颗蛋,尽管它已经找到了落脚点,但没人知道它什么时候会有惊天动地的变化。它就像是顽皮的孩童,在所有人都松于守护时,决定要给人类一个莫大的惊喜……

那一天,像是注定有什么惊动天地的事情要发生一般,人皆无眠,连嗜睡的婴儿都早早睁开眼睛,稚嫩的表情里出人意料地带了些许期待的色彩。面面相觑的人们为自己的异常而心神不宁,然而就在一瞬间,他们像是拥有着一个共同意识:去河边!

河面平静,河水清澈见底,在靠近河岸的浅水中站着一个赤身的男人,他有健硕的肌肉,坚毅的脸庞,清晨的微光为他的全身镀上一层金色的保护色。最神奇的是他的脚下踩着的,分明就是巨蛋破裂的蛋壳,足有半尺厚。他就那么站在水中,微笑地看着众人,而人们也呆呆地看着他,在他还没有任何言语、肢体表现前,就已经用外貌征服了在场的所有人。靠近他的几个女人不由自主地从眼底渗出几滴眼泪——这人身上散发出的温暖,和他们曾经在蛋边感受到的如出一辙。

"我是拉。"赤身的男人注视着他面前的人们说,他的声音美妙如天籁,低沉却又不失亲近。

老祭司郑重地以埃及最高礼数待他——将右手放在左胸之上,凝视拉的眼睛虔诚跪下:"参见拉神。"

古埃及善良的人民在他身后纷纷拜倒——

这是神!

拉神不语,只是微笑,笑容令最美的海川都为之失色。他的眼神穿越过他的臣民,穿越过古埃及的山川河流,他审视它们,心中激荡着难言的兴奋。他知道,他将是这个世界的王!世间万物都将如此刻一般,臣服在他的脚下,接受他的统治!

神祇展示栏

　　主:作为古埃及神话中最神秘的男人,"主"并没有留下太多让我们可以考究的资料。从仅剩不多的记载中,我们知道它用汗水造了八位神,用泪水造了人类。而这八位神,男的都是蛙头人身,女的都是蛇头。但这八位神如何从八位减少为拉神一位,则成了埃及神话中最神秘的部分。

第一章　世界是这样形成的

埃及第一任法老的烦恼

法老，原意为"大房子"，后被引用为古埃及最高统治者的称号，和中国的"皇帝"同等级。在埃及的历史上，曾经出现过几位世界知名的法老，比如著名的"胡夫金字塔"的拥有者胡夫法老，比如神秘的黄金面罩的主人图坦卡蒙法老。

埃及的法老们喜欢自称是"神的儿子"，就埃及神话看来，也并不是无迹可寻的，因为埃及的第一任法老是由拉神担任的。

拉神在古埃及神话中的地位尊荣，他是众神之父，被人们尊称为父神，地位相当于希腊神话中的宙斯，《圣经》里的上帝。

拉神无所不能，当他想要一种东西出现在宇宙间，只要他说"我要有×××"，那种东西就会出现。他说，"我要光"，光便出现在埃及城市的上空；他说，"我要月亮"，月亮便应声悬挂在月桂树的树梢上。

拉神的孩子降生

这一切，对古埃及的人民来说，无疑是神奇到无与伦比的，他们背着拉神举行了一个会议，在此会议上，他们举手投票选举最高领袖。万能的拉神无所不知，他知道这次会议选举结果一定是自己，最终的结果也确如他所想。

这样一来，拉神就成了埃及的主宰，他的人民对他来说，更像是他的孩子，他毫

5

不吝啬地把自己的所知传授给他们,埃及人在他的带领下学会打猎,学会烤食食物;拉神还教他们祭奠无上的"主",以求神明庇佑,祛灾免邪。拉神的一切对埃及老百姓来说,都是新鲜的,他们跟随他,信服他,尊称他为父神,把他当作自己精神上的父亲。

生活平淡地运行在属于它的轨道上,拉神给予人们庇护,人们心安理得地享受那强大而温暖的保护,虽然人们注意到拉神眼里的落寞越来越深,他凝视一处一直发呆的时间也越来越多,可是,从未有人敢过问拉神的感受。他们只能默默担忧着。直到有一日,庙宇的老祭司在拉神注视一家三口的目光中看出了落寞背后隐藏的秘密。

"伟大的主啊!你该为自己创造一个伴。"长老说。

"你指的是一个女人?"拉神自嘲地笑笑,"不,我生来注定是要单身一人的。"

"人人都有伴……"

拉神打断他的话:"高处不胜寒,何必再来一个人品尝这样的滋味呢?"他看向部落里欢天喜地的人们,他们的喜要他来分享,他们的苦要他来分担,他担负着整个埃及的兴旺繁荣与否,但这一切,他却没有任何人可以诉说。就算是法力无边的父神,也不由地从心底升起一种沉重感。

"如果是一个孩子呢?"老祭司看着拉神讪讪的表情,好心提示道。

一个孩子……

拉神的心一瞬间开放出欣喜的花朵。是啊!当自己年老体衰,再也不能守护这个国度的时候,承继自己神力的孩子也许能接替他的位置,继续守护他全新热爱着的这片土地和土地上生活着的人们。

当天晚上,未眠的人们看见四道光束从拉神的房间里传出,分别是淡粉、淡蓝、淡绿和淡黄色,它们纠缠在一起,不断盘旋上升,继而在空中形成漂亮的七彩光圈,暖暖地罩住屋顶。

看到的人们都屏住呼吸,看着那美轮美奂的光圈从屋顶大小逐渐聚集,最终形成一个小点,点又变成线,直勾勾地向着拉神的房间一头扎进去。

挚爱拉神的埃及人民担心他的安危,纷纷涌向拉神家。

当人群以奇迹般的速度赶到拉神家门口,站在紧闭的门前,却听见屋内传出孩童的哭泣声。众人正在惊讶,门霍地开了,拉神一脸倦容。

"请问发生了什么事?"长老敬畏地问。

拉神的额头上有细密的汗粒,他浅笑着将背后屋内的情景暴露在众人面前——

直对门口的大床上平躺着四个白白胖胖的婴儿,他们睁着精灵般的眼睛好奇地看着忽然涌来的人群,他们稚嫩的微笑似在宣告拉神孤单岁月的结束。伟大的父神拉用他的精液创造了后来的风神舒和雨神泰芙努特,又用阴茎的血创造了地神盖布和苍天之神努特。他们将在今后陪伴拉神度过漫长的岁月。

神祇展示栏

　　九柱神:构成古埃及神话的九位重要之神,以拉神为核心,包括拉神的长子风神舒、拉神的女儿雨神泰芙努特、地神盖布、苍天之神努特、冥王奥赛里斯、干旱之神塞特、生育之神伊西斯和死者守护神奈芙蒂斯。

世界的灭顶之灾

当我们考究世界各国的传说，会发现两个有趣的雷同：在最初的世界建立之后，曾出现过一位统治者，在西方的《圣经》中，这个统治者是上帝，在埃及神话里，这个统治者是拉神；而在属于"最初世界"的岁月里，地球曾有过一次灭顶之灾，上帝用的是洪水，那么埃及的拉神呢？

拉神不仅仅是神，他还是古埃及的法老，他负责着古埃及千万百姓的幸福与否，他为百姓倾注的心血绝不亚于倾注在自己四个孩子身上的。他和一般大众一起，白天采摘、打猎，晚上一起分享食物，分享一天的心得，他坐在他们中间，一点神的架子都没有，平和得像是人类平凡的兄弟。

终于，辛勤的劳作换来了令人欣慰的结局。古埃及在拉神的领导下日渐繁荣，埃及的老百姓有了表达自我的高级方式——画画，他们开始能够记录日常发生过的重要事情，为了表示对拉神的感激，他们在石壁上刻下了拉神创造日月、与民同乐的画面。只是，这时的人们，哪里能够想到，自己的后代是如何看待拉神的。除了画画，拉神还建立一套统治体系，让古埃及的人民懂得礼、义、廉、耻，礼仪之邦渐渐形成。

当夜幕降临，拉神站在最高的山顶俯视整个埃及，心里感触万千，他对自己改

灾难降临埃及

善的这个世界感到满意,但同时,他也隐隐浮出一丝无奈。人类懂得了这么多,可是他们终究要面对一个无法逃避的问题,那就是生、老、病、死。当年最先拜倒在自己面前的老祭司越来越老,跟在他背后不再是之前的健步如飞,他慢慢听不清自己说的话,眼睛也越来越模糊,眼看着生命就要走到不能回头的那一刻。

万能的拉神此时只剩下无奈,人类的生命极限是"主"订下的,他也无能为力,只能看着陪伴自己的那些熟悉的面孔一个个消失,走向未知的、"主"创造的另一个世界。而那个世界不在自己的统治范围之内。让他更为担忧的,是百年之后,人类会变成什么样子,他们是否会像现在的人类一样服从统治,而这一切都是未知的。

事实证明,神的预知能力是惊人的。几百年之后,最初陪伴拉神、见证过拉神神力的那批人类都已经死去,剩下的这些人类对拉神产生了质疑。现时的世界已经趋于成熟,人们的生活日复一日,没有什么大的变化,他们开始怀疑祖先留下的神力图画,他们认为拉神不过是个一般人,不具备统治埃及的能力。而这么多年过去,埃及到了应该更换最高领袖的时候了。

这股言论的影响范围越来越大,以至于后来,当拉神漫步街头,都能听见年轻人的窃窃私语,他们对着他的背影指指点点地说:"他凭什么当领袖啊?"

"是啊!也只是听过爷爷辈的人们说过,他拥有神力,实际有没有咱们也不知道啊!咱们又没见过。""不如我们把他杀了吧!另选我们喜欢的人做领袖。"

……

拉神不动声色地走过他们身边,只是面容越来越沉郁。他回想自己过去的所作所为,为自己鸣起一丝不平来。他为埃及付出的心血之多,他为了营造公平、平等环境刻意与民同住同乐的做法,现在都像是巨大的讽刺。拉神生气了,回到家中,大发雷霆:"我要惩罚这些愚蠢的人类!"

他的长子舒倍感担忧,半跪着,趴在他的膝头问他:"父神,人类的罪恶真的是不能饶恕的吗?"

"如果一个人失去了信仰,那这个人会是很可怕的,因为他没有什么可畏惧,能做出任何可怕的事情来;同样的,如果一个民族,没有了敬畏,这个民族是没有希望的。"拉神回答他。"没有人是能够幸免的吗?"舒说。"我自有定夺。"拉神语气强硬。

舒不再说话,他不能违抗父神的旨意,虽然这些年来,父神并未向世人展示他无上的神力,但他对父神的能力是心知肚明的,他的父亲是无所不能的。

这一天来得非常快,人们在清晨发现尼罗河河水上涨,不到中午,河水就卷着巨浪向埃及城里翻滚而来,人们四处逃散,往高处攀爬,一时间,古埃及哭声震天,刹那间变成人间地狱。逃生至高地的人们还没喘过气来，就惊奇地发现那巨浪之上稳稳地站着一个人，他面容严肃，浑身散发着耀眼的光芒，像个真正的神。愚昧的人们在这一刻终于恍然大悟，这次古埃及的灭顶之灾不在于其他，而在于他们自身，他们失去了对神的敬畏，而神也决定不再庇佑他们。巨浪无情袭来，人们在可见的危难来临之际，绝望跪下，请求拉神的原谅。拉神终于不忍，既然目的已经达到，那么无需更多的生灵涂炭。他命河神收回洪水，洪水退去的古埃及一片狼藉。

死里逃生的人们跪倒在拉神脚下，激动地亲吻他的脚趾。拉神冷眼看着跪了一地的子民，此时他已经是心灰意冷了。"你们起来吧！"拉神说，"我此刻选择宽恕你们，但你们要明白，从此之后，你们再无资格和我同住一处，我将分开天、地，我住天，而你们住地，我不会再频繁地出现在你们面前。如果有朝一日，我原谅了你们的不逊，我将派我的子孙来协助你们！"众人不语，为自己曾经的狂妄深深忏悔，丝毫不敢再祈求神的原谅，能保住性命已经是神的恩赐了。

拉神开始说话了，他命天、地分离，天、地于是分开，形成我们现在看到的世界的模样。他命太阳照射大地，于是人间有了温暖。他命月亮升上天空，在夜间给夜行的人指路。拉神也遵从他自己说过的话，自此，很少到人间来。但他对人间的关爱是很难泯灭的。因为洪水退去后的埃及，土地更加肥沃，生长出来的果实比之前更加甜美，古埃及的人们就在这片新生的土地上繁衍过活，生生不息。

神祇展示栏

舒：埃及神话里的风神，九柱神之一。在埃及，每当人们需要风神庇护时，便会在寺院里摇动一种叫做叉铃的手摇乐器，以召唤他前来。这个仪式后来也传到了澳大利亚，被人们当作"祈风"的专用仪式。

太阳船夜巡记

人间的皇帝有宫殿，天上的父神也有个属于自己的太阳城，这个太阳城有个美丽的名字叫做赫里尤布里斯，神的首领拉神就住在赫里尤布里斯的中心宫殿里，这个宫殿的富丽程度超出人的想象，而拉神的生活也是舒适、奢侈到了极点，因为众神都是他的仆人。

每一天，当拉神睁开眼睛，死亡之神阿努比斯就会往他身上泼洒纯洁而珍贵的露水，太阳神荷鲁斯来为他做全身按摩，智慧之神图特拿来浸满圣水的毛巾为他细心地擦身，然后再由早已守候一旁的神女为他披上金灿灿的衣服。

这是多么让人艳羡的生活，但拉神的志向并不在于单纯的享乐。他的一颗心都系在曾经背叛过他的人类身上。他不放心让毫

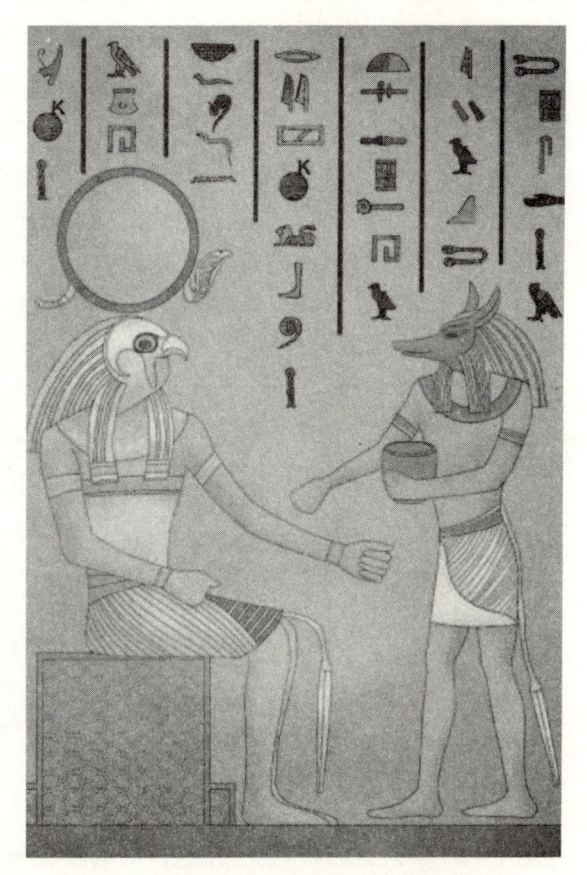

死亡之神阿努比斯将露水滴到拉神身上

无抵抗能力的人类受难，于是他白天的工作就是帮人类驱逐可能的伤害，让冥界的妖魔及恶灵留在冥界，让阳光每天都倾洒到大地的每个角落。

当装扮结束，拉神坐上天河（世界创立之初就存在两条河：一条是尼罗河，贯穿整个埃及；另一条就是天河，连接了天空）尽头的太阳船，沿着天河开始自己一天的巡视工作。这巡视往往是一整天，当夜幕降临，太阳船回到宫殿，拉神已经筋疲力

尽,众神服侍他睡去。

拉神休息了,太阳船却不能休息,它要载着十二位夜女神继续工作。当拉神沉睡,众神便点燃起太阳船上的火焰灯,将船开往冥界,以防冥界趁拉神入睡时惊扰人间。他们行走的路线十分隐秘,甚至连拉神都不能知道其中的细节。

守卫太阳船的是苍天女神努特和风神舒,他们站在船头,手中紧握着法力无边的武器。一点到两点之间守在他们身边的,是一点钟女神。

顺便介绍一下,冥界的每个王国都有高高的城墙,城墙上面插着匕首和标枪,任谁都无法轻易闯入。城门边上有冥王亲自挑选出的士兵守卫,他们武艺高强,来访者必须经过他们同意,才能进入城门,连太阳船也不例外。

冥界更有意思的一点是,每个王国之间都有个死人城,这段路是凶险无比且无法避免的,只有穿越死人城才能到达第二个王国。

了解了冥界的大致分布,让我们跟随太阳船来看看冥界的细节吧!

拉神之河是冥界的第一座王国,每一天都是它首先迎接太阳船。在取得士兵同意,进入拉神之河后,你会发现太阳船所行走的河两岸有蟒蛇守护,它们嘴里喷着火焰,模样凶恶。它们的职责和士兵相同,一旦有人闯入冥界,而士兵阻挡不利,它们就是后备军,会喷出毒液和火焰,把人活活煎熬死。

太阳船顺利通过拉神之河,然后就要接受死人城的考验了。在这里,凶恶的死人们张牙舞爪地包围太阳船,想要把神们从太阳船上拉下来,想要把太阳船推翻,这样冥界的恶势力就能统治世界了。可是船上的女神们毫无惧色,她们有拉神的庇护,整艘太阳船都包裹着只属于拉神的神光,令那些死人们只能靠近却不能零距离接近。

通过第一座死人城,太阳船来到了乌努斯,这是冥界的第二个王国。两点钟女神亲自为太阳船开门,替换一点钟女神,自己守护在苍天女神努特和风神舒身边。

乌努斯这个王国相对是安全的,它的国王对拉神忠贞无比,根本不会做出对太阳船不利的事情。同时,生活在这儿的老百姓都很安分守己,因为他们衣食无忧,对自己的生活很满意,这都得福于他们的国王——一位掌管农业的神灵,国王说什么,这个王国的百姓就听什么。

乌努斯王国里的河面漆黑,上面漂浮着很多个木筏子,木筏子上又放置着无数小木筏,看上去煞是奇特。这些也是守卫这个王国的武器,当有人恶意闯入,小木筏就会化身毒性强劲的飞镖,由大木筏子发射出去,命中率百分百。

再通过一个死人城,就到了第三个王国。三点钟女神亲自来开门,替换两点钟女神,第三个王国的国王是冥王奥赛里斯,他的王国很美,河水中央有朵魅惑的莲

第一章　世界是这样形成的

花,花是蔚蓝色的,在最大的花朵上,站着太阳神荷鲁斯的四个孩子,他们的职责就是帮助奥赛里斯称量死者的心脏。据说每一个死去的人都要站在奥赛里斯的面前称量心脏,死者的心在秤的一头,另一头是真理的羽毛。罪恶越深的人心脏越重,如果真理的羽毛那端被高高撑起,这个人将要面临水深火热的洗涤,然后再被派去和阿波非斯神一起生活;如果真理的羽毛沉下去,就说明这个人的心脏轻,他的罪恶少,那么,荷鲁斯的孩子就会把他带到奥赛里斯的面前,他将生活在奥赛里斯的王国里,永远没有痛苦,他也将得到一颗水晶般透明的心脏,时时刻刻为人所敬仰。

再经过一个死人城,就到了第四个王国。四点钟女神亲自来开门,替换三点钟女神。第四个王国是荒地之国,整个国土都是沙漠,河水在沙地和岩石之间变得蜿蜒曲折,太阳船无法正常通过,于是变成一条大蟒蛇穿行而过,原先站在船上的神此刻都安全地在它腹中。如果说这个王国有什么骇人的地方,则非太阳船背后跟着的千万条毒蛇莫属。它们尾随,神态谦卑。

再经过一个死人城,就到了第五个王国。五点钟女神亲自来开门,替换四点钟女神。第五个王国是墓地之神荼隼神的统领范围。他和别的国王不同,他是住在洞穴里,洞穴门口有狮身人面神把守。在这个王国中,不停地会传来哀号声,太阳船上的神们只是微微蹙眉,并不会多去看一眼,因为这是荼隼神在日夜烧烤那些罪恶深重的灵魂,尤以背叛者为最重。

太阳船到达第六个王国,第六个王国是个让人心灵放松的地方,叫做泉源之国。它的国王是奥赛里斯,经过他的国度,太阳船上的人都带上了轻松的微笑。经过第六个王国,河岸就开始绽放金光了,黎明即将来临。

冥界的第七个王国是阿波非斯的领地,整个王国就是个巨大的岩洞。当七点钟女神打开城门之时,太阳船上的女神们就握紧了手中的武器,而天上的伊西斯也更加认真地看护拉神,此时此刻,众神都明白,拉神是脆弱无比的,因为在夜间的时候,拉神没有呼吸,只有当太阳再次照耀大地,他才得以重生。

第七王国的阿波非斯,他的形象是一只恐怖的蟒蛇,他时刻盯着太阳船,希望能有那么一个机会降临自己,能够让他取代拉神,统治整个宇宙,但到目前为止,他还没有胜利过。

当太阳船终于驶离第七王国,众神都松了一口气,不仅仅是摆脱了阿波非斯的恐怖势力,还因为自从这个王国开始,太阳船将不再经过死人城。危险降低了不少。

第八王国是神明的乐土,所有死去的神灵都把自己包裹成木乃伊的形象,他们没有首领,实现了真正的大同。当太阳船经过,他们发出令人毛骨悚然的低吼声,声音虽恐怖，用意却很虔诚，他们是在用这种方式表达自己对拉神的敬意。

第九王国是个神秘而美丽的国度，这里住着十二星神，在太阳船经过时，他们亲自迎接，搀扶下八点钟女神，将九点钟女神送上太阳船，他们唱着凡间无法听闻的美妙音乐，迎接光明的来临。这个王国是光明向上的，十二条蟒蛇喷射出的火焰将整个王国照耀得如同白昼一般明亮。

经过第九王国，太阳船上的女神们再次放松了自己，她们有说有笑地看着船头激起的浪花，仿佛这是愉快的游行而不是工作。

第十个王国是拉神自己的王国，这里的一切和凡间类似，光明且充满欢笑，王国里的居民们纷纷前来迎接太阳船，他们把冥界之花递给船上优雅的女神们，人神共处，好不快乐！

这个王国是冥界国土最大的，在这里，冥界负责迎接光明的海比拉神将自己和拉神融为一体，为拉神的日出复苏做好完全准备。

捧着第十王国的居民献的花束，女神们驾着太阳船来到第十一个王国。这里也是拉神的势力范围，但却不像第十王国那样让人心旷神怡，王国的上空始终漂浮着尸臭，秀气的女神们不禁屏住了呼吸，看着负责这里的神灵们将恶魔的灵魂统一焚烧。如果换成现代建筑，这里就是冥界的"火化场"。

快要接近终点了，女神们心旷神怡，在拉神复活的时候，她们就可以休息一整天了。

第十二个王国是复活之国。海比拉神匆忙前来，牵引起太阳船船头的纤绳，亲自守护太阳船，他小心翼翼，四处观察，生怕冥界的恶灵们趁光明到来前的最后一刻做出伤害拉神的事情。

走到第十二个王国，太阳船到达天河尽头，恭敬地迎接早已复苏的拉神，新的一天又开始了。

世界就这样循环地继续着。

神祇展示栏

阿努比斯：死亡之神。奥赛里斯与奈芙蒂斯之子。在埃及的画作中，他豺头人身的形象随处可见。奥赛里斯到达冥界之前，他是冥界首领，负责称量心脏，照看死者，阿努比斯成为冥王后，他则专职负责引导灵魂进入冥界。相传木乃伊的制作方法是由他发明的，他还曾经用这个方法救过奥赛里斯。

父神的报复

埃及的神话中有个与众不同的细节——神也会面临生、老、病、死的难堪。在统治宇宙几万万年之后，万能的拉神也遇到了这个让人尴尬的问题。这时的他，对几万万年前人类的背叛已经稍感原谅了。他像刚刚诞生时那般，时常走到人群中，和他们谈笑风生，嘘寒问暖。他再次在人类面前扮演了父亲的角色。

他游走在埃及的各个角落，他的脚步那么矫健，他的笑声还是那样爽朗，他咬字还是清晰的，但是，几乎所有的人都看出——拉神老了。他的鬓角开始斑白，他开始变得和所有的老人一样，絮叨着尘封的往事，他喜欢和稚嫩的孩子们在一起，给他们讲几万万年前曾经发生过的、属于他的轰轰烈烈的往事。

宝座上的拉神

虔诚的人类在心底无奈地感慨着，没有什么比亲眼看着一个伟大的领袖走上末路更让人悲伤的了。但是，也许生命短暂的人类是健忘的，不虔诚的人，又开始重复祖先们的错误。他们嘲笑拉神，嘲笑他是老态龙钟，嘲笑他的不服老，嘲笑他开始健忘。他们的罪行比起祖先来，有过之而无不及。当拉神向他们问话，他们表现得傲慢无礼；当拉神向他们提出请求，他们全当耳边风，吹过就罢；甚至，他们胆敢当着拉神的面，大声说出自己的嘲讽。拉神沉默不语,但他的内心深处却燃烧着熊熊的愤怒之火,没有人知道,这一次人类将面临怎样的劫难。

拉神回到太阳城赫里尤布里斯,匆忙召集众神开会,那一天,负责清洁太阳城的神女看到拉神甚至没有休眠,他们彻夜长谈。第二天,从拉神房间里走出来的神灵们都是神情严肃的。拉神的女儿哈托尔最后一个走出房间,和别人不同,她的嘴角挂着邪邪的笑意,眼底一抹难言的兴奋。会议的情形浮现在眼前……

众神矗立,看着宝座上的拉神,谁也不敢说一个字。如果拉神像上一次那样暴怒,他们反而觉得人类还有生还的机会,但这次的拉神太沉默了,让人摸不清一丝真实的想法。

"面对人类的无礼,你们难道没有任何好办法吗?"拉神说,低沉的声音在寂静到恐怖的房间里遽然响起,听者无不心悸。

无人应答。

几分钟过去。有人注意到拉神握权杖的手指开始用力紧握,就在众人正处于惴惴不安中时,阿图姆神开口了:"父神,惩罚人类的任务,我认为由天之女神哈托尔来完成最为合适。"

天之女神哈托尔!众神不禁倒吸了一口气。阿图姆神是和拉神最为心意相通的神灵,他提出这个人选,也就意味着拉神心中所想。众神不禁为人类捏了一把汗。

说起天之女神哈托尔,在赫里尤布里斯城可谓是无人不知、无人不晓,这位女神在平日表现还算素雅,但只要闻到血腥味,她就会变成嗜血的恶魔,且神力会在一瞬间爆发,即使是拉神也无法很快阻止她。由她去惩罚人类,结果可想而知。人类这一次不会再像几万万年前那样幸运了。众神心想,口中却只能附和着阿图姆神,皆道哈托尔是最佳人选。

哈托尔于是领命前往人间,她俯身冲向地面,头发被快得令人咋舌的风吹得直立。她笑得很美,但那笑却不关幸福或是快乐,更像是雄狮见到猎物般兴奋难抑。

神祇展示栏

阿图姆神:日落时的太阳神,可以视之为拉神在日落时分的分身;同时,当拉神头戴上下埃及的王冠时,他也被叫做"阿图姆"。阿图姆神常以黑公牛的形象示人,也兼具蛇、蜥蜴、甲虫、狮子、公牛和姬蜂的外形。

嗜血女神哈托尔

明明是白昼,却分明感觉到冷风阵阵。

在田间工作的人们抬起头来,惊愕地发现,浓云从四面八方翻滚而来,渐渐形成遮天蔽日的壮观。须臾之间,宇宙漆黑一片,已经伸手不见五指。

黑暗里,人们相互拥挤着,像没了头的苍蝇横冲直撞。女人的惊叫声,孩子的哭泣声,家犬的吠叫声,在埃及城里此起彼伏,听在拉神的耳朵里竟像极了精彩的口技。他的嘴角微微上扬,对这剧情的精彩表示赞赏。

享受黑暗里惊呼声的不仅仅只有拉神,还有他的女儿哈托尔,这位嗜血成性的女神狞笑着,逆着人群往前走,她的肩膀和人类的身体碰触着,她此刻没有像平日那样嫌弃人类身体的肮脏,相反地,她此刻很享受。

优雅地挥挥手,让时间暂停,哈托尔伸出修长白皙的手臂,纤细的手指缠绕住离她最近的人类的脖颈。随着一颗颗人头的轻盈落地,时间恢复正常流动,黑暗里的人类依旧呼喊四处逃生,根本没有人察觉到脚下滚动着的还带着温度的头颅。

遮天蔽日的浓云覆满人们的头顶

哈托尔在人群中闭上眼睛,细细品味人类奔跑挥洒的汗水的咸味,以及头颅洒出的鲜血的腥味,这两种味道深深刺激了哈托尔的味蕾,她舔舔自己的手指,那血仿佛还是热的。

哈托尔用只有拉神一个人能听到的密语请求他将浓云散去,拉神同意了她的请求,天空重现往日的湛蓝,埃及城里的人们在适应了光线明暗变化之后,却发现眼前的景象更让人害怕,如果可以选择,他们宁愿重回黑暗中。

众人只见一个面目秀丽但笑容狰狞的女子高高站在屋顶上,右手拎着一个血淋淋的人头,待辨认完头颅的所属之后,人群中有人尖叫着晕了过去,那是头颅的主人是头发已经斑白的双亲。

哈托尔只是冷冷笑着:"愚蠢的人类,早知道如此,当初又何必忘记祖先犯过的错,对于这种健忘的种族,只有当他们付出血的代价时,他们才会记得对错,记得心有敬畏。"

抬手将人头丢到人群里,趁人群尖叫逃窜时,哈托尔纵身而下,飞跃的同时抽出别在身后的短剑,她此次誓将人间变成修罗地狱。剑到之处,头颅必定落地。古埃及的年轻男子毕竟还是有血气的,他们团结起来,手持标枪将哈托尔团团围住。

此时,哈托尔的前胸后背都被标枪尖锐的头抵触着,但她没有丝毫惧色,反而被人类激起更大的斗志来,她口中念念有词,全身就掀起一阵旋风,把围着她的男子们全部卷到空中,再一道银光闪过,男子们的头颅都被锐利的短剑削下,头颈连接处喷出的血液如泉,淋湿了哈托尔的衣袖。

哈托尔哈哈大笑,癫狂一般,血滴从她头顶缓缓滑下,再也没有一个人胆敢上前挑衅,笼罩住古埃及城的是一层浓厚的绝望。洗劫至此,哈托尔已然杀红了眼,每多砍掉一个人类的头,她就更多癫狂一点,她抱着他们的头,贪婪地吸吮他们温热的血液,那场景煞是惊心动魄。高高在上的拉神目睹此景,非常满意,交代侍奉女神一些事情,就回屋睡觉去了。

经过一天一夜的洗劫,哈托尔满意地看着她的战绩:人类的血染红了麦田,染红了整个城市,甚至连尼罗河长流不息的河水都变成了淡粉色。

此时的赫里尤布里斯城也是被愁云惨雾笼罩着,众神无人敢休息,他们一起等在拉神的床铺前,等待他从沉睡中醒来,以解人间苦难。

哈托尔终于感觉到疲倦了,在太阳再一次升起之前,她在麦田里找了个没人的角落睡着了。

第二日,拉神从睡梦中醒来,众神不等他开口询问,便七嘴八舌地把人间的景象告知于他。拉神站在云端往人间俯视,看到被血染红的尼罗河,也是大吃一惊,哈托尔的毁灭能力显然出乎他的意料。

他还看到流离失所的人们,在尸体堆中寻找自己亲人的人们,还有那坐在血泊中嗷嗷啼哭的婴孩,恻隐之情在拉神心中占了上风。终究是不忍,毕竟是自己亲眼看着成长的人类,即使有万般不对,他也无法眼睁睁地看着他们灭亡。但此刻的哈托尔已被杀戮迷了心智,即便是他亲自出手,也有可能无法制伏。一旦他和哈托尔再起战争,倒霉的只能是手无还击之力的人类。

拉神回头,用沉静的语气问众神:"你们可有对策?"

智慧神图特上前一步,把众神商议的结果告知拉神。他们决定用酒灌醉哈托尔,让她停止这种屠城的行为。

拉神召唤飞行速度最快的神上前,命他不分昼夜赶到菲莱岛,向岛主取来岛上特产——睡眠果,据说这果子千年才开花,万年才结果一次,珍贵无比。当然,可想而知,药性也是强大到连神仙都无法抵挡。

"飞毛腿"神仙赶了一天一夜的路才返回赫里尤布里斯城,这一天一夜里,心急如焚的他未曾合眼,一想到自己拖延一秒,人间就会丧失一条生命,他连疲惫似乎都忘记了,以至于回到赫里尤布里斯城,刚把睡眠果交到拉神手里,他就晕过去了。

拉神拿着睡眠果,召集起赫里尤布里斯城里全部的妇女,命令她们用大麦连夜赶制美酒,那酒的颜色艳红如鲜血,甚至尝起来的味道也酷似鲜血。

当几大缸美酒酿成之后,拉神把睡眠果搅碎,拌匀到美酒中。然后趁哈托尔熟睡之际,连夜把这些酒洒在她堆积起来的尸体堆的旁边,造成血流成河的假象,整个田野看起来就像是一片血海。

黎明到来的时候,哈托尔从美梦中醒来,看见血染的田野,非常开心,趴在地上大口喝着她的父亲为她准备好的"鲜血",不一会儿就昏沉沉地睡着了。

等到哈托尔再醒来的时候,已经被五花大绑地送到了拉神的面前,拉神坐在高高的王座上,怒责道:"你可记得你犯下的大罪?"

哈托尔此时已经从嗜血的狂热中清醒过来,她朝人间看去,自己也不敢相信自己惊人的破坏力,她满怀愧疚地对拉神说:"父神,我愿意接受任何惩罚。"

"既然你已经知道自己的错误,"拉神走下王座,伸出双手扶起跪在地上的女儿,毕竟这事一开始也是由于自己要报复人类,说到底,他也要负担起一部分的责任,"从此以后,你不许再轻易使用武力,而以后你的职责就是保护世间最没有抵抗能力的族群——母亲和婴儿。你不再仅仅是天空之神,而要兼任母亲神。"

哈托尔感恩涕零,她的余生就在赫里尤布里斯城最深处的宫殿里度过,拉神也当真没再让她去执行过跟武力有关的任务。

神祇展示栏

哈托尔:太阳神拉神的女儿,是古埃及的母亲神、天空女神,也是女神中外形最美的一位。她在古埃及的地位崇高,常以头顶太阳圆盘和公牛角冠的女人形象出现,有时也会戴着鹰头出现。她的工作职责是守护怀有身孕的母亲以及新生儿。

星空是怎样形成的

塞特聆听拉神的叮嘱

对宇宙来说，不过是眨眼的一瞬间，可是对古埃及的人类来说，距离第二次劫难，已经又过去几万万年了。此时的拉神是真的老了，他像任何一个垂垂老去的老人一样，在他出门时，需要人搀扶，他吃饭时会在衣襟上留下脏迹，他在睡觉时会留下长长的、亮晶晶的口水。这次，不仅仅是人类，连赫里尤布里斯城里的神灵们都开始在私下讨论拉神的继承人问题了。在每个不明朗的局势里，总会有一些不安分的人会看准时间跳出来，唯恐天下不乱。这次给赫里尤布里斯城制造慌乱的人是干旱之神塞特。

作为恶势力代表的塞特其实是不太受赫里尤布里斯城欢迎的，但年老的拉神却出奇地喜欢这个他曾经讨厌的孩子，也许因为他伪装的乖巧让拉神觉得身边还有人不觊觎他尊荣的王位。塞特这天又来到拉神身边，和往常的探视一样，他一边帮拉神轻捶双腿，一边在他耳边絮絮叨叨。这次他要说的是人类。

"尊贵的父神，您知道吗？地上那些不知好歹的人类又在对您展开议论了。"

"内容关于什么？"拉神并不睁眼看他，只是闭眼享受他的服务。

"他们说您老了。"塞特小心翼翼开口，感觉到拉神的身体不经意颤动了一下，他的嘴角浮现一丝得意的笑,"他们说您像个糟老头子,已经不适合来统治宇宙了,他们还说……"拉神直起身来,塞特的手从他的腿上顺势滑下来,他不敢正眼看拉神,只是低着头猜测拉神的想法。

"人类说的也不是全无道理,我确实是老了。"拉神道。

"您的意思?"塞特不解,为何一向不服老的拉神会主动说出"老"这个字。

"我要放弃我的身体,远离人类,我的灵魂将生活在另一个世界,继续为宇宙服务。你去安排一下,找个时间我要亲自向人类宣布。"拉神的脸色平静,塞特根本猜不出他内心真正的想法,但他猜想,拉神根本不可能这样轻松退位,于是他站在原地,一动也不动,冷静地看着拉神。

果然,拉神笑了,嘴角那抹残忍的笑意让以冷酷著称的塞特看了都觉得毛骨悚然。"附耳过来。"拉神说。塞特立即更进一步靠近拉神身边,听着拉神在耳边的叮嘱,头不停地点着。

翌日,塞特代表拉神向人类宣布,拉神将退出神界,将王位传给自己的儿子舒。人类听了,欢欣鼓舞,他们狂欢地舞蹈、歌唱,等待新王的诞生。但这次的欢乐派对并没有进行多久,拉神就出现在众人面前,他骑在变成公牛的女儿努特的身上,威风不减当年。面容冷酷的塞特紧随其后服侍。

狂欢中的人类得见神面,都被神的威严折服,他们纷纷跪下,忏悔自己的言行,并且表示,自己将穷尽一生效忠拉神。拉神满意地回到赫里尤布里斯城,在他的宝座上继续统治全宇宙,这之后就又是几万年的时光流逝了。

人和神的战争却没有因此而宣告终结,和平相处几万年后,古埃及出现了一位"后羿",他射箭水准极高,能射中空中飞行着的苍蝇。某天,他突发奇想想要射下太阳,以推翻年老昏庸的拉神的统治。因为传说太阳和月亮是拉神的两只眼睛。拉神对此嗤之以鼻,他不认为一个普通的人类能将高高在上的太阳射下。但"后羿"的想法得到了全古埃及人的支持,他们倾尽国力为"后羿"制作了一把巨大的弓,这弓甚至要几个成年男子才能拉得开。"后羿"选好最佳射日地点,将锋利的箭对准太阳时,赫里尤布里斯城震惊了,智慧神图特经过精密计算,向拉神报告说,射日并非天方夜谭。

拉神生气了,他让女儿努特变成公牛驮着自己出现在人类面前,他怒斥人类说:"我为你们日夜照明,让我的子孙教会你们工作,让你们得以丰衣足食;我还让你们学会建造房屋,能够躲避暴风雨的袭击。而如今,你们却恩将仇报,妄想把我杀害。难道这是你们的祖先教导你们对神灵的态度吗?你们不记得几万万年前发生过的事情了吗?"古埃及人纷纷惶恐地跪在地上,大呼请求宽恕。

拉神缓和了一下语气，对自己这些子民说："想要我宽恕你们，方法很简单，只要你们将那射箭之人交出，我就对你们做过的事情既往不咎。"为求自保的人类不知道这是拉神的挑拨离间之计，竟然带着拉神攀上最高的山峰，将"后羿"交由他处置。

拉神决定对"后羿"处以极刑，砍去他的四肢，终生困在一个不见天日的小黑屋里，除了提供维持生命的水和少量的食物外，不能有任何吃食，也不得与任何人交谈。

人类看到"后羿"的惨状，纷纷跪倒在拉神面前，痛斥自己的罪状，并表示从今以后将成为拉神的奴仆，永世对他效忠，拉神这才满意地返回赫里尤布里斯城。但这件事给人类的心灵带来的冲击是巨大的，他们开始不相信彼此，终日活在尔虞我诈的谎言中，这也算是拉神给人类共同体的一个惩罚吧！

从此之后，拉神每天都会坐在女儿努特的身上巡查人间，看着人类勾心斗角，像是一场精彩万分的戏剧，拉神每日看得津津有味。直到有一天，努特体力透支，再也不能驮着拉神四处游走，拉神急忙叫来儿子舒，让他托起女儿的腹部，但努特实在是支撑不住了，她的身体渐渐展开，越展越大且慢慢上升，直到覆盖住整个天空。她的身体是蔚蓝色的，看上去很美。让乖巧的女儿劳累至此，拉神也心生不忍，他抖开衣袖，一连串的星星鱼贯而出，任意洒落在努特的身体上，点缀成美丽的星空。这就是星空的由来。从一个荒谬开始，以一个美丽结尾，也不可谓不精彩。

神祇展示栏

努特：古埃及神话中的天空之神，拉神每天日落时进入她的口中，第二日再从口中重生，努特就这样每天吞吐着日月星辰。她同时也是死亡之神，古埃及大多数法老的石棺的内壁上都有她的画像，据说法老只要能进入她的身体，就能得以重生。在艺术家的画笔下，努特常以用星辰遮体的裸体女性形象出现。

关于名字的秘密

在古埃及神话中具有崇高地位的拉神有很多名字,这些名字广为人知,比如早晨的时候他叫海比尔,在中午的时候他叫瓦拉尔,夜幕降临的时候他的名字又改为瓦吐木。这些都是拉神的名字,但都不是他的本名。传说在"主"创造拉神之时,曾赐名给他,这个名字具有无上的神力,谁有幸得知它,谁就能统治全宇宙,甚至控制拉神本人。因此,这个名字,对拉神来说,是个值得用生命去守护的秘密。

与之矛盾的是,这个秘密也是个公开的秘密,赫里尤布里斯城里的人,无论男、女、老、少,都知道拉神有个秘密名字。在拉神身强力壮稳坐王位之时,无人敢询问这个名字,但随着拉神的逐步变老,情况就不断发生改变了。

首先采取行动的是干旱之神

伊西斯威胁拉神

塞特,在拉神步入老年期之后,塞特就一直居心叵测地侍奉身旁,在拉神字里行间猜测那个名字的真实发音。即使当拉神沉沉睡去,他也彻夜不眠地守候,期待拉神能在睡梦中不小心说出呓语,泄露天机。塞特毕竟跟拉神只是类似君臣关系,直接询问有违伦理,所以他只能偷偷摸摸地侧面打听,还没有给拉神造成某种困扰,但另一个同样怀有野心的神灵可就没这么容易打发了。

她是拉神的孙女伊西斯。伊西斯从小就在赫里尤布里斯城里生活，看惯了拉神被众神簇拥的神气和尊荣，如今拉神的身体一日不如一日，伊西斯隐藏已久的野心就爆发了。

"父神，如果有一天，您不喜欢权力了，您心中可有合适人选呢？"伊西斯来到拉神房间，边为他端汤药边问道。

拉神接过她手里的汤药，目光轻轻扫过她秀丽的脸庞，淡淡地说："你认为谁比较合适呢？"

伊西斯也在同时打量着拉神，那张爬满皱纹的脸上看不出任何的情绪波动，她谨慎地推举了呼声最高的风神："我认为风神舒是最合适的人选，他是您的长子，受您的遗传因素最多，性格也最像您。"拉神只笑不语，静静地喝完汤药就打算起身歇息。

伊西斯是位非常聪明的女神，见拉神不发表意见，马上换个口吻说："其实这是众神的建议，我对王位继承的事情是没有任何个人意见。比起找个新的神灵来接管神界，我更倾向于接受父神您的统治。我认为您是最圣明的王。"这番近乎无耻的表白，换来的也不过就是拉神的浅浅一笑。

明问不行，暗地里的小动作伊西斯也没少做，比如太阳船在夜间巡视冥界时，怂恿死人城里的游魂制造不大不小的麻烦，让拉神更为伤神；比如在拉神的食物里放点毒性的药草。可是这一切，都被拉神识破了。

伊西斯到底想做什么呢？其实她并不是真的想取代拉神成为全宇宙的统领，她只是单纯地想强大，想成为全宇宙最厉害的神灵，让自己不再受任何人的欺负，并且能保护自己所爱的人。只要她是全宇宙神力最强的，她并不在乎到底谁是宇宙的主宰。她千方百计给拉神制造麻烦，无非是想拉神来求她，然后她趁机以名字为交换条件，解拉神燃眉之急。

这天，满怀心事的伊西斯走到拉神的宫殿深处，一条仓皇游走的小蛇给了她灵感。

拉神固然是天底下最难伤害的，普通的毒药即使被他吃下肚，也会很快消化，不能伤他一毫。但是，往往最能伤害自己的，是他本身。如果用拉神的体液混合最毒的毒药，效果会是怎样呢？伊西斯几乎要为自己这个伟大的奇思妙想而手舞足蹈了。

事不宜迟，说做就做。伊西斯趁拉神打喷嚏时收集了一些他的体液，然后把体液和最具毒性的黏土混合在一起，捏成了一只世间移动速度最快、毒性最强的半尺小蛇，小心翼翼地藏在宽大的衣袖里，只等拉神靠近。

第一章　世界是这样形成的

当天晚上，拉神从太阳船上下来，已经累到连眼睛都睁不开，在众神搀扶他回房的混乱中，伊西斯放出袖中的小蛇，众神只见银光一闪，拉神就倒下了，而那小蛇也因为伊西斯事先施了魔法，在完成自己任务后，就在空气中悄然消失。

在众神都奔向拉神时，伊西斯满意地笑了，以子之矛攻子之盾，结果只能是两败俱伤。

拉神在众神簇拥下躺在床榻之上，他虚弱得像是弥留之际的老人。他的目光缓缓扫过众神，最终停在姗姗来迟的伊西斯身上。他摆摆手，示意众神退下，唯独留下了伊西斯。

伊西斯走到拉神面前，往日高高在上的父神此时已经没有了神的光彩，她怜悯地看着他，关切地问："父神，您感觉怎样了？"

拉神冷笑，钻心的痛让他忘记了风度："我怎么样，你不是最清楚吗？"

"父神，您这是什么意思？"伊西斯假装出无辜的表情。

拉神又倒吸了一口冷气，伊西斯知道，毒液的威力再次发挥了。"现在这个情况，我们都心知肚明到底是怎么回事。伊西斯，你说吧！你想要什么。父神都满足你。"拉神强忍疼痛问，"如果你要的是王位，我可以传位给你。"

"不，亲爱的父神。"伊西斯从半跪在床边的姿势转为站立，"我并不稀罕您的王位，我此刻只想为您治病。"

"那你快动手啊！"拉神急急催促道。

"可是，"伊西斯露出为难的表情，"我的能力有限，需要借助您的力量才能完成。"

"我的力量？"

"是的，父神。"伊西斯又半跪下，"我想要知道您的名字。"

原来真正的目的在这儿。拉神在心底冷笑了一下，表面上依旧是不动声色："孩子，我的名字你还不知道吗？早晨我叫海比尔，中午我叫瓦拉尔，晚上我叫瓦吐木。"

"不，不是这些。"伊西斯细心为拉神擦拭额头上渗出的密汗，"赫里尤布里斯城里的所有民众都知道，您有个秘密的名字，神力无边。"

"那个名字啊……"拉神微笑地看着伊西斯，像是个慈祥的祖父，"很久不曾想起了，连我自己都已经忘记了，你还是先帮我把毒解了吧！"

听闻此话，伊西斯腾地站起来，冷酷地一笑："父神，很抱歉，不是我不愿意帮您，是您自己不愿意帮助自己。既然如此，就让那个名字伴随着您的生命一起到另一个世界去吧！"

拉神痛苦地闭上眼睛,他的一生何时这样落魄过,竟然被人近在咫尺地恐吓。同时,毒已经深入骨髓,那钻心的痛让他徘徊在崩溃边缘。

"父神,"伊西斯看准机会,把嘴附在拉神耳边,持续攻击拉神最脆弱的地方,"您放心,我绝对拥护您的统治。"

拉神睁开眼,眼睛深处有不经意的绝望,他无神地盯着天花板,嘴里吐出一连串世人闻所未闻的语言。

伊西斯喜出望外,她知道,无所不能的拉神向身体的苦痛屈服了,她立即跟着拉神诵读那串字元,读罢便欣然地感觉到自己神力的加强,那样强大的力量,按照平时的进度,她即使再修炼上亿万年,也不可能到达。

伊西斯得到神的原始能量之后,遵从自己的诺言,为拉神解了毒,而在今后的岁月中,她也用真实行动证明了自己的诺言——效忠拉神的统治。

此时拉神受袭事件的受益人还有一位,那就是伊西斯的儿子荷鲁斯,他的母亲在得到神力的同时,向拉神请求了两件礼物:拉神的双目,也就是太阳和月亮。因此,直到今日,人们还是习惯把太阳和月亮叫做荷鲁斯的眼睛。

神祇展示栏

塞特:古埃及的沙漠、干旱之神,在风雨不顺的年间,他保护沙漠中行走的商队,但也会在心情不佳时刮起风沙阻挡他们的行程。塞特是冥王奥赛里斯的兄弟,但因为与奥赛里斯作对,做出很多错事,也被古埃及人认为是邪恶之神。塞特通常的形象是豺头人身,有着长方形的耳朵和马样的长脸及弯曲凸出的长嘴。

第二章
完美女神

流传千年的埃及神话故事

水夫的奇遇

巴米里斯背靠树干歇息

故事从很久很久以前说起,之所以用"很久很久以前"来形容那个时代,是因为它真的久远到没有任何人、任何资料能够说清它距离现在的具体年份了。

那是个遥远的时代,也是个迷人的时代。那个时候,著名的底比斯城还处在它的婴幼儿时期。因为拉神曾经是古埃及法老的关系,因为太阳是拉神的眼睛,所以古埃及人对太阳有着很深的崇拜之情。他们信奉太阳神,认为太阳是一切生命的起源,他们为太阳神拉神建造了很多的庙宇,每个庙宇的大殿里都端放着拉神木雕像和泥像。虔诚的古埃及人日日参拜,祈求拉神能给他们庇护。

在讲述"神谕降临水夫"的奇迹之前,我们有必要来观赏一下这座公元前的雄伟建筑。高达二十余公尺的圆柱不用说——那是古埃及建筑的特色,太阳神庙和其他庙宇最具区别的,是庙中那口装饰美观的井,四季常清的井水被古埃及人认为是拉神的恩赐。淳朴的人们在敬拜完拉神之后,总会掬起一捧清凉的井水祛除渴意。

人们这么信奉拉神,拉神当然也要象征性地给自己的信众一些好处,他的做法和西方世界的上帝相似——把自己的儿子送往人间,指导苍生过上更好的生活。

28

第二章　完美女神

我们都知道,神要传达旨意,必须要找到一个人间的传达者,就像上帝托梦给约瑟,让他欣然迎娶未婚先孕的圣母玛利亚一样,拉神在把儿子送到人间之前,也瞄准了一个信使,这个人就是巴米里斯。

我们的故事就从这里开始了。

巴米里斯,男,职业是水夫。如果不是和神迹的出现有关,这个地位卑微的人是绝对不会被如此郑重其事地记录到史书中去的。

这是盛夏里的一天,巴米里斯和往常一样来到太阳神庙挑水,准备运到市集上贩卖。他年纪不大,腰却是弯的,长年的辛苦工作已经把这个人折磨得没有生机了,他每日挑水、卖水,生活机械般波澜不惊。

临近中午,天气渐渐闷热起来,巴米里斯把水囊放在树荫底下,背靠树干准备歇歇脚。这时,他的一个同乡走了过来,对疲惫不堪的巴米里斯说:"天这么热,真不想做了。"

"不做怎么行,"巴米里斯用袖子擦了一把额头上的汗,"不做吃什么呢?"

"我无所谓。"同乡耸耸肩,"反正我是单身汉,一个人吃饱全家饱。"他朝巴米里斯挑眉道:"不如咱们一起去尼罗河里泡个澡吧!等到夕阳西下的时候,再来挑水。"

"不行,"巴米里斯忙不迭地摆手,"我可不像你那么轻松,我家里还有妻儿要我照顾,还有年迈的父亲等待赡养呢!"

"可是,这么热的天……"

巴米里斯打断他的话:"人来到世上,本来就是为了品尝一切苦难的,等你懂得了这个道理,生活也就不那么苦闷了。"同乡目瞪口呆地看着巴米里斯,为他口中能说出这么有哲理的话而感到惊讶。

巴米里斯呵呵一笑:"我也是瞎琢磨,你回去泡澡吧,我还要赶在正午前挑两袋水回去呢!"

同乡答应了一声,快步朝河边走去。巴米里斯看着他的背影,不是没有嫉妒的,但生活已然这样,自己又能做什么改变呢?挑起水囊,巴米里斯低头向井边走去,在似火骄阳的曝晒下,他的脚步愈加缓慢,脑袋也越来越昏沉。

"巴米里斯……"

巴米里斯倏地停下脚步,他仿佛听到庙宇中有人在低呼他的名字,可是四下打量,偌大的庙里除了他自己,哪里还有半个人影。

"巴米里斯……"

向前走了两步,巴米里斯又听见有人在叫自己,但庙宇里依旧是没有其他人。

"大概是天气太热,把头晒昏了吧!"巴米里斯自嘲着,径自走到井边,把两个水囊装得满满的,自己也喝得饱饱的,转身就打算赶往市集去贩卖了。

"巴米里斯……"

那个声音再次响起,巴米里斯此时喝下清凉的井水后,已经神清气爽了,他敢肯定不是自己听错了,但这庙宇中确实是没有别人。巴米里斯有点害怕了。

"巴米里斯……"

当那个奇怪的声音第四次响起的时候,巴米里斯将目光锁定在庙宇正中央的木雕神像身上,他恍惚间看见神像在对自己微笑。巴米里斯走到神像前,看着太阳神的眼睛,颤颤巍巍地问:"是您在跟我说话吗?"

"是的,巴米里斯。我召唤你,是想告诉你,大地的主宰——奥赛里斯将要诞生在这个世界上,我希望你能把这个消息传遍埃及的每一个角落。"

这段话说完,庙宇里就没有任何声响了。风在参天大树的茂盛树叶里来回穿梭,发出恐怖的声音。巴米里斯这才缓过神来,以最快的速度往庙宇外面跑,边跑还边喊:"木像开口说话了!"

他跑得如此慌张,连珍贵的水囊遗失在井边都没有察觉。

巴米里斯一路跑回家,他的妻子正在做饭,看见他惊慌失措,问明原因后呵呵一笑:"不过是你中暑产生了幻觉罢了。还不赶紧去把水囊捡回来!"

巴米里斯连口称是,和妻子道声再见准备出门时,从房屋黑暗的角落里传来一个苍老的声音——

"巴米里斯!"

"是。"巴米里斯走到角落里,"父亲,您有什么事吗?"

"我告诉你,你所经历的一切都不是幻觉,都是真实的。"老人生病卧床已经有好几年了,一直都是脸色苍白,但现在,他竟然激动得两颊绯红,"巴米里斯,那是神谕啊!我听长辈们说过,在很久很久以前,因为人类的不恭敬,拉神曾引洪水准备淹没埃及城,后来在人类的求情下慈心大发,放过了人类。但他分开了天、地,从此神住天上,人住地上。拉神在临上天国之前,曾经留下口谕,说如果有朝一日原谅了人类,就会派他的子孙来人间,为人类造福。"

老父亲拉过巴米里斯的手,紧紧攥着:"孩子,你一定要照神说的去做!你会是人类的大功臣!"巴米里斯也有些激动,朝着老父亲狠狠地点了点头。老人欣慰地笑了一下,眼睛缓缓闭上,紧握巴米里斯手掌的手也耷拉了下来。巴米里斯知道,父亲不行了。

既然老父亲在临走之前,就交代了这么一件事,巴米里斯也很有孝心地把它当作遗嘱,在接下来的日子,他走遍古埃及的每个角落,把大地的主宰——奥赛里斯即将诞生的事情传到了每一个人的耳朵里。

神祇展示栏

奥赛里斯:古埃及神话中的冥王,而且传说古埃及的第一个金字塔就是为他建造的。奥赛里斯虽然是掌管冥界的神,但他却不代表着黑暗或恐惧,他是古埃及人"死后也可以永世荣耀"信念的象征。奥赛里斯常以一个蓄有胡须、头戴王冠、手持权杖的木乃伊形象出现。他同时也是复活、降雨和植物之神,古埃及人常向他祈求风调雨顺,果实丰饶。

吹笛的男人和美丽的女人

初夏的一个傍晚,古埃及被西下的夕阳镀上了一层漂亮的金黄色:尼罗河的水面是金黄的,太阳神庙是金黄的,连庙宇附近的长坡都笼罩着金黄色的光辉,还有那娇艳的小野花,它们连成一片,随着微风起舞。这个傍晚美丽得近乎完美。

似乎要给这美景更增一份旖旎,太阳神庙附近的草地上突然出现一对男女。男的高大英俊,眉目之间有不可侵犯的威严,但他的嘴角却是微微上扬的,这让他看起来多了很多亲和力。他身边的女人也毫不逊色,眉似弯月,目如清泉,腰肢纤细,美腿纤长,微微笑起来的时候,嘴角两个酒窝尤其甜美。

太阳神庙附近的男女

这两个人自出现在草坪的那一秒,就吸引住了所有在夕阳下散步的人们的目光。他们痴迷地看着这一对璧人,暗暗惊叹上天的造物能力,竟然能将人的外表制作得如此完美。

当西方完全燃烧成亮丽的橙色,男人和女人向夕阳的方向跪下,口中念念有词,看起来像是在做祈祷。人们依旧好奇地看着他们,偶尔交头接耳议论一番:他们做祷告的方式和我们的完全不同,念的祷告词远远听来似乎也是不尽相同。他们是从哪里来的?

男人和女人毫不在意别人的感受,他们相视微笑,天地间似乎只有他们两个人,而他们的眼中也只有彼此的存在。虔诚做完祷告后,他们给围观者呈现的,是更加美妙的画面。女人坐在草坪中央的大石头上歇脚,男人站在她身边,取出一支笛子,他的笛声不像人间所能演奏出来的。他的眼睛微闭,把自己的全部感情都投入在笛子演奏中。

第二章 完美女神

那个美丽的女人则附和着他的笛声，高声唱起美妙的歌曲。她的声音听起来非常舒服，让每个听到的人都能心平气和地进入到她所描绘的那个完美世界里：在那个世界里，没有高低贵贱，没有苦难饥饿，有的只是欢乐和满足；在那个世界里，神灵们没有高高在上，他们也不是庙宇里冰冷的木雕，他们和一般人一样，有血有肉有温度，他们站在一座美丽的城市前，向人类伸出热情的双臂。一曲完毕，听者无不动容。男人和女人又是相视一笑，他们之间的浓情蜜意任是最迟钝的人也能看得明晰。太阳神庙的祭司匆匆赶来，他劝退了所有围观的人，自己则走到男人和女人面前，目不转睛地看着他们。

"老人家，请问水源在哪里？"男人开口说，他嗓音的美妙程度完全不输于身边的女人。

祭司没有回答，却朝他们跪下了，虔诚地亲吻他的手背："我是太阳神庙的祭司，老朽夜观星辰，得知近日会有神灵降临人间，没想到，今日竟然能有机会一睹真容。"男人微微一笑，没有反驳老祭司的话，也没有亲口承认，只是简短地进行了自我介绍："我叫奥赛里斯，她——"他指指身边的女人，"她是伊西斯。"老祭司又亲吻了女人主动伸过来的手，女人顺势请他起立。"不知两位可有落脚点，如果两位不嫌弃，请下榻敝家陋室。"老祭司站起来说。

奥赛里斯点点头，又嘱咐道："我们二人的秘密，不可向任何人提及。"老祭司答应，引领着两位神灵向自己的房间走去，他的心跳久久不能平息，这一切都不像是真实的，更像场醒不来的梦。

他在迷蒙中想起多年前水夫巴米里斯的预言，那个地位低贱的人自称是神的使者，宣称拉神的子嗣、大地的主宰将要降临凡间。而如果他的记忆没有出错的话，当年那个被广为流传的名字就是男人告诉他的奥赛里斯。老祭司只觉自己眼睛一湿，原来上上上上辈祭司留下的训诫是真的，当神决定原谅人类的时候，他就会派自己的子嗣来拯救人类。如今奥赛里斯真的来了，可想而知，这个曾被神遗弃的大地会重新得到神的眷顾，而在这个土地上生活着的人民也将迎来更加美好的未来。

神祇展示栏

伊西斯：古埃及的母性与生育之神，是一位反复重生的神灵。她和自己的兄弟奥赛里斯结合之后生下荷鲁斯和敏。同时，伊西斯和姐姐奈芙蒂斯同为使者的守护神，死去的人们可以在自己的棺材两端看见她们，她们有着绝美的容貌和巨大的翅膀，肉身死亡之后，她们会展开翅膀保护灵魂。

神在人间

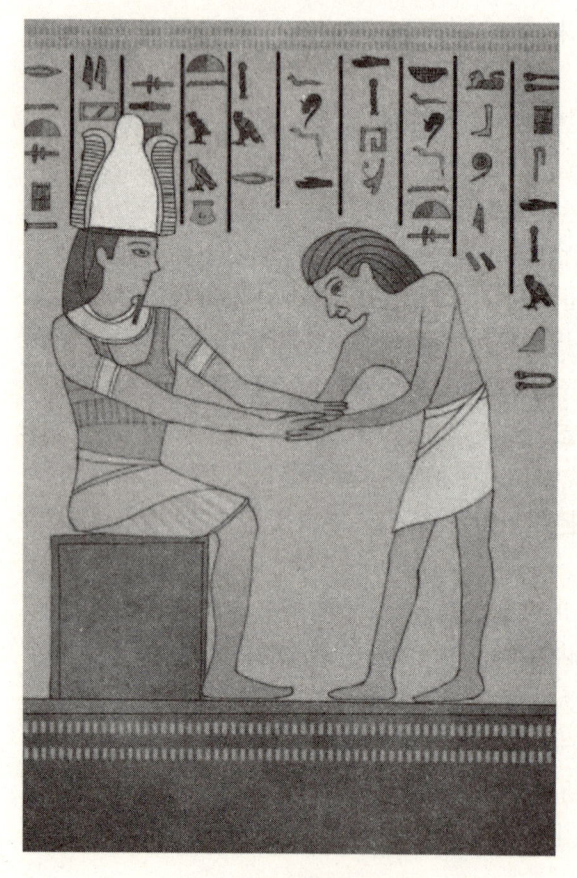

生育之神伊西斯和她的丈夫奥赛里斯奉拉神之命来到人间,为改造大地奉献自己的一份力量。他们初到人间就引起了世人的瞩目,在太阳神庙祭司的帮助下,他们决定暂时住在老祭司的家里,再筹划下一步的行动。

那个时候的古埃及,人类居住环境是非常恶劣的,即使是像老祭司这样有社会影响力的人物,也只是住在仅能遮风挡雨的帐篷里,更别提那些生活在底层的劳动人民了。

不仅仅是居住环境,当时人类的服饰也没什么讲究,仅求蔽体而已。因此,当打扮得体、一身华服的奥赛里斯和伊西斯走进人群中时就显得格外引人注目。他们走在街道上,不仅全街的人停下手边的工作看他们,就连临街的,都要匆匆忙忙赶过来一睹风采。

老祭司捧起奥赛里斯的手

尽管老祭司一再强调,他们只是普通的过路人,现在寄居在他家小作停留。但谁也不信。奥赛里斯和妻子成了古埃及人们茶余饭后最爱讨论的话题,他们的服饰、他们的举止、他们的风度都让一般百姓着迷,而老祭司的刻意维护又给他们增添了一层神秘的光圈。

如果情况一直保持下去,这样的全民迷恋倒也是感觉不错的。可惜,世界上总有那么一小部分人唯恐天下不乱,非要制造一些不同凡响的言论来,这些言论也传到了老祭司的耳朵里,他整日唉声叹气,为自己不能给神灵解围而感到难过。

"老祭司,你为何终日唉声叹气呢?"奥赛里斯在一天饭后走到老祭司面前问他。老祭司捧起奥赛里斯的双手,不停地亲吻着,温热的眼泪大颗地滴到奥赛里斯的手背上。

"发生了什么悲伤的事情?"奥赛里斯问。

老祭司迟疑地开口:"是这样。我严格遵守对您许下的承诺,绝不泄露您和伊西斯女神的身份,但是,您两位的光彩是怎么也遮掩不住,于是市集上就有了不好的传言,说你们是妖孽,来祸害人间的。"

看奥赛里斯不动声色,他的沉默像无声的网,罩得老祭司焦躁不安,唯一能做的,就是拉着他的手低头忏悔:"请您原谅这些无知的人类,在被神灵遗弃的这些年间,人类不仅丧失了信仰,也失去了信任别人的能力。"

"我能理解。"奥赛里斯终于开口,老祭司有种被赦免罪恶的解脱感,"万能的拉神之所以派我和伊西斯来到人间,就是为了改变这种状况。"老祭司听了这番话感动得连话都说不出来,千恩万谢后留奥赛里斯一个人在帐篷内陷入沉思。

知道那些不好的传言后,奥赛里斯一点也不畏惧,还是和平时一样带着伊西斯在街上体察民情,任凭各种不同含义的目光落在自己的身上而面不改色。某天,奥赛里斯带着伊西斯走到市集上,发现人群没有来看他们,而是围成一圈,不知道在关注什么,还间歇唏嘘不已。

见奥赛里斯两人到来,人群自动为他们让开一条通道,伊西斯这时才明白为什么人群会聚集。人群中间是一个奄奄一息的男孩,他的嘴角边还有干了不久的血迹。

"发生了什么事情?"伊西斯问哭泣不止的孩子的母亲。

"木头从高处落下,砸到了孩子的头,头部并没有出血,可是不知道为什么孩子一直在吐血,而且还昏迷不醒。"母亲哭得眼睛通红。

伊西斯看看孩子身边的木头,有一尺来宽,而那孩子不过五六岁的样子,难怪会伤得如此严重。"交给我吧!"伊西斯将手臂放在孩子的颈部,对孩子母亲说。

母亲半信半疑地看着她,伊西斯笑笑道:"放心吧,我保证不出一分钟,这孩子就能继续玩耍。"母亲虽然不放心,但还是把孩子移交到伊西斯的怀抱中,伊西斯朝她点点头以示安抚。

伊西斯把孩子的身体升至半空中,让他的正面能够充分享受到阳光,然后念动祷告词，请万能的拉神帮助她恢复小男孩的生命力。半分钟过去，孩子的身体缓缓降下来，轻轻落到伊西斯的怀里。伊西斯摸摸他的额头，他就睁开了眼睛，天真地朝伊西斯微笑。听到好朋友的呼唤声，更是活力四射地从伊西斯的怀里跳下来，找小伙伴玩耍去了。

小男孩的母亲回过神来，第一反应就是跪下亲吻伊西斯的手，此时的伊西斯也征服了所有在场的人，他们使劲为她鼓掌，之前那些关于她和奥赛里斯的流言，从此刻开始再也没有出现了。此后，再有人受伤或是重病，都会请伊西斯来诊治，而她的手似乎能治百病，只要经她的手一抚摸，再糟糕的患者也能从病榻上立即跳起来。

英俊的奥赛里斯也很受欢迎，他白天在田间教人们如何开垦荒地，如何造犁，他还教会人们如何把地势低的水引到地势高的旱地，大家尝试之后，都觉得大大节省了劳动力。除此之外，奥赛里斯还教人们怎么栽种和施肥才能高产，田里的庄稼汉们都很佩服他。

当夜晚降临，奥赛里斯就带着妻子在太阳神庙附近吹笛、唱歌，能歌善舞的年轻人围绕着他们，每天玩到夜深都不肯离去，他们甚至要求奥赛里斯和伊西斯组成乐队在全埃及巡回演出。在这个质朴的小镇上，凡是能接触到奥赛里斯夫妇的人，都很爱他们，觉得他们不仅知识渊博、举止高雅，还亲切好客，简直完美如神。

奥赛里斯当时还做了一件事，他告诉人们，庙宇里的那些木雕泥像是没有用的，它们不会给人们庇护，即使人们日夜祷告，它们的本质也还是木头和泥块，根本自保都难。但是，这并不意味着神灵是人们虚幻出来的，在高高的天上，真的有神灵存在，那里有座太阳城叫做赫里尤布里斯，拉神和众神就生活在那里。如果人类肯一心向善，听从神的旨意，做个好人，那么他们死后就有可能成为赫里尤布里斯城的百姓，和神灵们生活在一起，就像伊西斯的歌里唱的那样。

奥赛里斯和伊西斯的盛名越传越远，某天还传到了法老的耳朵里。法老对这两个人很感兴趣，派人请他们入宫。奥赛里斯和妻子并没有拒绝，他们知道，这一切都是父神拉神和神圣母梅特在冥冥之中安排好的，他们只要遵从拉神的旨意就一定不会遭受厄运。

两人进入宫门，法老看见美丽的伊西斯，惊为天人。一时间竟然看呆了，直到奥赛里斯轻声咳嗽了一声，他才如梦初醒。

"奥赛里斯、伊西斯，你们两个是从何处而来？"法老的问话是针对两个人，眼神却一直为伊西斯而滞留。

"禀陛下，我们来自阿鲁大地。"奥赛里斯回答，颇为不悦法老对伊西斯的垂涎目光。

"阿鲁大地?"法老从未听过这个地方,"我也想去看看,给我带路。"

奥赛里斯轻笑,神情里隐约一丝蔑视:"那里不是人类能够到达的地方。"

法老被他的蔑视激怒:"奥赛里斯,人民拥戴你,视你为神灵,难道你也自认为是万能的神吗?凭什么你能去的地方,我却去不了?"

奥赛里斯向妻子伸出手,打算就此离开。

"慢着。"法老一声令下,周围的士兵挡住了两人的去路,奥赛里斯并不想伤害这些无辜的士兵,他回头看法老:"陛下还有什么吩咐吗?"

"不带我去阿鲁大地,你就别想回家。"法老威胁他,自即位以来,法老还没遇见过敢反抗自己的人。

"好啊!"奥赛里斯揽住妻子的肩,"那我们就在这埃及的王宫里待上一段时间,看看这王宫里的人过的是什么样的生活,你意下如何?"伊西斯满眼爱意地对丈夫点头微笑。

奥赛里斯不怕,法老也就没办法了。人不畏死,奈何以死惧之,再说他也舍不得美丽的伊西斯就此消失在自己的视线范围内,就下令让奥赛里斯留在王宫,教王宫里的人学习他的技能。

奥赛里斯和妻子就暂时住在了王宫。在王宫的日子里,奥赛里斯也没闲着,他白天教砖瓦匠建筑,教他们如何把王宫改造得更加富丽堂皇,夜幕降临时还要教王宫里的巫师学会咒语,而且还要不时地关注自己的妻子是否被法老垂涎着。

日子久了,奥赛里斯感觉到疲倦了,他把头埋在伊西斯的胸前,闷声说:"我还是喜欢在老祭司家的生活,那里的人们给予我们的,是最真挚的爱。那样的生活是真实的。而这里的一切却都像是笼罩于阴谋之网中,不知道哪天就会有人失足。"

伊西斯没有说话,只是用手指轻轻梳理丈夫的头发,她的手指让他安静而恬然地坠入梦乡。等到他发出均匀的呼吸声,伊西斯才缓缓地叹了一口气。

神祇展示栏

梅特:古埃及神话中的神圣母,也是太阳之母。在古埃及神话中,并没有命运女神的职务,梅特在某种程度上就是充当了"命运女神",她决定人类的命运,有时也能决定神灵们的。虽然在埃及神话中出场次数不多,但地位确实崇高。

流传千年的埃及神话故事

神和法老的较量

当神被禁止使用神力,当他变成凡人,他所面临的境遇也会很尴尬。比如说,奥赛里斯,埃及的法老听说他的盛名,招他进宫,不但没有赏识他,反而把他软禁在王宫里,原因不过是法老看上了他的媳妇。奥赛里斯很郁闷,他开始后悔曾答应过拉神"除非救人不能使用神力"的承诺,他多想带着妻子一走了之。

某天,奥赛里斯独自到法老的花园里散心,即使满园的姹紫嫣红入眼,还是不能排遣心中的郁闷。他索性坐在台阶上长吁短叹,渴望拉神能够看到他,给他一点提示。

"唉!"这花园里竟然还有别人也在叹气!声音居然比自己的还大!奥赛里斯竖起耳朵,好奇地朝叹气声走去。

坐在花坛上叹气的武官

叹气声始终没有间断,奥赛里斯顺着声响,很快找到它的主人——是个浓眉大眼的小伙子,他坐在花坛的台阶上,眉头紧锁着散不开的愁云,身上穿着的则是王宫武官的制服。

"你好!我是奥赛里斯。"奥赛里斯在小伙子身边坐下。

"你好,奥赛里斯大人,我叫胡泰尔。"胡泰尔硬是从嘴角扯出一丝笑意来,对这个王宫里的大红人,他当然不陌生。

第二章　完美女神

"你为什么独自在这里叹气呢?"奥赛里斯脸上的表情看起来很真诚。

"我……"胡泰尔欲言又止,可是不知道为什么,奥赛里斯就是能给他一种安全感,他直觉地认为,如果谁要跟奥赛里斯分享秘密,他一定会为别人守口如瓶的。因此,他决定将心里的苦闷都一股脑儿地倒给奥赛里斯。

"我是王宫里的武官,在上一次的选拔活动中,我的上司暗示我要给他点表示……我没有答应,结果,他不仅不升我的职,还处处陷害我,这次他竟然在法老面前献谗言,说我煽动部下妄图篡夺王位。可是,天地明鉴,我对法老是忠心耿耿的,怎么可能做出这种不合伦理的事情来呢?"胡泰尔说到这儿再也说不下去,他把脸埋在双膝间,肩膀微微抽动。

"竟然有这样的事情!"奥赛里斯气愤地站起身,来回踱步,"那法老的意思呢?"

胡泰尔抬起头,眼神里净是绝望:"这种事情是所有君王最忌讳的,法老的意思不用当面请示,我也能知道,一定是宁可错杀三千,不可放过一个。"

"岂有此理!怎么能这么草菅人命!"奥赛里斯拍拍胡泰尔的肩膀,他早已从这个年轻人真诚的眼神中看出他说的全部都是事实,"你放心,我会救你!"

"救我?"胡泰尔悲伤地摇摇头,"奥赛里斯大人,多谢你的好意,但是恐怕除了神灵,再也没有人能救得了我。午时过后,我就要到法老面前领罪了。"

奥赛里斯也没有过多表态,只是陪着这个可怜的年轻人一直坐到午时来临,然后跟着他被几个士兵押送至法老面前。

胡泰尔说得没错,法老的态度果然强硬,他看到胡泰尔就大声责问:"你为什么要煽动部下来反叛我,难道王宫待你还不够好吗?"

胡泰尔跪下:"我热爱我的国家,我忠诚我的君主,我根本就没有反叛之意,一切都是我的上司搞的鬼,我是无辜的。"

他的上司此时正站在法老背后,冷酷地看着他:"我已经向法老呈现了你谋反的证据,你已经是百口莫辩了。我劝你还是乖乖受罚吧!"他走下台阶,对法老单膝跪下:"尊贵的陛下,请你下令处死这个背叛者。"

法老神色有些不耐烦,他大手一挥,矗立两旁的士兵立即上前绑住了胡泰尔。"宁可错杀三千,不可放过一个。士兵们,将这个胆大包天的反叛者给我推出去,砍了!"法老道。

"慢着!"奥赛里斯从角落里走出来,穿过窗户的光线给他全身罩上一圈抢眼的白光,士兵们目瞪口呆,在没看清面目之前,他们还真以为有神灵赶来解救胡泰尔。

奥赛里斯走到法老面前,士兵们在心底暗暗叹息,还以为是神灵下凡,原来是法老讨厌的人出来搅局了,可怜的胡泰尔啊!这下应该是没救了。

"你想做什么,奥赛里斯?"法老怒气冲天,从座位上弹起来大嚷道。

奥赛里斯不紧不慢地说:"请法老重新审判此案。"

"你凭什么命令我!"法老更加愤怒,朝奥赛里斯的方向又走进了一步,目光却越过他,对士兵下令:"把胡泰尔给我拉出去砍了!"

奥赛里斯轻蔑一笑,抬起手臂,五指张开,大吼一声:"回你的座位上去!"众人还没看清怎么回事,法老已经老老实实坐在王位上了。

其实,不仅众人疑惑,法老自己也迷惑了,房间外明明阳光明媚,怎么一瞬间就起了怪风,而且风力竟然强大到能把他从一公尺开外的地方推回到座位上。

"我告诉你,你不能这样轻率地对待生命!"奥赛里斯郑重其事地对法老说,"你根本不想调查清楚,就匆匆下决定,也许你身边看似忠诚的人才是真正的背叛者。而这个孩子……"奥赛里斯走到胡泰尔面前,不过手一扬,胡泰尔身上的绳索就松开了,"我敢保证,他对你是忠心耿耿的,而你,差一点就错杀了他。"

法老瘫在王位上,眯起眼睛想,这个人,到底是什么人呢?这个疑问也同样存在于在场的所有人心中。

奥赛里斯知道他们的疑问,但始终也没说破自己的身份,他只轻描淡写地说了一句话,就带着胡泰尔离开了。那句话在每个人心中都激起了波澜,尽管那句话是对法老说的:"你不是全宇宙最有权势的人,你的一举一动,神都在天上看着,你的命运也是由神来掌握,你未来的去处也将由宇宙之神塞巴克来决定。今后,还请陛下谨言慎行!"

而那天他离去的背影在每个人的心中都印成了一幅经典的画面。

神祇展示栏

塞巴克:一位因为勇敢在死后被拉神破格提升为神明的出众人物,他是法老的守护神,负责法老的安危和判断他们言行举止的得当与否。他还是丰收之神,当他降临到田里,人们就知道,那年又是一个丰收年。他同时还是宇宙之神,宇宙间发生的事情都逃不过他的眼睛,他负责把这些事告诉拉神,让拉神来做最终的判断和定夺。

恶神来了

身在凡间，肩负改造人类任务的奥赛里斯和妻子伊西斯都曾或多或少地在人前使用过法术，这种稀奇的事情往往就是一传十、十传百，传的人多了，人们愈加坚信，他们两位就是传说中的神灵，对他们也愈加拥戴。

另一方面，奥赛里斯因为一个士兵和法老发生争执之后，埃及的法老就一直耿耿于怀，郁结于心竟然病逝了，他膝下并无子女，在他死后，埃及究竟由谁来统治就成了一个热门话题。

一个风和日丽的早晨，伊西斯推开窗户，却被眼前的景象吓了一跳。一公尺多高的窗台下密密麻麻地跪着大权在握的大臣们和全国最智慧的学者。

古埃及人学会了各种工作

"你们这是做什么？"伊西斯忙不迭地扶他们起身。

但大臣们都不肯，他们异口同声地说："我们请求奥赛里斯继承王位。"几百张嘴同时发出一个声音，可见重视程度。伊西斯为难地看向屋里的丈夫，奥赛里斯点了点头。

就这样，日后的冥王奥赛里斯成了埃及的法老，他的统治温和而公正，人民对他非常拥护。而在他和妻子伊西斯的统治下，古埃及的国土面积也日益剧增，四周小国的君主皆来朝拜，请求古埃及将自己国家纳入领土范围。奥赛里斯用自己的智慧及仁慈征服了人心。

日子平稳地过了很多年，在这些年间，古埃及的人民学会了建造房屋，学会了给自己制作漂亮的衣服，学会了耕种粮食、饲养家禽，也学会了礼仪，他们对生活感到满足。某天夜晚，晴朗的天空突然刮起狂风，一道闪电惊心动魄地划破天空，照亮了奥赛里斯的王宫。伊西斯不禁打了个冷战，眼皮开始突突地跳，像有什么不好的事情将要发生一般。

王宫的大门被狠狠敲打着。伊西斯命人去看门外是谁，士兵拉开门缝一看，这来客长得可真够丑的，他佝偻着身子，脸上配着鹰钩鼻及厚唇，一双小眼睛闪着狡诈的光芒。

士兵没敢给他开门，只透过门缝问他："你是谁？你来王宫有什么事情？"

来客嘿嘿一笑，鹰钩鼻显得更恐怖了："我叫塞特，你去告诉奥赛里斯，就说他的兄弟来投奔他了。"

"你？"士兵狐疑地看他，"我们法老那么英俊潇洒，怎么可能是你的兄弟？"

"你一问便知。"脾气暴躁的塞特此时竟然表现出好脾气来，他满脑子都想着离开赫里尤布里斯城前，战斗之神巴鲁告诉他的策略，兴奋让他甚至忽略了士兵的无礼。

士兵再次关上王宫的门，进宫向奥赛里斯和伊西斯禀告。奥赛里斯很开心，他已经很久没有见过赫里尤布里斯城里的人了："快请他进来，他确实是我的兄弟。"

"是！"士兵答应着，脸上是一副不可思议的表情，法老这么仁慈英俊，为什么他的兄弟看起来那么猥琐，感觉满腹阴谋的样子呢？

奥赛里斯激动地向屋外张望，完全没有注意到身旁的伊西斯渐渐握紧了拳头，她记得那个丑陋的塞特，在他们都还年幼的时候，他就曾经妄想以武力霸占她，而今，他一来，几乎就等于宣告现在这种快乐平淡生活的结束。

塞特走进屋来，奥赛里斯热情地拥抱他的兄弟，可是塞特却没有一点喜悦的表情，他的眼睛一直看着惊慌失色的伊西斯，他的心里全部都是杀死哥哥，霸占嫂嫂的念头："这么多年过去了，这个女人还是这么美艳，也不枉费我为她谋划这么多。他日，奥赛里斯一死，我就是埃及的王，她便是我的王后，那才是最值得期待的画面。"

在伊西斯的反复劝说下，奥赛里斯没有让塞特住在王宫里，而是在王宫附近为他建造了一处居所。就算是这样，伊西斯也还是不放心，她派身强力壮的士兵日夜看守着他，没有她的允许，塞特甚至不能随意走出院子。这样过了两年，倒也相安无事。可是，只有塞特自己知道，他的目标一直都没有更改过。

神祇展示栏

巴鲁：古埃及神话中的战斗之神，将战斗视为生命的一个神灵。他的神力在众神中不是最强大的，但他却是最难被打败的。他的性格怪异，既不属于善良一类的神，也不属于邪恶一类，他只是钟爱战斗，哪里有战斗，哪里就有他的参与。

宫　变

在冥王奥赛里斯统治古埃及的时候，他的兄弟干旱之神塞特曾经到过他的王宫，塞特是个出名的恶神，他到达的地方，往往都会引起一阵骚乱。更何况，他拜访奥赛里斯的王宫，本来就动机不纯，他心心念念地想杀掉兄弟，霸占嫂嫂。

和兄嫂和平相处两年后，塞特终于掩藏不住自己的狼子野心，他开始四处制造麻烦，先是将12名对奥赛里斯忠诚的士兵以莫须有的罪名关入监狱，这阴谋随即被伊西斯看穿，塞特就开始装可怜给奥赛里斯看，整日躺在床上不吃不喝，但每一个了解他的人都能看出来这不过是他的苦肉计。只有善良的奥赛里斯深受感动，反复劝说塞特，塞特这才不情不愿地进食。

塞特向奥赛里斯进献布料

塞特终日思索如何能让奥赛里斯投入自己的阴谋之中，就在这时，战斗之神巴鲁帮了他的忙。他给塞特送来一个精美绝伦的箱子，并让手下人告诉塞特，只要他打开箱子，就会明白他的用意。

塞特打开箱子，看见里面躺着一匹布料，那布料在阳光之下会散发出七色光芒，可想而知，如果做成一件斗篷，会给穿着的人增色很多。

塞特兴奋得手舞足蹈。他立即起身进宫，把布料呈现给奥赛里斯，奥赛里斯一见就喜欢,塞特趁机说道:"陛下,您对我如此之好,可是我无以为报,就让我借花献佛,用这布料为您做一件斗篷吧!"奥赛里斯不疑有诈,爽快地答应了他的请求。

塞特为奥赛里斯测量尺寸的手法非常奇怪,他用整块布包裹住奥赛里斯,仿佛在测量他的体积一般,奥赛里斯虽然也有小小的质疑,但都被塞特用花言巧语骗过去了。

因为布料精美珍贵,加上成衣的主人是奥赛里斯,所以塞特向伊西斯发出请求,希望她能让自己出城几天,以找到世间最优秀的裁缝师来缝制。这个借口天衣无缝,即使是伊西斯也找不出什么拒绝的理由来。但这个聪明的女人总觉得事情不会是那么简单,她把自己的想法告诉奥赛里斯,这个善良的男人只是笑笑,劝她早点休息,说她操劳过度,以致神经过敏了。

塞特带领一行人走出城门,他们走了很远,到达一块沼泽地,沼泽地上建造了一个茅草屋。塞特命令随从在门口等候,自己孤身走进茅草屋。随从们心生狐疑,透过茅草屋墙体的缝隙向里看,发现这个茅草屋古怪至极,外部破烂不堪,里面却是金碧辉煌,甚至奢侈到连墙面上都镶满了珍珠宝石。

塞特在茅草屋里待了很久才出来,等他出来时,随从们发现布料依旧在他手里,看来这茅草屋里住着的不是裁缝师。那么这个奇怪的居所里到底住着什么人呢?

这时,夜已经很深,塞特没有选择露营,而是带着随从们继续向前赶路,度过疲惫至极的两天两夜,他们来到一个木房子门前,塞特这次没有多做停留,把布料放下就匆匆离开了。

接下来的十七天,依旧是昼夜不分地赶路,随从们都觉得自己已经到达了精力的极限,等塞特终于宣布休息时,他们才豁然发现自己到了埃塞俄比亚的首都。

塞特安排随从们在客栈休息,自己则走进埃塞俄比亚的王宫,求见公主陛下,两人一见如故,闲谈之间塞特提到那匹绝世的布料。他得意洋洋地说:"伊西斯再聪明也想不到,我为她丈夫做的斗篷就是为了把她和奥赛里斯分开,她太聪明了,有她在,我做任何事都不会成功。只要奥赛里斯那个笨蛋一落单,就能任我处置了。"

"你这么大胆,不怕你们的丝特梅女神处罚你吗?"

"我有什么好怕,等我当了法老,她照样要庇护我!"

公主呵呵地笑:"可是我帮助你背叛强大的埃及,我又有什么好处呢?"

塞特靠近她,猥琐的表情让人看了生厌:"等我成了埃及的王,我可以割让城池给你,你说你要几个?"

公主轻松地端起茶杯，伸出白皙的五个指头在塞特面前摇了摇。

"一言为定！"塞特也端起面前的茶杯，轻轻碰了碰公主的杯，算是交易达成。

第二天，塞特带着72名武装精良的士兵踏上回国的路，回程较之来路，塞特显得心急得多。他一直走在队伍的最后面，不停催促前面的人加快脚步。又是不眠不休的十七天，他们经过来时的小木屋，塞特进去拿了斗篷就走，一刻都不耽误。

两天后，他们来到沼泽地，塞特命人扛出一个长方形的物体，由于物体太重，回程他们没有选择陆路，改走水路。

回到埃及，塞特来不及休息，就急急进宫面见奥赛里斯，把精美的斗篷披在他身上，然后趁机邀请奥赛里斯到他的家里饮酒作乐。平心而论，奥赛里斯很不喜欢弟弟的那些酒肉朋友，刚想拒绝，塞特就以可怜兮兮的目光哀求他，奥赛里斯心软了，再看看身上的斗篷，于是答应了塞特。

回到后宫，奥赛里斯给伊西斯展示自己的新斗篷，并向她说明晚上会参加塞特酒宴的事情。"参加他的酒宴？"伊西斯搂住丈夫的腰，趴在他胸前听他踏实的心跳声，"我很担心你。万一他有什么歹念，我也不在你身边，这可如何是好啊？"

"放心吧！"奥赛里斯的大手在爱妻柔软的头发上摩挲，虽然此时他也有些后悔，但一国之君，一言既出驷马难追，他也只能硬着头皮赴约，"我答应你，我一定在午夜前赶回来。"

"嗯。"伊西斯点点头，心里暗暗发誓，如果塞特敢动奥赛里斯一根汗毛，她绝对不会饶了他，即使告到拉神那里，她也要塞特付出沉重的代价。

晚上，奥赛里斯准时赴约。塞特家看起来没什么特别之处，不过就是一些他的酒肉朋友和满桌的美食美酒，奥赛里斯这才稍稍把悬着的心放了下来。

酒席进行到一半，塞特借着微醺的酒劲对奥赛里斯说："弟弟我在旅行途中发现一个美丽的箱子，哥哥可愿与大伙儿共赏？"奥赛里斯毫不怀疑他的动机，欣然答应。

塞特拍拍手，仆人把一个箱子从后院抬了出来，那箱子华贵绝美，箱壁上镶满了珍珠钻石，打开来看，一股浓郁的檀木香扑面而来。

"果然是宝物啊！"奥赛里斯赞叹道，爱不释手地摸了又摸。

塞特把奥赛里斯的反应看在眼里，心里狂喜不已，但表面上却假装出毫不在意的样子，他大声对与宴人们说："这样吧！谁能把自己的身体全部装进这个箱子，我就把这箱子送给他！"那些酒肉朋友纷纷请缨，但他们之中没有一个人能把自己的身体全部装进去，都只能遗憾地摇头。

"哥哥，您要不要试试？"塞特引诱奥赛里斯说。

奥赛里斯有些犹豫，但禁不起塞特和他那些酒肉朋友的起哄，于是站起身来试了试，谁知箱子不大不小，刚好能容得下他的身体。他刚想要站起来高兴地呼喊"箱子是我的了！"就觉得后脑勺被狠狠敲了一下，他晕眩地转过头，看见自己的兄弟塞特手里拿着一支粗壮的狼牙棒，后悔的心情一闪而过，他就失去了知觉。

塞特见奥赛里斯晕过去，半惊半喜之下，酒也醒了大半，急忙拿起榔头，用最牢固的钉子钉住了箱子口。

塞特带着那些酒肉朋友和从埃塞俄比亚带来的精良士兵把箱子扔到尼罗河下游，当箱子顺水漂浮到河中央，黑夜里突然凭空燃起了一团火，照亮了整个夜空，也照亮了塞特丑恶的嘴脸。毕竟自己害死的是一位神灵，同时这位神还是自己的哥哥，塞特顿时吓得差点尿裤子。

此时，已经熟睡的伊西斯在床上不停翻身，她正在做噩梦。梦里，她看到黑暗中有一个人满脸是血，但那人离她很远，她看不清眉目，当那个人走近，她惊叫了一声，那张脸赫然是奥赛里斯的脸。

伊西斯从噩梦中醒来，黑夜里凭空燃起的那团火也照亮了王宫的每个角落，伊西斯泪流不止，她知道，自己的丈夫已经遭遇不测了。

神祇展示栏

丝特梅：古埃及神话中的法老守护神，工作职责是保护人间的法老不受恶灵侵害，因为她同时也是恶灵之主，宇宙间的恶灵都归她支配。丝特梅同时也是魔术的女王，她教会人类动用想象力，展示魔术的魅力。

最终的挽歌

奥赛里斯被自己的亲兄弟塞特害死,他的妻子伊西斯得知消息后,整整昏睡了两天两夜,昏迷中奥赛里斯溅满鲜血的脸一直出现在她面前,即使在昏迷中,伊西斯的枕巾也一遍又一遍地湿透。

两天后,伊西斯在头痛欲裂中醒来,脸上的泪痕还没来得及擦去,就有贴身侍女来报,说是塞特带着埃塞俄比亚的士兵正守在宫门外,派人给她送来了一封信。

伊西斯胆战心惊地打开信,塞特用歪歪扭扭的字体写道:"亲爱的伊西斯,你知道我对你用情多深。现在我就在你的宫门外,如果你愿意嫁给我,跟我一同统治埃及,就请帮我把门打开,我发誓绝不伤害任何一个人;如若不然,我就血洗王宫,我同样说到做到。"落款是:"温柔地吻你,你忠诚的塞特。"

塞特看着金丝雀

看这落款,伊西斯只觉恶心,不禁又想起她的丈夫奥赛里斯来。她把信往地上狠狠一扔,让贴身侍女把王宫护卫队队长找来。此时的王宫护卫队队长是胡泰尔,奥赛里斯曾经救过他一命,他发誓终生效忠他们夫妇俩。

胡泰尔走进伊西斯寝室,行礼完毕,伊西斯问他:"害死法老的塞特给我写了一封信,说我如果愿意嫁给他并且开宫门迎接他,他就放过王宫里的人;不然,他就血洗王宫。你怎么看现在的情况？"

　　胡泰尔亲吻她的手："王后，我对拉神发过誓，誓死效忠您和奥赛里斯法老，现在正是我表现自己忠心的时候，我绝对不会让王后您受辱的！即使代价是死，我也要保护您到最后一刻！那塞特想要得到您，除非踏过我的尸体！"

　　伊西斯很感动，她双手交叉在胸前，为胡泰尔唱起战歌，那歌声高亢嘹亮，传遍王宫的每个角落，听到的人都觉得精神大振，准备跟恶神一决胜负。

　　得到胡泰尔的答案，伊西斯下定决心，回了塞特一封信，言词犀利，看得塞特是又恼又羞，泄愤般地撕碎信纸，命令士兵们立即进攻王宫。

　　王宫陷入悲情之中，塞特的军队烧杀掳掠无所不作。在逼近后宫之际，色心不死的塞特又给伊西斯写了一封信，反复劝说她嫁给自己，这样就能阻止很多家庭的悲剧。同时，塞特也有自己的打算，他并不想跟英勇善战的胡泰尔正面交锋。如果伊西斯能答应他的请求，他就能保存更多的军事实力。

　　伊西斯在高高的阁楼上看见了王宫里发生的一切，她有点心软了，毕竟因为她一个人使得那么多人丧生，她也于心不忍。

　　胡泰尔看出她的想法，跪下诚恳地说："王后陛下，只有您毫发未伤，埃及的王宫才会有尊严存在。请您为了埃及的尊严，好好保重自己。王宫护卫队的全体成员会为您奋战到最后一刻。"

　　伊西斯满眼含泪地点点头，又给塞特回复了一封拒绝信。

　　塞特的军队继续开进，很快就到了伊西斯所在宫殿的门口。胡泰尔拜别伊西斯，亲自上场杀敌，那临行前的一声"珍重"竟然包含了永别的意味。

　　伊西斯默默走进自己的房间，拉开抽屉，把所有值钱的首饰都交到贴身侍女们的手中。

　　"王后陛下，您这是？"离别在即，侍女们的眼睛都红了。

　　伊西斯淡淡地微笑，把她们的手握得更紧了："我想，塞特是不会怎么为难你们的。你们赶紧带着首饰从后门离开吧！"

　　"王后陛下，属下愿与您共进退。"侍女们哭着跪了一地。

　　"不用担心我。"伊西斯半蹲着拥抱这些朝夕相处的姑娘们，"我自有办法逃脱，你们先离开一段时间，等我重返王宫之日，咱们再聚首。"

　　好不容易把哭哭啼啼的侍女们打发出宫，伊西斯躺在床上，伸手拉来白色亚麻床单覆盖住自己的身体。她张开双手，祈求神灵伟布华伟特的庇护。在得到伟布华伟特的回答后，她开始高声歌唱，随着歌声的持续，屋里的家具开始慢慢变得朦胧，最终消失不见……

第二章　完美女神

塞特兴冲冲地推开伊西斯的房门，但出现在他眼前的只有一张白色的大床，床上停留着一只美丽的金丝雀，它的羽毛是紫铜色的，眼睛水润如伊西斯。

塞特刹那间明白了什么，他扑上前去想用身体压住金丝雀，却慢了一步。当他扑倒在床上，金丝雀早已展开翅膀飞出了窗口。它飞行的速度极快，塞特以最快的速度扑到窗前，也只能遗憾地看着那个紫铜色的小点渐渐融入厚重的云层里……

神祇展示栏

伟布华伟特：王室家族的守护神，工作内容是保护法老家族中的成员不受伤害。他只忠于王室，他曾说过："无论王室是什么姓氏，无论他们的人品是好是坏，我都会倾尽全力保护他们。"

兽神贝斯的真面目

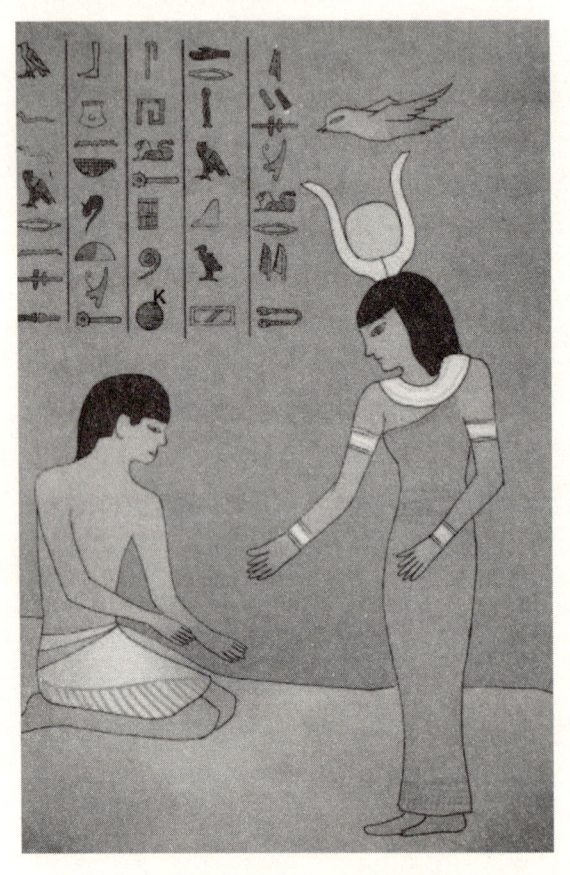

丈夫奥赛里斯被小叔塞特残忍杀害后,女神伊西斯变成有紫铜色羽毛的金丝雀,开始了漫漫寻夫路。偌大的古埃及,分为上埃及和下埃及。想在这么广阔的土地上找到一个人,不是一件容易的事情。金丝雀不知道自己飞了多远,每天只孤独地看着太阳升起又落下,兀自心急如焚。

飞着飞着,金丝雀发现河边站着一位老人,她赶紧找个隐蔽的地方化成人形,快步走到老人面前:"老人家,您曾经在这水面上看到过一个美丽的箱子吗?"

老人摇摇头:"没见过,但我有个故事和箱子有关,如果你想听,我可以讲给你。"

"您请讲。"

老人说:"我的老伴是个老实的牧羊人,每天清晨出门放羊,晚上再把羊群赶回家。他的生活几乎是一成不变的……"

伊西斯化为人形对老人说话

"那他和箱子有什么关系呢?"心急如焚的伊西斯打断老人的絮叨,焦急地问。

"年轻人怎么这么没有耐性呢?"老人嗔怪地看了她一眼,"我马上就要讲到了。"

老人说:"我那老伴,昨天早晨在放羊时遇见了服侍兽神贝斯的精灵,精灵们告诉他,在河边的林子里,有一团白光。白光包裹着一个箱子,而那箱子里躺着的就是咱们埃及的法老。说完,精灵就消失了。"说到这儿,老人撇撇嘴,"我老伴回家把这个故事告诉我。不过,我们两个谁都不信那精灵的话。我们的法老在王宫里住得好好的,怎么会出现在箱子里呢?"

伊西斯的眼泪顺着脸颊哗哗地往下流。

"孩子,你怎么了?"老人看着美丽的女子哭得梨花带雨,很是不忍。

"老婆婆,那精灵没有撒谎,箱子里躺着的是我的丈夫,他被恶神塞特残害,已经离开这个人间了。我此次正是为了寻他而来。他确实是咱们埃及尊贵的法老。"

"可怜的孩子……您是王后陛下?"老人惊慌失措,膝盖半屈就要俯身下跪。

伊西斯赶紧扶住了她:"老人家,不用如此多礼。您能告诉我那个林子在哪里吗?"

"是,王后陛下,那个林子在尼罗河三角洲地带,我老伴经常在那里放羊。您不妨在我家休息一晚,等我老伴明天带您去。"

"不用了,老婆婆。我必须在第一时间找到他。"伊西斯眼里燃起希望之光,这是近期她所听到的最好的消息了。

告别老人,伊西斯继续展翅高飞,终于在傍晚时分到达尼罗河三角洲地带。还没来得及兴奋,就被眼前的景象难住了。尼罗河在这里分成了三条支流,她根本不知道该往哪个方向走。

她往远处看去,隐隐约约看见有一群孩子在玩耍,其中有个孩子还在号啕大哭。伊西斯变成人形,走到孩子们中间,拿出用魔法变出的糖果逗乐了那个哭泣的孩子。

"你为什么哭得这么伤心啊?"伊西斯的母性大发。

"我想要箱子。"孩子抽泣着说。

"箱子?"伊西斯的心猛然一跳,"什么样的箱子?那箱子现在在哪儿?"

"一个很美很美的箱子……"孩子指向东方,"它就停靠在那边的芦苇丛里,我很想要,但是我没有力气把它捞出来。"孩子委屈地说,一双泪眼可怜兮兮地看着伊西斯,想从她这里得到帮助。

伊西斯想了想,从袖子里变出一个美丽的小箱子,轻声细语地对孩子说:"那个大箱子可能已经顺着水流漂走了,我把这个小箱子送给你好不好?"伊西斯的小箱子也是人间难得一见的宝物,孩子一见钟情,立刻从哭泣变成笑意融融了。伊西斯和孩子们说了再见,朝着东方继续飞去,不一会儿就看到了河边茂盛的芦苇丛。她在芦苇丛中找啊找啊,细心地连每棵草底都没放过,但还是没能找到孩子说的那个

51

箱子。伊西斯在此时已经筋疲力尽了,加上这骤然而来的打击,她终于昏昏沉沉地睡去了。

再醒来时,伊西斯发现自己竟然躺在床上,一位慈祥的老人正坐在床边对她微笑。

"这是在哪儿?"伊西斯挣扎着起身,问老人。

"这是我家。我在河边散步的时候发现你晕过去了。可怜的孩子,你已经昏睡三天三夜了,是什么让你如此疲倦啊?"

伊西斯的眼泪再也忍不住,把前因后果跟老人讲述了一番。但她这次没说明自己就是埃及的王后,只说自己的丈夫被人杀害,如今下落不明。

老人和蔼可亲地把她拥入怀里:"可怜的孩子,既然那箱子就在这附近,你就先在我家住下吧。我每天都陪着你去寻找你的丈夫。"

伊西斯点点头,在老人家一住就是几个月,这几个月里,老人每天都会陪她在附近的树林里寻找,但最终还是一无所获。一天,心情沉闷的伊西斯独自出门寻找,找着找着就靠在一棵树下睡着了。她的嘴角挂着满足的微笑,因为在梦里,她和亲爱的奥赛里斯又能幸福地生活在一起了。一阵笛声打断了她的美梦,伊西斯失望地站起身,循着笛声的方向走,一直走到树林深处。

林子深处有一块绿油油的草坪,一个身材矮小长着羊腿羊角的男人坐在中间,长相奇怪的小精灵们围绕着他唱歌、跳舞。那男人虽然长相猥琐,笛声却是一流。伊西斯在他的美妙笛声中得到了巨大的安慰。男人和小精灵们一直玩耍到深夜,直到午夜来临,小精灵们才一一散去,留男人一人在草地上。

男人站起身来,变成美貌的男子向一直躲在矮树背后的伊西斯走来,他朝她鞠了一躬:"美丽的王后陛下,我是兽神贝斯。"

"你认识我?"伊西斯很意外。

"是的,王后陛下。我不仅认得你,还知道你一直在寻找一个美轮美奂的箱子。我可以告诉你它在哪儿,但我有交换条件。"

"我答应。只要你能帮助我找到箱子,任何我能做到的,我都答应。"伊西斯对这个男人有莫名的好感,她相信他不会像塞特那样提出无耻的要求。

"那个箱子在漂流途中被一根白杨树挡住了去路,然后它就一直卡在白杨树的枝丫里。那白杨树的长势很凶猛,过了不久,竟然将箱子纳入自己的身体之内。有一天,米里堪德尔的国王经过那里,看中了那棵树,就把它砍走,带回去做成王宫的梁柱了。而那个箱子至今仍在白杨树的身体里。"

"也就是说,我只要能赶到米里堪德尔国的王宫,就能找到箱子了?"伊西斯急切地问。

"理论上是这样，王后陛下。"

"谢谢你，那你的交换条件呢？"

贝斯的脸微微红了："您刚才已经看到了我的真面目，不仅矮小而且丑陋，因为外形的关系，我经常被人歧视。我希望王后陛下能帮助我，让我从此以后不再被人类歧视。"

伊西斯答应了，她张开双臂，轻声念动咒语，贝斯的世界从此改变。在那晚之后，人类似乎得了健忘症，他们不再记得贝斯的真实容貌，谁也不能准确描述出他的长相，而且，他们还对贝斯充满尊敬。

神祇展示栏

贝斯：古埃及神话中的兽神，但他是十二王朝时期才进入埃及人理念的，在那之前，他一直都是非洲的原始信仰。贝斯身材矮小长相奇特，工作职责是保护人类和牲畜不受伤害，还给软弱的女性勇气。他同时也被当成音乐之神，当孩子们处于表演状态时，贝斯能给他们保护。

寻找人类的主人

古埃及的法老奥赛里斯被人杀害，他的妻子伊西斯经过几个月的时间才打听到，他的尸体可能在米里堪德尔国。事不宜迟，伊西斯匆匆赶往米里堪德尔国。

米里堪德尔的王宫戒备森严，伊西斯哀求了好久，守在宫门口的士兵都不肯放她进去面见国王。伊西斯只好寂寞地坐在宫门口，看着来往的人群思绪万千。

变成金丝雀飞进王宫？不行，虽然用这样的方法能进入王宫，但自己要怎么跟国王和王后解释呢？毕竟自己的目的是他们王宫的梁柱，这么宝贵的物件，用偷的办法肯定是行不通的。可是，如果以人形走进去，又有什么办法呢？

一阵嬉笑声，衣着讲究的宫女们从宫里面走出来，她们婀娜地经过伊西斯面前。伊西斯看着

伊西斯查探小王子的病情

她们如花的脸庞，突然心生一计，她想起了战车守护神阿娜狄。在赫里尤布里斯城，阿娜狄的发型是最美的，全城的妇女都跟她学习梳理的技巧。

伊西斯走到暗处，默念咒语呼唤阿娜狄，不到半炷香，她身旁就出现了一个火辣的美女。女人一见到伊西斯就抱住她："可怜的伊西斯，可难为你了，你是怎么撑下来的啊？"

第二章 完美女神

听她这么说,伊西斯好不容易压抑住的眼泪又要流出来了,幸好理智及时跳出来阻拦了感性:"阿娜狄,我要你帮我一个忙……"

一个时辰后,送走阿娜狄,伊西斯又坐到王宫门口,她漂亮的发型吸引了很多艳羡的目光。此时的伊西斯可谓是"姜太公钓鱼,愿者上钩"。

"夫人……"伊西斯眼睛一亮,鱼儿上钩了。

"你好。"上前来搭讪的女孩穿着宫女的标准服装,她正是伊西斯盼望已久的"大鱼"。

伊西斯点点头。女孩未语先笑,从灵动的眸子就可以看出,她的性格一定活泼有余,文静不足。

"夫人,我很喜欢你的发型,你能教我编吗?"

"当然没问题。"

伊西斯很快就和这个俏皮的女孩打得火热,当听到她是王后的贴身侍女时,伊西斯不禁感慨,伟大的拉神果然没有遗弃她,让她在遭受巨变之后,仍然一切都颇为顺利。

俏皮的女孩胸无城府,在她口中,伊西斯还得到一个非常宝贵的情报:米里堪德尔的小王子已经病重很久了,全国上下竟然没人能医。

女孩问伊西斯是什么人,伊西斯没有如实回答,而是告诉她,自己是个云游的魔术师,并且精通医术,现在就住在离宫门口不远的客栈里。女孩和伊西斯相谈甚欢,直到夕阳西下,两人才依依不舍地分手。

女孩回到王宫,王后看到她的新发型也很感兴趣:"你的辫子真漂亮,我也想试试这样的发型。"女孩说自己不会,但她仗着王后的宠爱,并没有下跪请求原谅,而是调皮地吐了吐舌头。

"怎么?不是你编的?"

"嗯!"女孩点点头,乖巧地走到王后身边,蹲下为她捶腿,"我今天出宫时,看到一位夫人坐在宫门口,我就上前搭话,她会很多种头型的梳法,我头上这种只是其中最普通的一种。"

"那你明天把她带来给我看看。"王后说。

伊西斯期待已久的进宫机会终于到来了。第二天,她就在女孩的带领下走进了米里堪德尔的王宫。

米里堪德尔的王宫建筑风格别出心裁,如果是在平时,伊西斯一定会仔细研究,尽量将这风格引入埃及的王宫里,可是如今……唉,那个王宫已经不是我的家了。伊西斯轻叹,眼睛仍旧在王宫四处打量,寻找那个梁柱。

穿过长长的走廊，进入王宫的正厅。甫一进门，伊西斯就愣住了，喜悦在瞬间侵占了她的心：一定是这里！没错，一定是这里！她能感觉到奥赛里斯的气息。他一定是被封在这根梁柱里了！那树立在殿中的梁柱直径约有两米，表面镶金箔，上面还刻有米里堪德尔国王祭祀神像的精美浮雕。

带路的女孩顺着伊西斯的目光看去，不禁在心里嘀咕起来，王宫里这么多宝物，没见夫人有什么特殊表情，怎么单单对这柱子愣起神来了？

"夫人？"

伊西斯从沉思中回过神，惭愧地对女孩笑笑，两人继续往后宫走。

到了王后面前，王后几乎是以审阅的目光来打量伊西斯。她没有想到一个职业是魔术师的妇人能有这样卓绝的气质，而她的微笑竟有让人心情平静的能力。

伊西斯同时也打量着米里堪德尔国的王后，她虽然眉目之间有威严之色，但眼神中却没有阴险之色。伊西斯在对她行礼的同时也松了一口气，起码这不是一个不讲道理的人。

"你会些什么？"王后问。

"我会编织美丽的发辫，还会治病。"

"治病？"王后眼里跳出希望，但只是一瞬，淡然就取代了那希望。米里堪德尔国众多名医都无法医治小王子的病，她又怎么能指望一个偶然经过的魔术师呢？

但王后眼里一闪而过的希望被伊西斯捕捉到了："王后陛下，我想我可以医治小王子的病，请让我一试。"

"算了。"王后摆摆手，"我国众多名医都对小王子的病情束手无策，你还是为我设计一个新发型吧！"

"王后陛下，我保证在没有把握的情况下绝对不对小王子用药。"伊西斯很坚持。

王后定定地看着她，虽然她也不知道为什么，但这个女人能给她莫名的安全感。既然小王子已经卧床不起，让她一试又何妨。

打定主意，王后让贴身侍女带伊西斯到了小王子的房间。伊西斯仅仅用手一摸小王子的额头，就知道他到底是得了什么病。而且伊西斯还惊喜地发现，小王子的体质很适合修仙，也许她可以帮助他脱胎换骨，成为一位神灵。

伊西斯让女官把小王子的衣物除去，自己则用手细心抚摸过他的全身，小王子的身体随着她手的移动开始变得红润，当她收回双手，小王子已经能勉强睁开眼睛，对着王后轻叫"母亲"了。

王后喜出望外，拜托伊西斯继续照顾小王子，伊西斯答应了。她昼夜不眠地看护小王子,等到第三天,小王子已经能活蹦乱跳地下床玩耍了。

　　王后欣喜若狂,对伊西斯的感激之情自不用说。她在宫内亲自为伊西斯布置了一间典雅的卧室,并封她为宫内总管,负责后宫一切事务。

神祇展示栏

　　阿娜狄:古埃及神话中的战车守护神。她容貌极美,传说她能驾驭着战车冲上九十度的悬崖,她并不是生来就是神,而是古埃及神话中难得的由人类封为神灵的强者。

小王子的成神之路

女神伊西斯在机缘巧合的情况下,拯救了米里堪德尔国一直昏睡不醒的小王子,王后因此对她青睐有加,不仅亲封她为宫内总管,还在每一个空闲的时刻,召唤她到面前谈天说地。

不仅仅是王后,小王子恢复健康之后,也特别地黏伊西斯,每天晚上都要和她一起睡觉。这也不过是小孩子的一种撒娇表现,可是没想到竟然会在后宫引起流言蜚语。

先是小王子的奶娘到王后面前告密,说每逢夜幕降临,伊西斯夫人的房间里总是传来小王子的哭声,偶尔还听见她带着小王子高声歌唱,长此以往,未来圣明的君主会被她带成依赖妇人的窝囊鬼。

王后不以为然,只当是平凡争宠,并未放在心上。毕竟在伊西斯进宫之前,小王子最依赖的人就是奶娘,现在孩子改投他人怀抱,奶娘有怨言也是能够体谅的。因此,王后只是厉声告诉奶娘,小王子无论如何将来都会成长为一位伟大的王,让她管住自己的舌头,不要到处嚼舌根。奶娘羞愧地退下了,表示自己今后一定会谨言慎行。

然后是王宫里的士兵,他们向王后禀告最近发生的怪事:最近王宫里出现一只

伊西斯现出原形

有紫铜色羽毛的金丝雀,它叫声凄凉,非常喜欢围绕着中宫的梁柱飞翔。守卫的士兵怎么赶都赶不走,等到飞累了,它就站在宫墙上目不转睛地盯着梁柱看,仿佛那里有世间最珍贵的宝贝。但这些都不是让士兵们最困惑的事,最让他们感觉奇怪的,是那金丝雀的眼睛酷似伊西斯总管,而且士兵们一旦碰触到它的羽毛,身体就会变得僵硬不能动弹。

最后连王后的贴身侍女,那位和伊西斯关系最融洽的活泼少女都来议论伊西斯了。她说她偶然经过伊西斯房间时,听到里面有风雨声和小王子的歌声,但等到她推开房门,看到的却是熟睡中的伊西斯和小王子,什么异常状况都没有。

总之,王宫里的一切流言都跟伊西斯有关,这下,连原本不甚相信的王后都忍不住担心起来:小王子如此依赖伊西斯,如果伊西斯存有异心,国家的未来岂不是岌岌可危。

深夜,爱子情深的王后悄悄来到伊西斯的房间,透过窗户的缝隙,看见一片和平的景象:伊西斯紧紧抱着小王子,仿佛那是自己的孩子一般,亲昵有加。王后微微一笑,不禁感慨起三人成虎的威力来。

王后刚要离去,突然院子里刮起了一阵古怪的风,王后甚至能感觉到那风的形态。风径自钻进伊西斯的房间,屋里的蜡烛一下子全亮了,伊西斯从睡梦中醒来,跪坐在小王子身边,她的长头发根根倾洒在小王子身上,诡异非常。

王后目瞪口呆地看着这一切,她还看见跳跃的火焰从伊西斯的头皮里发出来,一直燃烧到长发的末梢,而她毫不在意自己和小王子的安危,伸出粉色的舌头细细舔过小王子的身体,她一边这样做,还一边哼着王后从来没有听过的歌曲。

王后吓坏了,在窗台底下歇斯底里地大叫起来,伊西斯抬起头,蜡烛熄灭,只剩床头的长明灯和熟睡的小王子,屋里的一切都恢复了原状,像是什么都没有发生过一样。

伊西斯优雅地下床、开门,走到王后的面前,和往日不同,她此刻的眼神是冰冷的,语气是嘲讽的:"你这个无知的妇人!"

"你在对我的儿子做什么?"王后吓得浑身发抖。

"小王子刚刚正在接受死神的考验,如果今晚他通过了考验,他就会成为一位神明。可是,"伊西斯伸出手指抵住王后的额头,"就因为你这无知的女人,仪式被破坏了。而你的儿子,他这一辈子再也不会有机会永生了。都是你害了他。"

王后依然是惊恐的眼神:"你究竟是什么人?你绝不可能只是个魔术师。"伊西斯不回答她。

就在此时,屋里突然聚起一团光源,它们聚在伊西斯的头顶,渐渐形成埃及王后的后冠,而伊西斯的头发,慢慢伸展,在她背后形成巨大的紫铜色的羽翼。王后不明白,伊西斯却心知肚明,这是哥斯看不惯她被人间的王后误会,而故意使用月光现出她的神形。

王后咬紧下唇,不顾一切地冲进房间,抱起小王子就往自己寝宫冲。伊西斯看着她的背影无可奈何地摇摇头,对着院子中的空地大喊一声:"出来吧!"

院子中央立即出现一个年轻男子,他的背后是一轮橙黄色的圆月,他走到伊西斯面前:"人类的女人真是缺乏远见。"

伊西斯不置可否:"哥斯,她只是一个极爱孩子的普通母亲。"

神祇展示栏

哥斯:主神拉神和神圣母梅特的养子。他是古埃及神话中的月之神,在医术方面的造诣也很高。他为人低调,在众神中的名气不高,但这并不意味着他是能被欺负的,凡是得罪过他的人,都会明白他的手段有多恐怖。

梁柱里的宝物

　　由于月神哥斯的插手,伊西斯在米里堪德尔国的王后面前现出了原形。就在伊西斯觉得自己没有希望再得回丈夫的身体之时,米里堪德尔国的国王回宫了。"伊西斯,我一直没有时间亲口对你说,我很感激你对小王子所做的一切!"国王从中宫的王座上走下来,真诚地对伊西斯说。

　　原来,王后在冲动地抱走小王子之后,仔细回想了伊西斯说过的话,再加上小王子的"证词",王后恍恍惚惚地觉得,伊西斯可能是位女神,而且可能她就是埃及的王后。如何对待王宫总管,王后懂得;但如何面对一位女神及另一个强大国度的王后,她却是不明白的。情急之下,她命侍从速速请回了正在猎场打猎的国王。国王也很重视这件事,接到口信就急忙赶回宫接见伊西斯。

　　"伊西斯,王后认为我们应该奖励你一些什么。虽然你可能什么都不缺,但我还是想表示点我的谢意。举凡我能做到的,我都会为你做。请你给我这个机会。"国王说。说伊西斯不激动,那是绝对不可能的。她在王宫里蛰伏这么久,就是为了等到这个机会,可是,她要的,是人家宫殿的梁柱,这口,要如何开呢?国王看出了她的犹豫,拍着胸脯打包票:"你放心,我说到做到,只要我有的,我都能给你。"

　　"国王陛下,我想要的,是您这中宫的梁柱。"

　　梁柱?国王很意外。这梁柱也是他的心爱之物,每有宾客来,他都会骄傲展示一番。此时伊西斯开口要,他虽然舍不得,也勉为其难地答应了。

　　"国王陛下,请您放心。"冰雪聪明的伊西斯明白国王的不舍,开口劝慰道:"我只要这梁柱之内的宝物,至于梁柱,它还是归您所有的。"

　　"梁柱之内?"国王疑惑了,"这梁柱是用白杨树干做成的,它里面会有什么你需要的呢?"

　　伊西斯笑着望向梁柱,眼神里带着暖暖的深情:"如果国王陛下不介意,请把您的长刀借我一用。"

　　国王取下随身长刀递给她。伊西斯用长刀用力划开树干,一个金光灿灿的箱子出现在人们面前。在他们惊奇的目光中,伊西斯又拿出白色亚麻布,把自己削下的树皮裹起来,然后又在上面浇上香油。

做完这一切,伊西斯把树皮交到国王手中:"如果你好好供奉起这树皮,神灵会很高兴的,因为它曾经保护了神的身体不受侵害。"国王许诺会照办:"这箱子里的身体是……"

伊西斯轻抚箱子表面,手法轻柔得像是抚摸情人的身体:"这里面躺着的,是神灵奥赛里斯,他是埃及的法老,也是我的丈夫。"虽然心中已猜出大概,但伊西斯亲口说出的答案还是带给了国王巨大的震撼。他半跪下亲吻伊西斯的手,祈求她赐福米里堪德尔国和小王子。伊西斯答应了。

国王为伊西斯准备了一艘大船,还有几十名随从贴身保护。伊西斯刚要上船,背后传来小王子的叫声。伊西斯回头,看见那个十几岁的孩子一路狂奔,最后扑到自己怀里,他的眼里净是伤心的泪水:"伊西斯,你走了,还有谁会给我讲述赫里尤布里斯城里的故事呢?"

伊西斯爱怜地擦去他的眼泪:"我的王子,每个人都会有自己的使命,我此次来,就是为了寻找人类的主人,也就是我的丈夫。现在我完成了这个使命,所以我们不得不分别。"

伊西斯同样也是依依不舍,但她还是摸着小王子的头,道了声再见,并给小王子留下了一句话——他将成为米里堪德尔国最圣明的君主。黑帆扬起,伊西斯看着船桨激起的水花,感慨万千。但不管怎样,经过这几个月的艰险,她的寻夫之路终于落下帷幕了,更好的明天一定会在不远处等着她。

神祇展示栏

奥赛里斯:古埃及神话中的植物之神和洪水之神,生前是古埃及的法老,死后是冥界的冥王。他常以留着胡须、手持权杖、头戴王冠的木乃伊形象出现,他的皮肤是绿色的,象征植物之色。同时,他还是复活、降雨之神,颇受埃及百姓喜爱。

神灵复活

奥赛里斯被塞特杀害，尸体放在一个箱子里，他的妻子伊西斯历经千辛万苦后，终于找到了他的身体。

轮船在一望无际的水面上航行了三天三夜，伊西斯终于找到一个可以让她举行仪式的河岸。她命水手停下船，把箱子放到平稳的地方，独自上了岸。水手中有佩服她的人品想跟随她左右的，都被她婉言拒绝了。每一个曾经帮助过她的人，她都善意地给予了只有神灵才能送出的祝福。

目送轮船消失在水平线后，伊西斯急忙打开身边的箱子，里面躺着的正是她的丈夫奥赛里斯，他的身体还没有腐烂，面容安详得像是刚刚睡着。她轻轻抚摸他的脸，喃喃自语："亲爱的丈夫，我终于又能见到你了。"

伊西斯拖出丈夫后放声歌唱

奥赛里斯此时能回应她的，只有沉默。

伊西斯使劲全身力气把高大的丈夫从箱子里拖出来，让他平稳地躺在沙滩上。她向太阳神三鞠躬，然后放声歌唱，她的歌声让云彩忘记了前进的路径，让河川为之动容，她唱得如此深情，连拥有最优美喉咙的鸟儿都羞愧地垂下小小的头颅。这大概是她开口歌唱以来，最为深情且最具爆发力的一次。

伊西斯从早晨一直唱到中午,喉咙都有些沙哑了。可是奥赛里斯依旧安静地躺在她身边,他没有如预期般睁开眼睛,他的身体也没有恢复温度。

伊西斯没有失去信心,她知道自己一定能把丈夫从沉睡中唤醒。她大声呼唤伊姆霍特普的名字,这位神通广大的医药之神立即出现在她面前。

"我的女神,你有什么需要我帮忙的?"外形儒雅的伊姆霍特普问。

"哦,伊姆霍特普。"伊西斯握住他的手,"我该怎么办,我念动了所有我知道的咒语,但奥赛里斯就是无法清醒过来,你有什么好主意吗?"

伊姆霍特普仔细观察奥赛里斯的身体,随后从口袋里掏出一丸药,撬开奥赛里斯的嘴巴塞了进去。

"伊西斯,对不起,我能做到的只有这些了。我只能救活人而不能复活死人。我尽最大能力保住奥赛里斯身体的新鲜度,剩下还是要看你的。"伊姆霍特普抱歉地说。

"请别这么说。"即使只是这样,伊西斯也还是充满了感激,"你能为我和奥赛里斯赶来,已经是最大的恩惠了。"

送走伊姆霍特普,伊西斯在丈夫身边躺下,牵起他的手,和他一起静静地看着天空。"奥赛里斯,你知道吗,我们第一次见面的时候,我就被你吸引住了。那时你穿着白色的长袍,站在阳光里对我微笑,我那时就决定,这辈子只要和你在一起。"伊西斯微笑着回忆往事,她知道,虽然现在的奥赛里斯没有知觉,但他的灵魂一定能听到她所讲的每句话。

"你说过要一生一世照顾我,我相信你说的话,所以你千万不要放弃,如果你不能复活,我也将随你到冥界去。你记住我说的话。"

伊西斯半坐起来,用一只手臂支撑住身体,另一只手抚上奥赛里斯的脸:"亲爱的,如果我说现在我一点都不紧张,那一定是骗你的。我不想去冥界找你,我想和你在人间多停留一些时间,我们要一起生个孩子,把他健健康康地养大,我们还要环游世界,看看埃及以外的风景到底是什么样子。你醒过来好不好……"她的眼角渗出一滴泪,迅速而准确地滑落到奥赛里斯的眼睛里,她恍惚看见奥赛里斯的眼珠微微转动了一下。

"奥赛里斯?"伊西斯不敢相信自己的眼睛,再看去时,奥赛里斯又不动了,刚才那微小的动作倒真像是她一个人的幻觉。但伊西斯不相信那只是幻觉,她俯下身,用嘴唇轻轻碰触奥赛里斯的嘴唇,就在四唇相叠的那一秒,时间暂停了。

伊西斯能准确地感觉到时间暂停,是因为身边的鸟儿突然不再起劲为她加油了,河流也停止了奔腾,浪花撞击声和风声也在一瞬间消失,周遭的一切都像是凝固了,只有她还是活动着的。

奇迹出现了!伊西斯惊喜地看着奥赛里斯,她清楚地看到,在他体内出现了一只身体通透的精灵,它和伊西斯对视了一下,就从他的体内飞出,扑闪着双翅在他的身上起舞,挥洒希望的光芒。

伊西斯突然想起拉神来,她默念那个谁也不知道的名字,拉神就出现了。他站在不远处的山顶上,朝伊西斯会意地点点头,天地就在一瞬间染成了桃红色。

世界恢复常态。河水流淌如往昔,鸟儿鸣叫亦依旧……

而奥赛里斯也还是那样平躺着。伊西斯握紧他的手,一直一直地握着……

当太阳落山,当月亮出现在月桂树的枝头。奥赛里斯缓缓睁开眼睛,温柔地抬手,拭去伊西斯双颊上的泪。

"对不起,我让你受苦了。"他轻轻地说。

神祇展示栏

伊姆霍特普:古埃及神话中的医药之神。常以手拿一卷纸草的祭司形象出现。伊姆霍特普的身份非常特殊,他是埃及神话中唯一一个真实存在过的历史人物。他是第三王朝的法老左塞王的维西尔(相当于宰相,法老之下,万人之上)。他同时也是一位祭司、作家,是埃及建筑学和天文学的奠基人。

埃及王子出生记

在奥赛里斯的一生中,曾有过两次重生的经历,在他第一次重生后,他决定和妻子伊西斯隐居到山林中,从此不问世事。

在山林中的日子,是伊西斯最快乐的时光。每天清晨,她服侍奥赛里斯洗漱完毕,目送奥赛里斯踏上打猎的征途,自己则在家种菜、纺织,或者在山林里散步,享受和大自然亲密接触的惬意,日子过得清苦却心安。

在这样的山林生活中,他们还迎来了儿子荷鲁斯的出世,小家伙长得虎头虎脑,聪明伶俐。伊西斯对生活感到满足,对外面的世界,对从前的生活,她没有一丝留恋或者不舍,她只想一家人在这样与世无争的环境里幸福生活。

奥赛里斯扛着一头羚羊出现在妻子面前

危机感也不是完全没有的。某天,奥赛里斯出门打猎,伊西斯像往常一样,抱着儿子在院门口等他回家,可是直到夜幕降临,他都没有回来。伊西斯有些紧张,奥赛里斯从来没有这么晚回来过。

伊西斯哄睡儿子,自己则一直坐在院门口等待丈夫。等到第二天黎明,奥赛里斯才扛着一头羚羊出现在妻子面前。他向伊西斯解释说,自己太专注于追捕这头羚羊而在黑暗中迷失了回家的路,直到太阳升起,他才得以回家。

第二章 完美女神

伊西斯红着眼睛投入奥赛里斯的怀抱,嗔怪地告诉他,从今以后不得在外面过夜,否则她和儿子都会担心。奥赛里斯爽快地答应了,在那之后,他真的没再在外面过过夜。

幸福的日子总是过得特别快。夏天取代了温暖的春天,秋风又以凌厉的姿态吹走了炎热的夏日。转眼间,已是满山结满果实的秋天了。

一天早晨,伊西斯喂完荷鲁斯,对正要出门打猎的奥赛里斯说,既然现在林中的果子都成熟了,不如就不要出门打猎了,全家人吃吃果子就已经不错了。

奥赛里斯执意不肯,他每每对着伊西斯都有种愧疚感,这样美丽的女人就应该在后宫里做一位尊贵的王后,享受奴仆成群的伺候。但如今,她因为丈夫的无能,在穿戴方面已经俨然是位村妇了,他又怎么忍心在吃食方面再委屈她呢。

伊西斯知道丈夫心中所想,但她一早起来就有种不好的预感,她总觉得今日和奥赛里斯一别,带着永别的意味。

奥赛里斯劝她别乱猜想,只管安心在家等他带好吃的野味回来即可,伊西斯只好点头答应了,对他,更是多加嘱咐。奥赛里斯更是一一应下。当天晚上,伊西斯没有等到丈夫归来。第二天,院门还是没有敲响。伊西斯就抱着儿子到丈夫必经的河边等。

又过了一天一夜,从远方缓缓驶来一艘船,伊西斯努力辨认,却愕然地发现船头站着她的噩梦之源——塞特。她抱着儿子慌忙逃跑,在匆忙之间,她清楚地认识到一件事情,奥赛里斯不会回来了。

塞特的船很快靠岸,他猥琐的面容一点也没变,他上前拦住伊西斯的去路,狞笑着说:"嫂嫂,为何见了我就要逃跑啊?"伊西斯冷笑,对着塞特的头部念出一串符咒,但塞特只是摇摇头,对那些符咒的杀伤力视而不见。他也是神,更何况,他和伊西斯、奥赛里斯是儿时的玩伴。伊西斯的那点小魔法,他全部都通晓化解咒语。

伊西斯满眼仇恨,手臂更紧地抱住了怀里哇哇大哭的稚儿。塞特上前一步,食指和拇指轻佻地捏住伊西斯的下巴,这个他幻想了将近一辈子的女人即使穿着陋服,也还是美丽依旧:"跟我回去,做我的王后,我会给你女人艳羡的一切。"

伊西斯转头,却只惹得他的手指更加用力地捏紧了她的下巴,她狠狠地瞪着他,咬牙切齿地说:"想让我做你的王后,除非我死。"

"你死?"塞特仰头大笑,转手捏了捏荷鲁斯粉嫩的小脸:"你死了,我的小侄子可怎么办呢?一个孤儿想健康地成长,是很不容易的事情。"

"你把奥赛里斯弄到哪里去了?"伊西斯愤怒地看他,如果眼神可以杀人,他已经不知死了多少遍。

"他？我把他剁成了四十八块，然后派人把他的尸体碎片扔到了世界的每个角落……"塞特邪恶地看着她，"所以，我也不知道他现在在哪里。"

"你总有一天会受到神的惩罚的！父神不可能任你这样胡作非为。"

"那就走着看吧！"塞特不以为然，类似这样的警告他听多了，他明白拉神不会随意处置他，对一个统治者来说，他的管辖范围内，善恶的力量同时存在，两种力量相互制衡，才是更有益于他的统治的。

"现在，我亲爱的嫂嫂，请上船吧！难道你不想念埃及华丽的王宫吗？"

伊西斯看看怀里刚刚忍住抽泣的荷鲁斯，人生有很多的无可奈何，她已经再次失去了丈夫，作为一个母亲，她不能再让儿子陷入危机之中。她最后一次回首凝望这个给过她那么多快乐的小山林，终于还是踏上了塞特的"贼船"。回到王宫之后，塞特对他们母子俩也是"看护有加"，派以前侍奉过她的侍从看守他们，没有他的命令，他们母子俩一刻也不能离开房间。

神祇展示栏

荷鲁斯：冥王奥赛里斯之子。古埃及神话中的神灵，因与塞特之间的战争而闻名。埃及法老喜欢自诩为他的活化身。他的双目是太阳和月亮，常以头部为隼的年轻男子形象出现。

第二章 完美女神

智慧神的预言

伊西斯和儿子荷鲁斯被恶神塞特关押在埃及王宫的最深处，她日夜向拉神祷告，希望他能出手相救，可是，拉神一直都没出现。

守卫这母子俩的侍从都是从前侍奉伊西斯的，他们和伊西斯感情极深，数次想放她出去，但经过几次的尝试后，伊西斯放弃了这个想法。王宫早已被塞特施了魔法，谁都不知道通往外面的路怎么走。

虽说丈夫已经死去，可是伊西斯毕竟还是一位母亲，母性的力量是伟大的，为了荷鲁斯，伊西斯没有选择追随丈夫到冥界，而是好好保重自己，细心照顾儿子。

每逢夜深人静时，她还是虔诚地向拉神祷告。在她心底，一直有个坚定的信念，她不相信拉神会放弃自己，任邪恶肆意膨胀。

七只蝎子出现在伊西斯面前

自从伊西斯被关进埃及的王宫，塞特经常来看她，这个以恶毒出名的男人竟然大度地没有强行占有她。她等奥赛里斯，塞特也在等着她，等她有一天心甘情愿地投入他的怀抱，尽管他自己也知道这个愿望不过就是个美丽的泡沫，可是他还是坚守着，每天能够见到她的面容，看到她的淡定，感受到她对荷鲁斯浓浓的爱意，就是他最开心的事情。

他愿意那么看着她,因为这是他心底唯一一处柔软的地方。

塞特每次来,伊西斯都不会给他好脸色看。时间一长,塞特就不常来了。伊西斯开始觉得害怕,她猜想塞特是不是想动手了。其实她不知道,塞特依旧每天都来,只是再也不出现在她面前,而是远远地看着她,看着她对拉神祷告。可是,他就是不愿意放开她。

一天,荷鲁斯到很晚都不要睡觉,伊西斯只能不厌其烦地给他讲故事,唱儿歌,谁知道小家伙竟然愈来愈有精神,嘻嘻哈哈的一点睡意也没有,连伊西斯向拉神祷告的时间都错过了。

"伊西斯!"随着一声呼唤,一个年轻男人出现在伊西斯面前。

"你是什么人?"伊西斯警觉地抱紧儿子,她从未见过这张脸,对一切陌生人,她都防范有加。

"你不要怕,我是智慧神图特,我奉拉神之命前来助你一臂之力。"

图特,是他!伊西斯在赫里尤布里斯城曾经听过这个名字,传说他的智慧仅次于拉神,能够解开一切魔法(只要这个魔法不是由拉神本人施法)。伊西斯心里燃起希望之光,抱起荷鲁斯,跟着图特走过谜一样的王宫,来到宫外的平原上。自由的气息扑面而来。

"送君千里终须一别,我们就在这里分手吧!"图特说。

"我们母子很感激你,可是能否请你再帮一个忙,请帮我指明方向,我要往哪个方向走才能找到正确的逃亡路线?"

"这个你不用担心。"图特一副大局在握的表情,"随后我的侍从会带你离开这里,直到确保你们母子俩是安全的,他们才会离开。"

伊西斯又是千恩万谢。图特摆手表示不用,临走前,他留给伊西斯一句话:"你放心,奥赛里斯这次一定会再复活的,等到他复活之日,拉神会让他统治更为广阔的土地。"

伊西斯百思不得其解,她不知道这个世界上,哪里还有比埃及更为广阔的土地。但不管怎样,听到图特说奥赛里斯能够再次复活,总还是个相当令人兴奋的消息。

图特刚走,伊西斯脚下的大地开始松动,七只大蝎子从泥土中钻出来,它们在伊西斯面前排成一排。伊西斯抱紧儿子,迅速向后退了一大步。

带头的蝎子说:"伊西斯女神,您不要害怕,我们是图特的侍从,他派我们来保护您和小王子荷鲁斯的安全。请允许我自我介绍一下,我是七只蝎子中年纪最大的,我叫泰凡。它们分别是拜凡、穆斯台夫、穆斯台台夫、拜台特、赛台特和麦尔赛台特。"

伊西斯向七只蝎子表示感谢。泰凡点点头:"那我们就开始赶路吧!"

泰凡和其中三只蝎子走到最前面,伊西斯抱着儿子走在中间,剩下的三只蝎子紧随其后,保护伊西斯向南方地区出发。

一路上,最让伊西斯感到安慰的,是儿子荷鲁斯面对又饿又渴的逃亡环境,居然一句怨言都没有,他安静地缩在母亲怀里,像是一夜之间长大了一般。

神祇展示栏

泰荣尼特:乳母和新生儿的守护神。他是孕妇守护神阿斯达尔狄的下属神,虽然一个大男人来守护乳母和新生儿有点奇怪,但泰荣尼特也是很具实力的,他和战车之神阿娜狄一样,都是由人直接进阶为神的强者。

流传千年的埃及神话故事

毒蝎当保镖的奇怪队伍

伊西斯在王宫门口拜见王后

在智慧神图特的侍从——七只蝎子的保护下,伊西斯和儿子荷鲁斯终于到达了最南方的国家。这个城市的国王以仁慈正义著称,是个值得投靠的对象。于是,伊西斯一进城,首先就到了王宫门口拜见王后。

听说埃及的前王后前来投靠她,王后决定亲自来迎,伊西斯很高兴,亲吻着儿子的额头,这个可怜的孩子终于可以好好睡上一觉了。伊西斯等待在宫门口,王后虽说是姗姗来迟,终究是面带笑意,可是当她看清伊西斯身边的七只大蝎子的时候,笑容就消失了,还一路惊叫着逃回宫殿去了。

事情如此戏剧化,让伊西斯都不知道该笑还是该哭了。七只蝎子觉得很抱歉,带头的大蝎子泰凡对伊西斯说:"女神,都怪我们没考虑周全,我们七兄弟集体出现,很少有人类不害怕的。"

伊西斯沉默不语,默默逗弄着怀里的孩子。就在他们刚要转身离开时,宫门打开了,出来的不是王后,而是一个小士兵,他的手里拿着一张告示,张贴在城墙上,然后急匆匆地赶回王宫里去了。

宫门再次关闭。伊西斯和蝎子们走到告示前,不看不要紧,一看就让人生气。

第二章　完美女神

告示是王后颁布的,她向全国人民警告说,有一个女人带着一个孩子,身边还跟着七只蝎子,他们是不祥的队伍,全城百姓凡有敢收留他们的,以叛国罪处置。

无奈之下,他们只能再次出城。城里的百姓已经看过告示,见到他们都纷纷避让,一副唯恐邪魔降临的表情。

伊西斯苦笑,鼓励怀中的孩子:"宝贝,再坚持一会儿,今天夜幕降临时,母亲一定让你吃到热乎乎的饭菜,睡在软绵绵的床上。"荷鲁斯还不会讲话,只把小嘴凑近她脸颊,轻吻了一下。

出了城,伊西斯虽然对儿子许下承诺,但具体要怎么做,她也不知道。在路边歇脚时,一种绝望油然而生。

"夫人,有什么是我可以帮你的吗?"路旁偶然经过的农妇看到面容憔悴的伊西斯,忍不住开口发问。面前的人目光和善,皱纹爬满眼角,伊西斯暗自思量:为什么她看到自己身边的蝎子一点害怕的意思都没有。

"夫人?"看伊西斯不说话,只是以探寻的眼光看自己,农妇有些着急了。

"我们……没有住的地方。我的孩子需要吃一顿饱饭。"伊西斯为难地开口,她知道,凭眼前的农妇,是绝无任何能力和王后抗衡的,但是,但凡有希望,她都想要试一试。

"那有什么难的?"农妇说着,很热情地拉起伊西斯的手臂,"我家就在这儿附近,你要是不嫌弃,就到我家先住着吧!"

农妇的家就在城外不远处,虽然只是个简陋的茅草屋,但还算整洁。农妇是一个人住的,院子里收拾得干干净净,一看就有家的感觉。

当天夜里,伊西斯哄睡孩子,惴惴不安地坐在农妇家的院子里,她不知道已经被蝎子吓坏的王后什么时候会突然找上门来,她也不知道再被赶出门后,自己将怎么走下一步。

不知道什么时候农妇走到她身边,在她旁边的石凳上坐下,关切地问:"怎么这么晚还不上床休息呢?"

"您……"伊西斯欲言又止。

"你是想问我关于告示的事情吧?"

"您知道?"

农妇和蔼地笑起来:"我虽然不识字,但这告示贴得满城都是,想不知道也难啊!但是……"她话锋一转,"我不懂得识字,但我懂得识人。我从看到夫人您第一眼就知道您是好人,我帮助好人做善事,拉神会很开心的。"

伊西斯说不出任何感谢的话,只把所有的强烈的情感都聚集在手心,紧紧握住

73

老妇人的手。只是,心头那团乌云久久无法散去。

果然,第二天一大早,王后就气势汹汹地带着一队士兵来到农妇的茅草屋,警告伊西斯:"如果我再在这个城市里见到你,我就……"她指向农妇,"拆了她的房子。"

伊西斯冷漠地看着她,王后依然得意洋洋地说:"你不会是恩将仇报的人吧!这房子可是她一辈子的心血。"

"是。我会离开。"伊西斯一字一句地说,"人在做,神在看,你这样欺负孤儿寡母和一位老人,我发誓,你会付出代价的!"

"那就走着瞧吧。"王后带着侍从气势汹汹地离开了。

农妇走上前,坚定地对伊西斯说:"不用怕,你安心住在这儿,我不信她有胆量杀人烧屋。"

伊西斯笑笑:"我自有办法。"

当天晚上,伊西斯派大蝎子泰凡偷偷潜入宫廷,找到小公主的房间,狠狠蜇了她一下,然后躲到窗帘后,看着小公主的皮肤变得紫里透黑,不一会儿就昏迷不醒了。

侍奉小公主的宫女走进屋看到小公主这副模样,吓得失声尖叫,仓皇赶去禀告王后的途中,不小心打翻油灯,宫女们撞在一起,整个王宫陷入混乱之中。泰凡则趁乱逃走,回到茅草屋向伊西斯汇报战况。

小公主昏睡了几天都没能清醒,她的体温持续升高,宫内的医生只能诊断出她是中了蝎毒,但对性质这么猛烈的毒却是一筹莫展。

这时,有人向王后提议:"那伊西斯既然能够带领蝎群,一定是有过人之处,何不找她来解小公主的毒呢?"王后没办法,只好再次来到茅草屋。与上次不同,这次她带来的侍从们手里都捧着贵重的礼物。

伊西斯不计前嫌,答应进宫为小公主解毒,还谢绝了所有的礼品。王后只觉得尴尬不已,她为之前的粗暴向伊西斯道歉,并且当众宣布,把茅草屋的永久居住权转让给农妇(在这个国家里,房屋的永久居住权都是属于皇室的),任何人不得以任何理由驱赶。

神祇展示栏

泰凡:毒性强大,生性善良。因保护女神伊西斯有功,由动物直接转化神灵,拉神赐神位"蝎王",统领天下毒蝎。

神界的爱恨情仇

伊西斯在逃亡塞特追捕的路上住进了南方国家的王宫里,虽然这里不缺吃喝,国王和王后对她也极好,但她却日日生活在不安之中。

一天,王宫侍女回报,说是其他国家的一个人求见她。伊西斯猜想不出是谁,但还是请他进来了。

片刻之后出现在伊西斯面前的,是个陌生的面孔。来人一见到伊西斯就扑通跪倒说自己的老父亲中了蝎毒,无人能解,他听说在这个国家里有位能驾驭蝎王的夫人,于是在第一时间带着老父赶来求救。伊西斯欣然答应了他的请求,为老人解毒之后,她心中的不安感却随着患者的连连感谢声而愈加强烈。

送走客人,蝎王泰凡为她端上一杯茶,不解地问她:"女神,为什么拯救了一个生命,您却看起来一点都不开心呢?"

"这个人是从国外赶来的,这就说明了一个事实,我的名字已经传出这个国家了。"伊西斯抿一口茶,思绪复杂地说,"这里已经不安全了,我怕塞特会找到这里,以防万一,我们要尽快离开。"

泰凡点点头,当天就帮着伊西斯准备好行李,向王后请辞后继续旅行。这次他们的目的地是阿姆大地,虽然名为大地,实际上却是一个四面环海的小岛屿。伊西斯的姐姐奈芙蒂斯就定居于此，她此次正是为投奔姐姐而来。

说来也好笑，伊西斯一路窘迫逃亡，目的是摆脱塞特的掌控，可是她现在要投靠的人——奈芙蒂斯，不仅仅是她的姐姐，同时也曾是塞特的妻子。

赶往阿姆大地的一路上，可算是有惊无险，途中也曾遇见塞特的爪牙，但都被机智的伊西斯化解了。年幼的荷鲁斯也表现优异，一路上不哭不闹，时而缩在母亲怀里，时而骑在泰凡背上，时而迈开还不稳当的步伐追随大部队。

阿姆大地的奈芙蒂斯提前占卜到伊西斯到达的时间，早早等在岸边，看到有船驶来，伊西斯站在船头向她招手，嘴角不禁浮现出一丝笑意。她和伊西斯已经很久没见了。在很多很多年前的那次分别时，她曾经默默问过自己，假如此生还有再见到伊西斯的机会，她会不会恨她，当时的答案是肯定的，如今却已经什么都无所谓了，前尘往事，谁还能记住多少呢？时间，教会人忘记一切。

还记得，那时他们都还是小孩子，经常在拉神的花园里一起玩耍。那时的奈芙蒂斯是个文静的小姑娘，每每看到哥哥奥赛里斯时，脸都会变得通红。她喜欢儒雅的奥赛里斯，从小时候就喜欢，喜欢看他穿白袍的样子，喜欢看他在阳光下苦练魔法的样子，喜欢他睡着后的长睫毛。可是，在奥赛里斯心里，她只是妹妹，他的眼睛从来都不追随着她，他一直恋恋地看着他们的妹妹伊西斯。

儿时的伊西斯顽皮得像个男孩子，她穿得像个小公主，可是她却喜欢坐在树杈上随意地摇晃双腿，于是她长长的裙摆就在风中飘飞，在阳光的映衬下，构成美好的画面。那画面映入奥赛里斯的眼睛里，也映入另一个男孩的眼睛里，那个男孩就是塞特。

再后来，他们长大了。在奥赛里斯迎娶伊西斯的那个晚上，奈芙蒂斯和塞特都醉到号啕大哭，塞特对奈芙蒂斯说了一句绕口令般的话："你爱他，他爱她，我爱她，她爱他，她爱你。"

奈芙蒂斯咯咯笑起来，如花的面容竟把塞特看入迷了。塞特是个现实的人，既然得不到伊西斯，得到一个高级赝品也一样。酒醒之后，塞特就向奈芙蒂斯求婚了。

奈芙蒂斯吃惊之余自然是一口拒绝，直接告诉塞特，自己心里只有奥赛里斯，除了他，谁都不想嫁。两次输给奥赛里斯，塞特恼羞成怒，当天晚上竟然派人把奈芙蒂斯强娶了去。洞房花烛夜，他警告她，如果敢对他有二心，他就把这些都报复给奥赛里斯。从那一晚起，奈芙蒂斯的一颗少女之心算是彻底黯淡了。

可想而知，婚后的奈芙蒂斯对塞特的态度自然是冷若冰霜。塞特冷静下来，也有点后悔当初的抢婚，现在见奈芙蒂斯每天都是发呆的模样，主动提出了离婚。

第二章 完美女神

离婚后的奈芙蒂斯觉得自己残破不堪,独自游走街头,被哥哥奥赛里斯叫住了。她看着那张从小暗恋到大的脸,突然萌生出一个念头来。

她说自己心情不好,让奥赛里斯陪她喝酒,奥赛里斯不疑有他,开怀畅饮,却觉得越喝越热,奈芙蒂斯在酒里放了催情药。

那天晚上,两人顺其自然地留宿在一起。第二天醒来时,又很有默契地谁也不再提起这件事。如果仅仅是这样,倒也罢了。戏剧性的是,十个月之后,奈芙蒂斯生下了一个男孩,取名阿努比斯。赫里尤布里斯城的人都向塞特道喜,塞特气得牙根痒痒,却还得硬挤出笑容。塞特在心底把这份耻辱又算到了奥赛里斯的头上。

随后塞特以奈芙蒂斯需要养身为由,请求拉神把她送到阿姆大地,终生都不想再见到她。拉神明白事情的缘由,也就答应了。

奈芙蒂斯离开赫里尤布里斯城前,奥赛里斯和伊西斯都来送她,天作之合的甜蜜状又深深刺痛了她的眼睛,她恨自己的妹妹伊西斯,如果没有她,站在奥赛里斯身边的一定是自己;如果没有她,自己又怎么可能被塞特这么糟蹋!

马车渐渐远离赫里尤布里斯城,送行的人们渐渐变成模糊的小黑点然后消失不见。奈芙蒂斯在那时问自己,如果时间过去几万万年,如果我再遇见伊西斯,我还会记得这些小事吗?我还会不会像此刻这般恨她?

……

"姐姐!"清脆的叫声打断了奈芙蒂斯对往事的追忆,伊西斯乘坐的小船已经驶到眼前,准备靠岸了。

奈芙蒂斯从伊西斯手中接过荷鲁斯,孩子白白胖胖,眉目像极她唯一爱过的那个人。奈芙蒂斯在一刹那想起阿努比斯,这两兄弟的五官像是一个模子印出来的。不同的只是神态,荷鲁斯比较活泼,阿努比斯则较为文静。

伊西斯对姐姐和丈夫的往事一无所知,她见到奈芙蒂斯,像是陡然回到小时候,叽叽喳喳说个没完,奈芙蒂斯只是听着她说,不时报以娴静的微笑。

在阿姆大地住下后,伊西斯把儿子托付给姐姐,自己则化装成叫花子出去乞讨,借以打听奥赛里斯的消息。她每天清晨出门,黄昏回来。每当黄昏降临,她都能看到儿子荷鲁斯在尘土飞扬的羊肠小径上远远地飞奔向她,投入她的怀抱,问她有没有知道更多关于父亲的消息,大多数情况下,伊西斯都是摇头的。

有一天的黄昏,伊西斯没有看到儿子奔跑的身影,心下一惊,回到姐姐家,看见姐姐和蝎王泰凡站在儿子床头擦眼泪。

"发生什么事情了?"

泰凡见她回来,跪着走到她面前,向她请罪:"都怪我,是我没管好附近的蝎子,他们其中的一只蝎子当了塞特的内应,让荷鲁斯中毒了。"

"那你快点给他解毒啊!"

"对不起。"泰凡为难地开口,"中毒时间过久,我也束手无策。"

伊西斯眼前一黑,跌跌撞撞地走到床边。伊西斯的小脸黑里透紫,和那南方王国的小公主一模一样。伊西斯紧紧抱住他,小身体已经停止了呼吸。她心一凉,难道是拉神在惩罚我吗?我伤了别人的孩子,他就来伤我的?

伊西斯身体一软,奈芙蒂斯扶住了她:"你不能倒下,你要更坚强,这孩子才有希望。"

伊西斯哭叫着:"不,我救活了别人家的孩子,却救不了自己的孩子,我已经没了心爱的丈夫,难道现在拉神要把我的孩子一起带走吗?"

"你胡说什么!"奈芙蒂斯握紧她的肩膀,摇晃她单薄的身体,想要把她摇得更清醒些,"你知道塞特为什么非要蝎子做内应吗?因为他知道,孩子一旦出事,对你的打击是最大的。你要是也出事了,奥赛里斯就真的没救了。你连这么简单的道理都不明白吗?你在这儿大哭大闹有什么用?"

伊西斯痛苦地摇头:"我不知道。"

"来。"奈芙蒂斯牵起她的手,拉着她缓缓跪下,"让我们一起向拉神祈祷,求他垂青这个可怜的孩子。"

奈芙蒂斯的冷静多多少少给了伊西斯一点信心,她闭上眼睛,虔诚向拉神祷告,不一会儿,智慧神图特出现在她们面前,他笑着扶起两位女神:"我来,是带了旨意的。拉神命我复活荷鲁斯。"说完,念动咒语,荷鲁斯的脸开始变得红润,嘴唇也渐渐染上血色。他虚弱地张开眼,对伊西斯说:"母亲,我睡着了,原谅儿子今天没去接你。"伊西斯上前一步,抱紧儿子,泪水夺眶而出。

神祇展示栏

奈芙蒂斯:死者的守护神,同时也是生育之神。她常和伊西斯一起出现,张开臂膀保护死者。在埃及艺术作品中,奈芙蒂斯被描绘成头顶篮子或小房子的女性,有时身后还会长出翅膀。在埃及,"奈芙蒂斯"也是对一个家庭中最年长妇女的称呼。

灵魂的集中地——神秘岛

这是一个风景不错的小岛,云雾长年笼罩岛屿上方,似梦似幻的远景给小岛添加了神秘色彩;这也是一个孤独的小岛,它四面环水,从岛上出发穿越河面再到达最近的陆地需要一天一夜的时间,因此鲜有人来往其间。

在埃及神话中,这个小岛是不可随意翻过的一页,它见证了太多关于神灵的故事。但对人类而言,它却是个不能轻易靠近的禁地。你可以叫它神秘岛,也可以叫它"死人岛"。

"死人岛"是尼罗河边的老船夫为它取的名字,他曾经眼睁睁地看着一个个陌生的外来客好奇而兴奋地登上小岛,然后,他们再也没有回来过。再然后,这个名字就一传十、十传百地广为人知了。

某天,老船夫正在自家船上歇脚,远远看见两个身材高挑的女子,隐约牵着一个三岁左右的孩子朝他走过来。老船夫挺直身板,扶直船桨,准备吆喝生意了。

等两名女子走近,老船夫忽然有种惊为天人的感觉。牵着孩子的那名女子稍年轻些,看面容不过三十岁的样子,她牵着的小男娃也是粉粉嫩嫩,很惹人疼爱的模样。而她身边的女子应该是虚长两三岁。两人五官轮廓极为相似。

"老船夫,我们要去神秘岛,请您送我们一程。"牵孩子的女子开口说,笑意融融的。

"神秘岛?"老船夫一听这名字就吓得差点腿软,"夫人,那个地方去不得啊!更何况,你还带着孩子。"

"为什么?"女子佯装惊奇,"它在这附近不是很有名吗?"

"夫人,有名不见得能去,那个岛是不祥地,老汉我在这儿摆渡几十年,只见有人去,未见有人回啊。"

女子和女伴相视而笑,她的女伴问老船夫:"可是我们必须要去一趟,您能摆渡吗?"

老船夫摆摆手:"您另请高人吧!"说完就驾船离去了,有点落荒而逃的架势,生怕两女子强行让他摆渡似的。

年轻女子对着老船夫的背影大笑不止,她眨眨眼睛便恢复了本来容貌,原来她就是伊西斯女神,她侧身对女伴说:"姐姐,看来神秘岛是个值得信赖的去处。"

女伴此时也露出真实面貌,正是奈芙蒂斯女神,她对伊西斯的话表示赞同:"是,对神秘岛不利的传言越多,塞特越不容易找到这里来,他不会想到你会知道神秘岛的秘密,更不会想到你会把心爱的儿子放到穷凶极恶的地方。"

伊西斯点点头,口中念动咒语召唤岛主女祭司哈托尔。就在伊西斯念动咒语的同时,尼罗河河水翻腾不止,河水中央的神秘岛竟像是艘巨轮,以极快的速度向他们行驶过来。被母亲紧紧牵住小手的荷鲁斯见此情形,兴奋地大叫大跳。

神秘岛在距离他们十公尺处停下了,一个白发苍苍、面容慈祥的老妇人出现在水面上,她恭敬地对伊西斯和奈芙蒂斯行礼:"不知两位女神召唤,有何吩咐?"

"哈托尔,此次召唤你来,是有事想要麻烦你。"伊西斯说着,把荷鲁斯拉到自己身前,"这是我和奥赛里斯的儿子荷鲁斯,奥赛里斯遭奸人所害,尸体被分为四十八块丢弃在世界的各个角落,我要去寻找丈夫的身体,在此期间,希望祭司能帮我照料荷鲁斯。"

哈托尔又是恭敬地一鞠躬:"能为女神服务,是我的荣幸,我一定会好好照顾荷鲁斯,让他成为像他父亲一样强大的神灵。"

伊西斯表示感谢,俯身亲吻荷鲁斯的额头,把他的小手交到哈托尔手中,目送他们登上神秘岛,而神秘岛又以来时的速度重返回自己原本的位置。

尼罗河平静得像什么都没有发生过,此刻,伊西斯的心中充满希望,她记得智慧神图特曾经说过,奥赛里斯一定会再复活。她相信,自己一定能找回丈夫的身体,从此和他幸福地生活在一起。

神祇展示栏

哈托尔:埃及神话中的女祭司。祭司在埃及享有崇高的名望,权力几乎可以和法老并驾齐驱。祭司们通常都远离人群,他们的职责是为神服务,工作内容是每日清晨在神庙举行仪式唤醒各位神灵,夜幕降临再服侍神灵安歇。

埃及最早的木乃伊

在很久很久以前，古埃及人对死亡有着很乐观的看法，在他们看来，死亡只不过是从现实世界到另一个未知世界的过渡，而人的灵魂是永生的。为了让死去的人在另一个世界里生活得更好，他们先用各种手术刀及草药把尸体制作完成，然后用放了干燥剂的麻布把尸体裹起来，最后再放到密不透风的墓里，这样，尸体就不会腐烂。古埃及人相信，过不了多久，这尸体的灵魂就会回来，重新依附于这个保存完好的肉体上。这个干尸一样不腐烂的肉体就叫做"木乃伊"。

在埃及，流传着一个和木乃伊有关的动人的神话故事。主角是奥赛里斯，他被自己的弟弟塞特杀害后，尸体被分成四十八块，抛弃在全世界的各个地方。奥赛里斯的妻子伊西斯是位女神，她

死亡之神与木乃伊

把年仅四岁的儿子荷鲁斯安顿好，就开始到世界各地寻找丈夫的尸体碎块。

这次的寻访很难，伊西斯走遍苍茫大地的每一个角落。正因为难度之大，伊西斯每找到一块尸体，心中都会充满感恩，都会在当地亲手建造一座庙宇。而奥赛里斯的尸体碎片她都用麻布仔细包裹起来，那些麻布都是姐姐奈芙蒂斯和姐姐的儿子阿努比斯亲手纺织而成的，能有效防止尸骸腐烂。这些被麻布包裹的尸骸就被

埃及人认为是最早的"木乃伊"。

几年过去,伊西斯终于集齐了四十六块,还剩两块尸骸没找到。此时的伊西斯已经很疲倦了,在这几年里,她几乎没睡过一个好觉。她累极了,在沙滩上躺下,仰望繁星点点的天空,祈求拉神能给她一点提示,让她能尽快复活丈夫。

天空中一颗粉色的流星拖着长长的尾巴划过伊西斯头顶,她微微眯起眼睛看它,好美的流星啊!但很快的,她像想起了什么,腾地从地上弹起来,一路追随流星而去。她越过沙滩,驾驶小船穿过广阔的海洋,然后在海的另一边沙滩上继续追赶,又经过几个小山头,流星终于有了降落的趋势。它缓缓向北方滑落,伊西斯也跟着一直往北方奔跑,最后终于在一片草坪上,伊西斯一个鲤鱼打挺稳稳接住了粉色的流星。

流星在她怀里依旧散发着粉色的光芒,将她的脸色衬托得粉白莹润。伊西斯往怀里仔细一看,眼泪就跟着掉下来了,她猜得没错,这粉红色的流星果然是奥赛里斯的头颅,她就知道,奥赛里斯不会背弃对自己的诺言。

那是在他们新婚不久时,伊西斯曾经半带撒娇半带忧伤地问奥赛里斯:"你说我们两个人谁会先死呢?如果你走得比我早,我独自一个人怎么生活呢?"

奥赛里斯那时从背后温柔地抱住她:"不会的。即使我先走,我也舍不得留你一个人孤孤单单的。我会变成粉红色的星星,在你沉睡的时候守护着你。变成粉红色,你就能在仰望星空的时候,第一个看到我。"

伊西斯双手高捧情人的头颅,用心施法,在原地升腾起一座宏伟华丽的宫殿,这就是后来很有名的阿拜多斯庙宇。

用麻布裹住情人的头颅,抱在怀里,伊西斯很开心地向下一个国家出发。此时,就剩最后一块尸骸没有找到了,那是奥赛里斯的生殖器,想要复活奥赛里斯,必须把他身体的各个部位都找到,少一块都不行。

伊西斯刚走没几步,就被一个人挡住了去路。伊西斯借月光看清来人是大地之神盖布,他微微倾斜脑袋,对着伊西斯笑得胸有成竹。

"你怎么来了?"见到老朋友,伊西斯很惊喜。这几年间,不仅没睡好过,甚至连个说话的人都没有。除了孤独的赶路还是赶路。

"我奉拉神之命,送来一件你想要的东西。"盖布伸出左手,展开伊西斯的手,然后伸出一直背在身后的右手,把一个用麻木包裹着的闪闪发光的物体放到伊西斯的手里。伊西斯疑惑地打开,原来是奥赛里斯的生殖器。她又惊又喜:"你怎么得到的?"

"它被尼罗河里的一只鳄鱼不小心吞下肚,最近,鳄鱼被一个渔夫捕走,渔夫在处理鳄鱼尸体时,随手把它丢在沙滩上。我在巡视的时候发现,就帮你保存起来了。拉神吩咐我说,在你找到奥赛里斯头颅之后,赶来把它送还给你。"

伊西斯心下感激,对拉神和盖布道谢不已。

带着奥赛里斯完整的尸骸,伊西斯返回阿姆大地,找到姐姐奈芙蒂斯,两人在旷野上把奥赛里斯的身体像拼图一样拼凑完整。然后两姐妹开始对着拉神的方向大唱圣歌,奥赛里斯于是又一次复活了。

神祇展示栏

盖布:古埃及神话中的大地之神。他负责关押所有邪恶的灵魂,令他们无法进入赫里尤布里斯城打扰拉神。埃及在大地崇拜方面和别的国家略有不同,在其他国家的神话里,大地之神通常为女性。

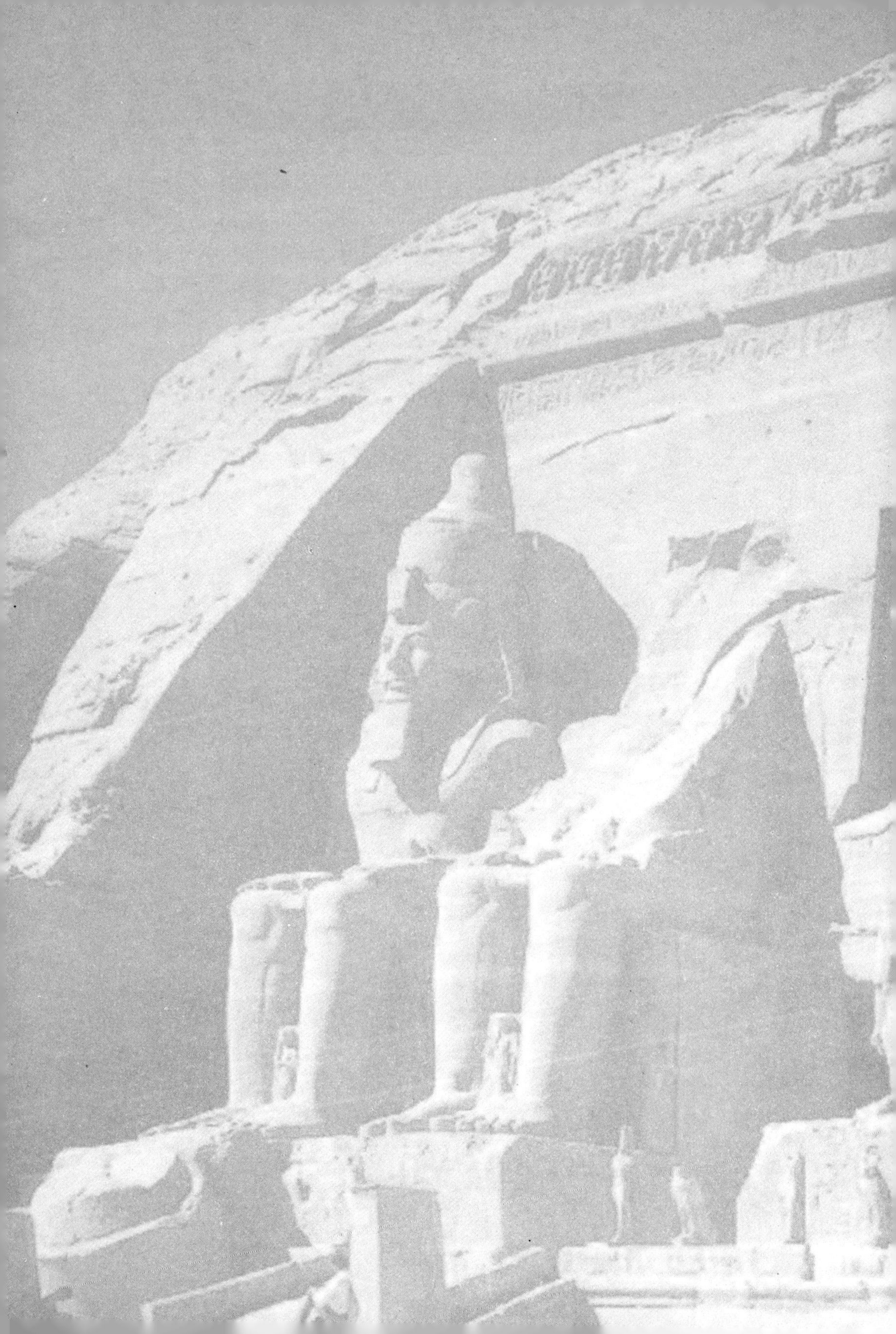

第三章
天生王族

太阳神之子

荷鲁斯

在古埃及的王室里，奥赛里斯和伊西斯的儿子荷鲁斯被认为是最尊贵的神，几乎所有的法老都自称是他在人间的化身。荷鲁斯也因此被视为王权的象征。

和所有的伟人一样，荷鲁斯小小年纪就显示出过人的才能，他是全神秘岛跳跃能力最强的，他从十几米的树梢往下跳而不受伤；他奔跑起来的速度可以和最好的马并驾齐驱；他的启蒙老师叫哈比，名字和尼罗河河神相同，形象也相似，传说哈比是个长着女人胸脯的男人。因此，哈比一来到神秘岛，岛上的人们都好奇地看着他，看他胸前微微隆起的是女人胸部还是男人胸肌。除此之外，荷鲁斯最让人觉得神奇的，是他身上有王室的印记。他额头上的胎记分明就是王冠和毒蛇的形象。

由于这些特殊的存在，在荷鲁斯的成长历程中，不止一个人告诉他，他如此与众不同，他一定不是一般人家的孩子，说不定是王族的后代，或者干脆就是神族。

荷鲁斯听到这些话却很不开心，他从没见过自己的父亲或者母亲流露出什么特殊的能力。母亲每日纺织布匹、收拾屋子，父亲则每天出去打猎，他们再平凡不过了。如果非要说有什么特别之处，也许就是母亲不会老去，他儿时记忆里母亲就是三十几岁的样子,等他长到十几岁,母亲还是老样子。他每次问起母亲的时候,母亲总说自己保养得当。

荷鲁斯经常看着父母发呆,脑袋里胡思乱想,如果说自己是神族,那么,这么平凡的两个人还是自己的父母吗？还有那哈比,他教导自己的,也都是寻常知识,他怎么可能是尊贵的河神？

一天,荷鲁斯苦着脸回到家,看见父亲坐在院中也不打招呼,擦过父亲的肩,径自往自己卧房走。

"荷鲁斯!"听父亲叫自己,荷鲁斯停下脚步,转头问父亲。

"来……"父亲指着自己对面的石椅,"陪我聊聊天吧!"

荷鲁斯是个孝顺的孩子,听从父亲的话,在父亲面前坐下。

"今天心情不好?"父亲为他倒一杯茶,和蔼地问。

荷鲁斯端起茶杯,看着父亲,欲言又止。

"有话直说吧!"父亲转动茶杯,说了一句让荷鲁斯听不懂的话,"有些事情到时候让你知道了。你也长大了。"

"什么事?"

"你先讲讲你的烦恼吧!"

"我……"荷鲁斯想了一下,放下茶杯,站起身来,半蹲着趴在父亲膝盖上,"我是您和母亲亲生的吗?"

"当然。"父亲好笑地问,"你和我长得不像吗?"

"可是,他们都说我不像是一般人类,我有很多人类不可能达到的能力。可是……你们却是人类啊!"

父亲呵呵地笑,却没正面回答儿子的问题,反问了他一个问题:"现在南方发生战争,你怎么看?"

"我仅需一匹马。"荷鲁斯兴奋地站起来,他和所有的男孩子一般,一直向往着能亲自上战场一展才华,"我骑着它上场,击退所有的敌人。"

"为什么不要狮子？狮子比马要强大得多。"

"狮子?"荷鲁斯很不屑,"那是给弱者的,我能保护自己,何必需要狮子来保护我!"

"那么,为何而战?"父亲今天一扫猎户的阴暗脸色,他的眼神炯炯有神,他此时看起来像是无冕之王,他变得让荷鲁斯有仰视他的冲动。

荷鲁斯认真思考了一下,郑重其事地说:"当家人遭到迫害,当父母面临危机时。"

"好!"父亲很高兴,"那我就给你一匹世间最好的马!"

荷鲁斯只见父亲高举双臂,口中念念有词,一匹白色的马就出现在他身后,那马高高的脑门,黑亮的眼眸,大眼睛炯炯有神,四条腿坚定有力地在原地踱步,它朝荷鲁斯一声长嘶,声音洪亮。

确实是好马!

但已然被父亲吓到的荷鲁斯来不及去看马,他拉着父亲衣袖问他:"我们到底是什么人家?"

他的母亲此时也从屋里走出来,她和往常一样美丽动人,只是她的眼睛是通红的,脸上还有隐约的泪痕。

父亲伸手牵住母亲的手,眼底是一团化不开的温柔。他告诉荷鲁斯:"我是植物之神奥赛里斯,你的母亲是赫里尤布里斯城最美的女神伊西斯,我们都是万能的父神——拉神的嫡亲后代。"

伊西斯见儿子不说话,怕儿子一时接受不了这个惊人的消息,关切地拍拍他的肩膀:"你还好吧?"

荷鲁斯指着自己问父母:"这么说,我也是拉神的后代?"

"那当然,你应该为自己高贵的血统而感到骄傲!"奥赛里斯说。

"既然我们都是神族,为什么会一直生活在这里?而不是赫里尤布里斯城?"

"这事说来话长,跟你的叔叔干旱之神塞特有关……"

伊西斯将这么多年的恩怨统统讲给荷鲁斯听,说他的父亲如何被塞特陷害,自己如何去寻找丈夫的尸体碎块,如何让他复活以及两人想要离开纷争的决心。

说到甜蜜时,她快乐微笑;说到悲伤时,她黯然落泪,像是那些画面又在眼前重现一般。奥赛里斯一直默默握着她的手,眼里也不时闪烁光芒。

"智慧神图特曾经告诉过我,说你的父亲在复活之后将会统治一块广阔的土地。我一直疑惑,还有哪块国土比埃及还大,我现在才知道……"伊西斯又忍不住流下眼泪。

奥赛里斯立即为妻子擦干眼泪,他可不想让尼罗河再次因为妻子的眼泪而泛滥。等伊西斯停止哭泣,奥赛里斯简短地跟儿子讲述将要发生的事情:"最近,拉神传来旨意,命我统治冥界,明日就要启程上任了。恐怕,今后我们一家三口再也不能像现在这样经常见面了。"

第二天,荷鲁斯和母亲送奥赛里斯启程,他们依依不舍地送了一段又一段,一直走到了阿拜多斯神庙的时候,奥赛里斯才不得不和妻儿告别。在临行前,他赐予儿子神力,鼓励他要为正义而战,并赐名"太阳神之子"。同时,伊西斯也把多年前从拉神那里诱骗来的眼睛送给儿子,从此荷鲁斯的眼睛就是太阳和月亮。

奥赛里斯欣慰地看着儿子,说了一句话就赶紧赴任去了。

他说的是一句预言——荷鲁斯,属于你的时代来了!

神祇展示栏

哈比:埃及神话中比较古老的一位神祇,和拉神的年纪差不多。他是尼罗河的河神,常被描绘成长着女人胸部的男人形象,他丰满的胸部代表尼罗河流域庄稼的肥沃程度,以及哈比本身控制尼罗河河水的能力。

埃及王子复仇记

太阳神之子荷鲁斯算是个苦命的孩子,在他未满周岁的时候,奥赛里斯就已经被塞特杀死两次了。当他长大,知道自己身世之后,他发誓要为父母报仇。此时的奥赛里斯已是冥王,统领世人感觉神秘的"另一个世界",陪伴荷鲁斯的,是他的母亲伊西斯女神。伊西斯此时较之十几年前已经判若两人,为人母的她对塞特不再有一丝恐惧,而是满腔的仇恨。斗志昂扬的母子俩从神秘岛出发,向埃及奔去。

如今的塞特也已经不复拥有当年的辉煌,在他统治下的埃及,连年内战,人们怀念奥赛里斯的仁慈与公正,对他的粗暴统治早就忍无可忍了。终于在一次内战爆发时,把他赶出了埃及。

国不可一日无君。赶走塞特,埃及人民就向拉神请求,希望

伊西斯与荷鲁斯母子向埃及赶路

他能派下一位圣明的神灵当法老。而拉神心中早有打算,他觉得这个位子非荷鲁斯莫属,但是苦于荷鲁斯没有群众缘,贸然推荐他,可能会让埃及人民产生反感。拉神只好对埃及人民说,暂时没有合适的人选,由他暂时管理国内大小事务,等合适的人一到,他便退位让贤。

让我们再来看看塞特的情况吧!这位残暴之神如今住在贫瘠的沼泽地里,和

这里的原住民——未开化的努比亚人为伍。说来也巧,这努比亚人十分认同塞特的统治模式,他们认为以暴制暴才是最有序的社会规则,塞特趁机控制他们,说如果谁能推翻拉神的统治,谁就是最强者。并且现在拉神也老了,取代他的可能性很大。这些野蛮的努比亚人的斗志被激发起来,跟着塞特一味地和拉神作对,三天一小闹,五天一大闹,虽然战斗力不是很强,但也着实让拉神头痛。

当伊西斯和荷鲁斯母子俩赶到埃及的时候,拉神正好逮到了闹事的小头目,处以极刑。荷鲁斯的到来让拉神格外高兴,他把这个孩子看成是自己的福星,给他兵马,让他即刻进攻塞特所在的沼泽地,并下了命令:全部消灭,一个不留。

和塞特的战争不仅仅是兵力或者兵法的较量,还有魔法的较量。塞特在战争打响的第一天就派出了由魔法变成的鳄鱼队和蛇队,他们对荷鲁斯军队的打击非常沉重,被鳄鱼咬中喉咙的士兵当场死亡,被蛇队缠住的士兵也是瞬间就没了呼吸,有些好运的被蛇咬伤,即使当时没有立即送命,也会因为事后拖延解毒而身亡。

队伍的后方只有伊西斯一个人充当军医,即使这位能力强大的女神有双治百病的手,也敌不住日夜操劳,耗费体力。这一切,看在荷鲁斯的眼睛里,急在他的心里。这时,儿时的一个发明救了他,那就是铁器。当时的埃及,人们还不认识铁,连上战场打仗的士兵们使用的武器都是石制的,杀伤力小不说,还因自身的重量成为行动的障碍。荷鲁斯派工匠日夜赶制锋利的铁器,在再一次的战斗中,铁制的武器给塞特的军队予以毁灭性的打击,不管是鳄鱼队、蛇队或是一般士兵,都无法阻挡铁器的攻击。荷鲁斯还为自己的马也配备了铁衣,整个队伍在塞特的人看来,简直是天降奇兵,无坚不摧。

战争初见成效,荷鲁斯还没来得及庆祝战果,他的兵营就迎来了一位贵客,这个人对整场战争来说,起着重要的作用。这个人是女战神伊休塔。

伊休塔和伊西斯是老朋友了,她看着荷鲁斯倍感亲切,轻抚他的脸颊,爱怜地说:"我上次见到你,你还是襁褓中的婴儿,如今已经长成顶天立地的男子汉了,岁月当真不饶人啊!"荷鲁斯对这位女神完全没有印象,只是感觉她身上有股让他想要亲近的气质,等仔细辨认,才明白,那种气质是坚韧,一种只能在军人身上才能找到的感觉。

"我此次来,是助你一臂之力的。"伊休塔说着,从随身的百宝袋中拿出一件兵器,那兵器即使是在微弱的烛光中也能散发出金光闪闪的光芒,一看就知道不是俗物。

"这是?"荷鲁斯问,他从未见过这样的兵器。

"这是我的宝物,带着它参与战斗,我还从未输过。"伊休塔抚摸兵器的样子像是在爱抚自己的孩子,"擒贼先擒王。像你这样不断取得的小成就是不足以把努比亚人击败的,只有彻底擒伏塞特,才有可能取得最终的胜利。而我这宝物,会让你神力增加两倍,任那塞特是金刚不坏身,也能穿膛而入。"荷鲁斯感谢万分,并向伊休塔许诺,在生擒仇人之后,会把武器完璧归赵。

  第二天,塞特亲自率领军队向荷鲁斯发起进攻,荷鲁斯此时有了披铁衣的战马和伊休塔的武器,根本感觉不到一丝的恐惧。他径直向塞特冲去,一路上斩下敌军首级无数,最后竟无人敢拦他去路,人群为他让开一条通道,通道的尽头是满脸狞笑的塞特。

  荷鲁斯在此之前并未见过塞特,只是父母之仇支撑着他要向这个人报复而已。如今得见真人,看到他一脸猥琐竟然敢妄想攀附他高贵的母亲,竟然还为了一己之私杀害自己的父亲,荷鲁斯心中的仇恨之火越烧越旺,举起武器向塞特冲去。

  塞特在第一时间认出他手中的武器是伊休塔所有,心中暗叹不妙,但表面上,这个狡猾的恶神依然摆出大义凛然的姿势来,想给自己这个未经沙场的侄子一个下马威。初生之犊不畏虎。正因为荷鲁斯从未领教过塞特的狠毒,因此,塞特心念的下马威无从谈起,反倒是他傲慢的态度更让荷鲁斯充满杀气。

  激战持续了两天两夜,塞特终究是老了,渐渐难敌荷鲁斯的攻击,疲态尽现。转身想逃走,可是荷鲁斯哪里肯给他机会,用尽全身力气把伊休塔的武器刺入塞特的身体里。当塞特的身体从马上翻滚下来,躺在地上一动也不动时,荷鲁斯才舒了一口气,解脱的满足感随后袭来。在后方兵营里一直关注儿子的伊西斯得到战报,也忍不住掉下眼泪来,这么多年,大仇终于得报,可是最好的年华已经一去不复返了。善恶的交战竟然要人付出这么大的代价!

神祇展示栏

  伊休塔:埃及神话中的女战神。埃及神话给予这位神灵的笔墨不多,只简单指出她是战神之一,富有同情心,支持正义的战争。

神明法庭开庭了

人类向神灵学习过很多东西，种植、养殖、建筑等等，其中最能表现社会公正性的莫过于法庭。

相传，在天上的赫里尤布里斯城有个神明法庭，由拉神担任法官，当神明们有解决不了的纠纷时，就会来到这里，让拉神判断对错。当然，由于拉神已经是最高统治者，在这里开庭的判决基本上没有上诉的机会。

这天，几百年未开启的神明法庭的大门突然打开了。一大清早，赫里尤布里斯城里的百姓就看到神明们鱼贯而入，甚至平时难得一见的神明也出现了。人们交头接耳，看来此次一定是有大事发生了。

神明法庭的被告席和原告席上站着荷鲁斯和塞特，拉神一见到他们俩，颇为头痛："你们两个

拉神坐在神明法庭中

不是已经解决完新仇旧恨了吗？怎么又出现了？"

"我是来状告荷鲁斯的！"塞特抢先说，"埃及的王位不该由他来继承，继承王位的人应该是我。"

"荷鲁斯，你有什么想说的？"公平起见，拉神也要问问被告方的陈词。

荷鲁斯嗤之以鼻："就他这个样子还敢妄想埃及王位？他也曾经统治过埃及，

结果呢？引起众怒，被埃及人民赶出来了。如果再派他去担任法老，恐怕结果还是一样。拉神，我劝您慎重考虑，别让这种人玷污了赫里尤布里斯城的名声！"

拉神不动声色，其实他心中早有打算，在荷鲁斯顺利清除塞特余部之后，他就有意把王位传给荷鲁斯了。他看好这个孩子，既有奥赛里斯的善良，也有伊西斯的聪慧细心，甚至那股狠劲也像极了伊西斯。以这样的性格一定会成为一代明君。

"你们的意见呢？"拉神问旁听的神灵们。

"不管是从胆识、人品还是血缘关系来说，我认为荷鲁斯是最佳人选。"拉神的儿子风神舒首先开口。

见有人先打破沉默，智慧神图特也跳出来说话了："我认为风神所言极是，父神，您赶快宣判塞特败诉吧！"

荷鲁斯的母亲伊西斯女神见儿子被恶神塞特起诉，本就气不过，此番见到众神都站在儿子这边，心中愈发得意，大声对拉神喊："我丈夫的王位本来就应该由我儿子来继承，请父神下令！"

塞特冷眼看着他们，心中闪过一丝得意。他曾经委曲求全地伺候拉神，对拉神的脾气了如指掌。说句粗俗的话，拉神是个顺毛驴，你顺着他，他会事事为你着想；如果你逆着他，不尊重他的看法，他也同样会逆着对方做，不管对方是对的还是错的。塞特本以为自己没机会，谁知让众神这么一闹，他反而看到希望了。

"等我当上埃及法老，还真得谢谢你们呢！"塞特阴险地笑起来。

众神争论不已，法庭上乱成一团，他们咄咄逼人的气势彻底惹恼了拉神，拉神举起小锤，狠狠敲了一下桌面："都给我安静下来！"

"塞特，你说说你的看法！"拉神转向塞特，塞特仿佛看到希望女神在向他招手。

"我听从父神的安排，我相信父神会公正处决的。"塞特假装虔诚，谦卑的态度和众神截然不同，这让拉神对他的印象好了不只一点点。

智慧神图特何等聪明，看见拉神对塞特微微笑了一下，他心下着急，走出人群，以同样谦卑的态度对拉神鞠了一躬："伟大的父神，我们何不找克努姆神来为我们判断一下局势呢？"

拉神暗骂图特的聪颖，但也不得不承认，他的建议很中肯，让克努姆神做决定，自己哪方也不得罪，不失为一个好办法。

克努姆神随后被奔跑速度最快的神请来，这位比拉神还要伟大的神灵此次的表现差强人意，他对众人和蔼可亲地微笑："我并不清楚事情的经过，而且我对塞特和荷鲁斯两人也并不了解，所以，我无法给各位一个满意的答案。不过，我有个建议，我们可以问问苍天之神努特的态度，据我所知，她是一位很了不起的女性，她能做到对万事万物都公正以待。而且，她日夜审视大地，她比我们任何一个人都要了解这两位候选人的情况。"

众神点头称是，推举最具智慧、文笔最好的智慧神图特来写这封信。图特大笔一挥，很快就写好了。交给奔跑速度最快的神，众神静坐法庭之上等待女神回信。

苍天之神努特很快回信，她的信简短却公正："诚如克努姆神所说，我日夜守望大地，比其他人更加了解这两个孩子。我亲爱的塞特，请恕我直言，作为你的母亲，我衷心希望你能过得快乐安心，我也真诚地祝福你能得到你想要的一切事物。但这次，母亲不得不说，作为一国之主，仁义、善良比暴力更重要。塞特，把你哥哥奥赛里斯的王位还给他的儿子吧！"

"女神圣明！"众神异口同声地欢呼道，"请父神下令！"

塞特不服，跑到拉神面前大嚷大叫："长幼有序，即使不是我来继承王位，也应该是由奥赛里斯的大儿子来继承。"

"奥赛里斯的大儿子？"众神都愣住了。奥赛里斯不是只有荷鲁斯一个儿子吗？

人群中只有奈芙蒂斯女神煞白了脸。

塞特此时已经不顾颜面，母亲的话在他看来就是偏心哥哥，从小到大，母亲最爱的都是奥赛里斯，现在她又要把这份爱转移到奥赛里斯的儿子身上了！什么公正、圣明，都不过是一个母亲的偏心而已。

塞特从人群中拖出奈芙蒂斯，指着她对众神说："我美丽的前妻，曾经和奥赛里斯有过一夜夫妻情，阿努比斯根本不是我的儿子，而是奥赛里斯的私生子！"

这话一出，同时煞白脸的，还有伊西斯和荷鲁斯。伊西斯一直觉得阿努比斯的容貌更像奥赛里斯而不是塞特，她曾怀疑过，但最终选择了相信自己的丈夫和姐姐。如今姐姐晶莹的泪眼，沉默的表情，还有塞特得意洋洋的嘴脸，都无疑证明，她的怀疑并非空穴来风！

荷鲁斯也不可思议地看着姨妈奈芙蒂斯，期待从她口中说出反驳的话，可是她没有。

奈芙蒂斯冷冷地说："阿努比斯只想安静地待在他父亲身边，他对王权没有兴趣。而且……"她看向伊西斯，眼神里充满抱歉，而对她一生最爱的那个男人，她即使牺牲自己的荣誉也要保全他，"我爱奥赛里斯，我的爱甚至不会比伊西斯的少，但奥赛里斯的心中只有伊西斯。当年那晚露水情，不过是我把奥赛里斯灌醉后，发生的一个错误。我已经为这个错误忏悔了很多年，希望各位不要再津津乐道地提及，也不要对我的儿子报以另类的目光。"奈芙蒂斯说完就走出了法庭，剩下一干人等面面相觑。

真是一场闹剧！拉神心想，自己的这些子孙们都是怎么了。他本想这件丑闻会永远地埋藏在当事者的心里，没想到还是被挖出来了。再者，对于王位继承这件事，他本来一直是倾向于荷鲁斯的。但众神如此咄咄相逼，反倒造成他和塞特是一伙的假象，这让他心中实在不满。

"哼！我以为赫里尤布里斯城是多么纯洁无瑕的地方，原来也不过如此，拉神的宫殿也不过就是一个大型垃圾场啊！"来自冥界的巴巴拉神跳出来说。

"你说什么！"众神都怒了，群起而攻之，巴巴拉神怏怏地离开，拉神的心情却一落千丈。他站起身，甚至没宣布休庭就默默离开了法庭，留众神后悔不已。

回到自己的王宫，拉神闷闷不乐地躺在椅子上，哈托尔女神为他端上一杯水，关切地问他："父神，可是法庭让您不开心？"

拉神一向最喜欢这个女儿，虽然她曾经嗜血如命，但他知道她本性善良，跟别的女儿比起来，她更单纯，要更让拉神省心得多，拉神每看到她，就会觉得自己心情变好很多。

"看到你，父神的心里就舒服多了。"拉神摩挲着她柔软的头发，细声软语地说。

哈托尔看出拉神心情不好，就想尽一切办法让他开心。多亏哈托尔的耍宝，拉神重新振作起来，决定择日再召集众神商议此事。

神祇展示栏

克努姆神：古埃及神话中的造物神，天地之主。他常以人身羊头的形象出现。在现在的埃及，也还有他的神庙，人们每年都在他生日那天举行庆典，感激他创造生灵。与中国神话相比，如果拉神是玉帝的角色，那么克努姆神就是埃及的西天佛祖。

设骗局的女神

埃及神话中，塞特和荷鲁斯的斗争是很著名的。这叔侄俩从一见面就开始打仗，后来又为了埃及法老位子的继承问题闹得不可开交。

拉神也为这事头痛，他以为召开神明法庭就能解决所有的问题，没想到神明法庭到最后也是乱成一团，无奈之下，只能暂时休庭。

休庭后的一周，拉神整理好心情，召集众神再议王位继承之事。和上次一样，又是塞特首先发言："我力大无穷，每天早晨，都是我站在太阳船的船头，担任保护拉神的任务。我既然能保护拉神，自然也能保护埃及民众。至于之前的暴戾，我在此表示忏悔，也愿意改过自新。"塞特的话音还未落，审判团的布达哈神就忍不住扑哧一笑，这一笑来得真不是时候，塞特的脸色立刻变得阴沉。

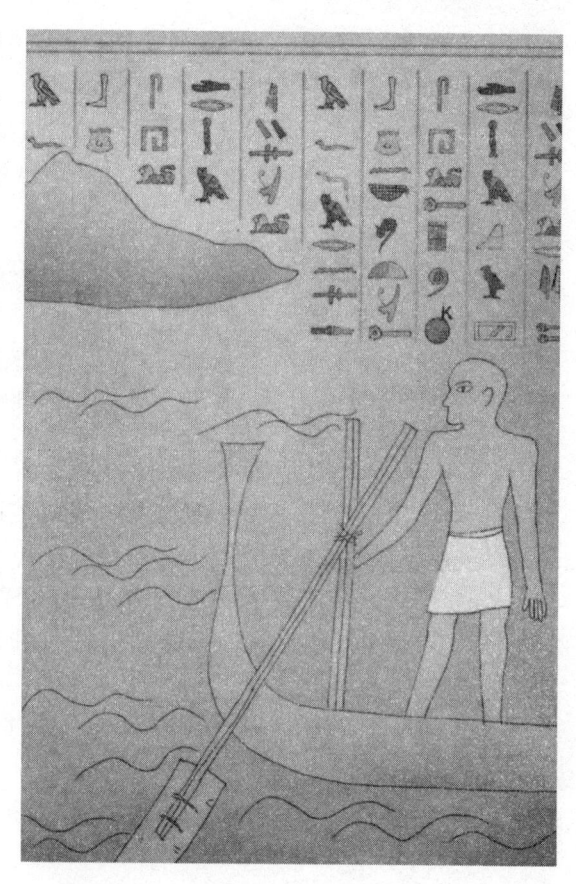

从赫里尤布里斯城到达中心岛，必须乘坐船夫阿乃特神的小舟。

布达哈神说："我们看看塞特的脸色吧！像不像暴风雨来临前的天空？我听说过一句话——江山易改，本性难移，一个人想要改掉自己本质的东西，究竟是行还是不行，塞特已经给我们答案了！"

众神哈哈大笑，塞特的脸色更加难看了，他大吼一声对众神说："你们要是看不起我的能力,明天太阳船的船头我不站了,看你们谁敢站上去!不说别的,光是冥界要经过的十二座死人城就能把你们的胆吓破!"

众神无人能语,塞特得意起来,就这个话题纠缠不清,他示威似地走过众神面前,伸出食指,指问他们每一个人:"你敢吗?你敢吗?"

等走到荷鲁斯面前,他用手捏住侄子的下巴,转头问众神:"还是说,你们想让这个黄毛小子上?"

伊西斯气得拳头握了起来,眼看着就要冲上来保护儿子。就在这时,拉神说话了:"塞特,回到你的座位。难道你以为,没有了你的保护,我就必死无疑?整个赫里尤布里斯城就要被恶灵颠覆?你未免自视过高了吧!"

对拉神,塞特还是不敢造次的,听拉神声带怒气,他立即赔着笑脸回到自己的位子上,恭顺得像只绵羊。

"大家都饿了吧?我们一起去中心岛吧!在那里用过午膳,争取把这事也顺道解决了。"拉神下令,众神紧随其后前往中心岛。

中心岛在一片湖泊中央,因此得名。想要从赫里尤布里斯城到达中心岛,必须乘坐船夫阿乃特神的小舟。拉神在登船时特别嘱咐阿乃特神,千万不能放女人上岛。他刚才看到了伊西斯愤恨的表情,像是要把塞特千刀万剐一般,拉神不放心让她上岛,凭她的性子和能力,不知道会闯出多大的祸来。阿乃特神应下了,拍着胸脯保证自己能做到。

伊西斯远远地听见了拉神对阿乃特神的交代,她灵机一动摇身变成一个老太婆,哭哭啼啼地走到阿乃特神身边,可怜兮兮地看着他的眼:"神明,我儿子在中心岛上工作,我要去给他送饭,您能不能行个方便,载我过去?"

善良的阿乃特神面露难色:"我很同情你,老婆婆,可是拉神吩咐过了,不能放女人上岛。我没办法载你过去。"

伊西斯哭起来,眼泪大颗大颗地从皱纹满面的眼睛里流出来:"神明,你就可怜可怜我吧!我就这一个儿子啊!他就快饿死了,他死了,让我怎么活啊?"边哭边把手上的戒指褪下来塞到阿乃特神的手里。

阿乃特神仔细观察戒指上的大颗宝石,一时贪念顿起。脑袋瓜里转个没完:拉神只是要防伊西斯女神,伊西斯女神我是见过的,美得无与伦比,眼前这个皱纹满面的老妇人一定不是,放她上岛应该不会有什么大问题。被宝石光芒迷花眼的阿乃特神应允了伊西斯的请求,摇船把她送上岛去。

伊西斯上了岛,发现神明们正在一棵树下吃午餐。这时,很不凑巧的,塞特发现了她,起身向她走来。伊西斯赶紧躲到树背后。塞特在树丛里绕了两圈,都没看

第三章 天生王族

到伊西斯的身影。他不禁怀疑，刚才看到伊西斯，是不是自己神经过敏出现幻觉了。塞特又往河边走去，看见一个女人正坐在河边，她浸在河水里的双足白皙娇小，形状优美，塞特不禁想走上前去看看她的脸。

"姑娘……"塞特走到女人身边，轻声呼唤。女人转过头，她不过二十五六的年纪，眉目如画，肌肤如雪，蔚蓝色的眼眸动人心魄，她微翘的嘴角让她看起来像是时时在微笑。

塞特的心怦怦直跳，他已经很多年没有过这样的感觉了，这辈子，除了对伊西斯，他甚至没正眼看过别的女人，他曾以为这个世界上，不可能再有女人让他动心，谁知上天竟如此眷顾他，派这么一个可人儿出现。

"我是干旱之神塞特。"塞特单膝跪地，"姑娘，请你嫁给我吧！"姑娘显然吓了一跳，直勾勾地看着塞特，塞特此时才发现她脸上有未干的泪痕。

"姑娘，你为什么哭泣？"塞特的温柔是伊西斯都不曾见过的。

姑娘用手背轻轻拭去脸上的泪："神灵，我很感激你对我的青睐，可是我已经结婚了。我之所以哭泣，是为了我那可怜的儿子。我的丈夫去年离世了，留下一个牧场。原本这个牧场是由我的儿子来继承的，可是，有天突然来了个奇怪的外乡人，他要霸占牧场。神灵，我该怎么办呢？"

塞特听她说丈夫已经去世，只当自己有机会，哪里还管得了那么多，他根本没有多余的精力去推断女人话语的真实性，他随口说了句："有儿子，怎么能把遗产给外乡人呢？"

姑娘哈哈大笑，变成金丝雀飞到树枝上，厉声对塞特说："你这个恶神，你已经对自己宣判了！"

塞特认出伊西斯的声音，恼羞不已，他捶打自己的脑袋，恨自己怎么就被美色所迷，忘记这个只属于神明的岛上根本不可能有凡间女子出现。

塞特跑到拉神面前，把头埋在他的双腿间哭泣。可是拉神也没有办法，恼羞成怒的塞特想起阿乃特神来，他把这个可怜的船夫召唤过来，当着拉神的面活剥了他的指甲，阿乃特神凄惨的叫声在整个中心岛上空久久回荡。

神祇展示栏

布达哈：古埃及神话中的手工业及艺术的守护神，他的神力和战斗力在众神中只属中等水准，他之所以能够跻身主神行列，完全是由于他是神明中少有的拥有创造力的一位。

砍掉母神的头

伊西斯把钩子放下水

权力到底是什么,是能够号令百姓的一枚印章,还是国王头上金灿灿沉重的王冠?似乎没有人能说明白权力到底是什么,但它却引得千万人为之前仆后继,即使付出血的代价也在所不惜。

埃及神话中的塞特就是这样一个人,埃及法老的王位明明已经到了荷鲁斯的手里,他就是不乐意,声称自己即使不择手段也要把王位抢过来。而年轻气盛的荷鲁斯也无所畏惧,表示自己将接受塞特的任何挑战。

有了荷鲁斯的承诺,塞特动起手来就理直气壮得多。一天,他对荷鲁斯说,两个人都变成河马,谁在水底下待的时间超过三个月,谁就继承王位。荷鲁斯满口答应了。但荷鲁斯的母亲女神伊西斯很担心,她总觉得塞特是不会那么老老实实跟儿子公平竞争的。于是她背着荷鲁斯,用长九十一腕尺、宽十八腕尺的铜质容器做成一个钩子。当两人都下水那天,伊西斯带着钩子来到河边,趁人不注意,把钩子放下水。

过了一会儿,伊西斯感觉到有东西上钩了,就开始使劲拉钩,没想到荷鲁斯叫了起来:"母亲,你勾到我了,你在干嘛啊!"伊西斯慌张松开钩子,再次放下水,这次勾到了塞特,塞特也痛得叫了起来:"伊西斯,你放开我。"

伊西斯不为所动,继续拉动钩子,塞特在挣扎中,含含糊糊地喊着:"伊西斯妹妹,你还记得我们小时候吗?你喜欢的东西我都会帮你找到,送到你面前。你喜欢吃的,我都留给你,自己饿着肚子看你吃,还是觉得很开心。妹妹,这些年,哥哥做了很多对不起你的事。哥哥知道错了,你放开哥哥吧!"

提起小时候,伊西斯突然想起他们四个在拉神花园里玩耍的情景,那时的纯真感觉浮上心头,伊西斯心一软,把钩子从水中收回来。还没等她来得及思考,荷鲁斯就从水中跳出来,大声对母亲喊:"你到底在干什么啊?"

"我在帮你啊!孩子。"伊西斯很疑惑,她想不明白荷鲁斯为什么发这么大的火。

"你这样不公平地帮我,会让我沦为神界笑柄的!我要的是一场公平的竞赛!"

"可是,我害怕塞特他对你不公平啊!"伊西斯看儿子生气很着急,"你父亲现在已经不在我身边了,如果你再有三长两短……"

"真是母子情深啊!"塞特此时也从水里上来了,斜睨伊西斯,阴阳怪气地说,"赫里尤布里斯城的女神伊西斯竟然也会使用这么卑劣的手段!荷鲁斯,你母亲这样袒护你,我还真是羡慕你啊!"

荷鲁斯看恶神那刻意鄙视的眼神,只觉得怒气直冲脑门,伸手拔出随身带着的匕首,朝母亲脖颈挥去。伊西斯躲都没躲,只是露出不可思议的表情,她漂亮的头颅就离开了身体,没有头部的身体又慢慢变成大理石雕像。塞特也没想到荷鲁斯的性子竟然这么暴烈,一时间也愣在原地,不知道该说什么好。盛怒的荷鲁斯眼睁睁地看着自己酿下大错,当母亲的头颅接触到地面,他才从怒气中解脱出来,呆呆地看着母亲大理石的身体足有半刻钟,才恍然大悟,丢下匕首拔腿就跑。

拉神巡游回来,打算看看塞特和荷鲁斯的比赛情况,却没想到只看见了伊西斯的大理石雕像身体,还有在她身体边看起来非常伤心的塞特。拉神勃然大怒,复活伊西斯后,立即下令追捕荷鲁斯,为伊西斯讨个说法。尽管伊西斯反复为儿子哀求,拉神还是不听,决意审判荷鲁斯。

拉神派出士兵追捕荷鲁斯,为的是生擒他。与此同时,塞特也在追寻荷鲁斯,目的却是彻底毁灭他。塞特找得很拼命,唯恐拉神先他一步。

不管是出于什么样目的的付出,付出总归都会有回报。塞特找到了荷鲁斯,这个可怜的年轻人正在百合树下睡觉,他满身尘土,面容憔悴。塞特冷笑,把荷鲁斯举过头狠狠摔在地上,荷鲁斯刚刚清醒就又昏迷过去了。狠毒的塞特趁他不省人事之时,挖出他的双眼,把眼球扔到悬崖下。这一切,他做得非常隐秘,没有任何人知道。

拉神派出的士兵苦苦寻找荷鲁斯，却一直都没有音讯。有一天，拉神最疼爱的哈托尔女神在天上飞行，无意间看到荷鲁斯站在山顶上大声哭泣，他的双眼眶是空空的两个黑洞。哈托尔吓了一跳，来到荷鲁斯身边，在他眼里滴上几滴神奇的羊奶，荷鲁斯就慢慢长出眼睛，重见光明了。

哈托尔带荷鲁斯来到拉神面前，刚好塞特也在。塞特看见荷鲁斯完好无损的眼睛，知道事情已经败露。拉神听哈托尔讲完前因后果，心情倏地变得沉重。原来，改变内心的，不只人类，还有他的后代们。

拉神最终深深叹了口气："你们都下去吧！事到如今，你们两个都有罪，埃及王位一事暂时搁着吧！看你们日后的表现再做定夺。"荷鲁斯和塞特还想再说点什么，拉神只是疲倦地挥了挥手，示意他们告退，由身边的绍西斯扶到后宫憩休去了。

神祇展示栏

绍西斯：古埃及神话中相当独特的一位，她并不像别的神灵那样，掌管宇宙间的一种动物或者人类的感受，她只负责照顾拉神和看管一棵洋槐树，相传很多神灵都是从她的洋槐树里出生的，其中包括本篇主角荷鲁斯。

恶神的阴谋

阴谋这种东西无处不在，即使是赫里尤布里斯城的神灵也无法避免。荷鲁斯就曾中过塞特的阴谋，幸好有他母亲伊西斯在旁指点，否则当真会酿成大错。

那是塞特残害荷鲁斯的事情败露后，拉神警告他们，一定要和平相处，不可再生事端。荷鲁斯答应了，狡猾的塞特表面上也答应了，还大方地表示将邀请荷鲁斯到自己家中做客。

一听说荷鲁斯要去塞特家中做客，伊西斯就觉得浑身不自在，自从丈夫奥赛里斯在塞特家遇害，她就对"塞特家"这几个字充满了恐惧，在她看来，那是比冥界还要恐怖的地方。她力劝荷鲁斯不要前往，但荷鲁斯说已经在拉神面前答应了塞特，不能出尔反尔。她也只好作罢，等到真正赴约那天，她千叮咛万嘱咐，在塞特家千万不要玩什么稀奇古怪的游戏，所有的食物都要查清没有毒后再吃，茶水也是。荷鲁斯一一答应了。

塞特挽住荷鲁斯的胳膊

塞特在家准备了美食美酒，静待荷鲁斯的光临。看他准时赴约，塞特很高兴，上前挽住他的胳膊，两人像是亲密的朋友。可是恶神心里的小算盘，谁又能摸得清呢？

荷鲁斯听拉神的话，和塞特和平相处，他也留了个心眼，听母亲的话，每份入口的食物都仔细辨认，确定没问题才食用。塞特把他的小心看在眼里，不禁嗤笑："放毒在食物里？我要是玩那么低级的游戏，又怎么配得上恶神的称号呢？"

饭后，塞特没有玩任何游戏，这也让荷鲁斯稍稍放了心。只是面对塞特盛情邀请过夜的时候，荷鲁斯露出为难的表情。塞特诱导他："你难道还不放心我吗？我如果想害你，早就在饭菜里面下毒了。我的毒举世无双，只怕就是你的母亲也无法把你治愈好呢！"荷鲁斯尴尬地笑笑，但他确实是不想留宿，他也隐隐约约感觉到今天晚上会有些不好的事情发生。

"你忘了拉神告诉过我们，要和平相处的吗？"塞特绕到他背后，贴在他耳旁说话，"我不会对你怎样的，等到明天太阳一升起，我就送你回家。"看荷鲁斯还是不表态，塞特开始尝试激将法："难道太阳神之子害怕我，所以不敢留宿？你可一点都不像你的父亲啊！他那么勇敢，怎么会有你这么胆小如鼠的儿子！"荷鲁斯到底是年轻气盛，被塞特一激，当即应允第二日再返家。塞特眼里闪过阴谋得逞的光芒，可惜荷鲁斯没有看到。

半夜，荷鲁斯正在睡梦中，突然觉得身体被什么重物压得喘不过气来。睁眼一看，塞特面容猥琐地趴在他身上，他的裤子被褪到膝盖，而塞特干脆就是赤裸裸的。"塞特，你这恶神，你要做什么？"

"荷鲁斯，我对你因恨生爱了！"塞特油腔滑调地说，"更何况，你和你的母亲长得还真是像。"

"你真是畜生！"荷鲁斯拼命推开塞特，起身提起裤子就想跑。塞特哪肯放过他，两人挣扎中，荷鲁斯的双手沾满了塞特的精液。说来奇怪，看自己的精液粘在荷鲁斯手上，塞特反而不阻挠他了，任他仓皇逃走。

伊西斯一夜没睡，站在门口等儿子回来。荷鲁斯一见到她，就张开双手，让她看上面的精液。他回来的路上已经在拼命擦拭，可是怎么都擦不掉。

伊西斯大叫起来："这是塞特的？"荷鲁斯点点头。

伊西斯在院子里找到一把锋利的斧子，狠心对着儿子的手腕砍下去，然后把双手扔到山崖下。

荷鲁斯痛得哇哇大叫："母亲，你这是干什么啊？"

"你日后便知。"伊西斯一边说着一边施法给儿子做了一双新手。

第二天，伊西斯来到塞特的菜园，她变成老妇人的模样问塞特的农夫："塞特神明每天都吃些什么啊？"

"他只吃莴苣。"农夫答道。

伊西斯点点头,装作参观菜园的样子,趁农夫不注意,把荷鲁斯的精液涂抹到莴苣上。伊西斯露出阴谋得逞的满意微笑,她不会允许任何人伤害她的孩子。

过了几日,塞特到神明法庭状告荷鲁斯:"太阳神之子荷鲁斯犯有奸污他人的新罪,我有确凿证据。我认为拥有恶劣人品的人不应该继承王位,我提议将埃及法老的位置传给我。"塞特挑衅地望向荷鲁斯,他笃信自己的精液在荷鲁斯身上,这一次的王位之争,他信心满满。

荷鲁斯也不担心,他的母亲早已为他办妥一切。他慢悠悠地说:"我没有奸污他人,塞特诬告。我提议将埃及法老的位置传给我,并且将塞特驱逐出赫里尤布里斯城,终生流放。"

塞特没想到荷鲁斯会这么镇定,但他一点也不着急,他相信,只要他提出证据,荷鲁斯就是有百口也难分辩。

"我有证据。"塞特的话一出口,同时微笑的,有三个人——塞特本人、荷鲁斯和伊西斯,他们三个人脸上都是满意的微笑,这让拉神看得有点摸不着头绪。

"那就把证据拿上来吧!"拉神说。

"这个证据有劳智慧神。"塞特对图特说,"请你召唤我的精液,等它们到来,真相就会明了。"

图特念动咒语召唤塞特的精液,遥声问它们:"你们身处何地?"

塞特的精液回答:"我们在沼泽地。"

沼泽地? 塞特狐疑地看看荷鲁斯,又看着他背后浅笑的伊西斯,他知道自己大势已去了。

"我有话要说。"荷鲁斯难得地主动发言,"我要状告塞特犯有奸污他人罪。"

拉神此刻真觉得自己老了,他的头又开始隐隐作痛了,他实在是没办法了解他的这帮子孙们,不知道他们究竟在想些什么?

"证据呢?"

"我也得有劳智慧神图特,请他召唤我的精液。"

图特召唤荷鲁斯的精液,他的精液在塞特肚子里说话了:"我从哪里出来? 我在塞特的肚子里。"这话一出,震惊的不只众神,还有塞特,他想不明白,伊西斯是如何把荷鲁斯的精液弄到他的肚子里的。

"你从他的耳朵里出来吧!"图特说。

"不行,我是圣洁的,怎么能从那么肮脏的地方出来呢?"精液扭捏地说道。

"那就从额头出来吧!"图特念动咒语,荷鲁斯的精液从塞特额头跑出来,变成金黄色的圣圈出现在塞特头顶。

最后众神一致宣判,塞特偷吃荷鲁斯的精液,犯有奸污他人罪。"精液"一案让塞特吃了瘪,他一直琢磨策划另一个方案,想通过正当的比赛让荷鲁斯主动放弃王位。

几个月后,塞特约荷鲁斯比赛,说两个人都造一艘石船,谁的船先沉到水底,谁就输掉王位。荷鲁斯答应了,但他这次也学乖了,在母亲伊西斯的指导下,做了一艘松木船,在船的表面涂上厚厚的石膏,在别人看来,这就是艘石头船,然后带着这艘船去比赛。

塞特此次很稀奇地没玩心眼,老老实实地搬了很多石头制造出一艘船。两船同时下水,结果可想而知,塞特的船很快就沉了,荷鲁斯的却稳稳当当地停在水面上,一点下沉的趋势都没有。塞特不甘心,转身变成河马,沉到水底,把荷鲁斯的船捣破。于是两船都沉了。但由于塞特的先沉,众神便审判荷鲁斯赢得王位。

塞特从水底上来,变回原形,怒气冲冲地指着荷鲁斯的鼻子骂道:"你这个阴险小人,我说的是石船,你却用松木来造船,你怎么能这么作弊!"但他也明白,凭荷鲁斯一人不可能有胆量跟他玩阴谋,肯定是伊西斯在背后搞鬼。所以他又对众神痛骂:"你们都瞎了眼吗?让这么个只会躲在母亲羽翼下的、没用的东西来统治埃及!"

荷鲁斯生气了,拿起伊西斯之前做的大钩子,就要朝塞特脖子上钩,所幸被众神拦住,没酿成大错。

塞特走后,荷鲁斯很不服,跑到生命女神希基特家里痛哭,说塞特不接受众神的裁决。希基特百般劝慰,他才总算是停止了哭泣。

神祇展示栏

希基特:古埃及神话中的生命女神。战斗和魔法能力一般,但因为其高超的治疗水准和防御能力,而在众神中拥有崇高的地位。

登基为王

埃及的王位究竟由谁来继承？众神对于这个问题争论了一年之久都没有结论，拉神召开此案的第三次神明法庭，很少开口的知识女神塞丝哈特提议："不如，我们写信给冥王奥赛里斯吧！他对这件事比任何人都要有发言权。"

拉神同意了，依旧是智慧神图特执笔，将荷鲁斯和塞特的所作所为和现在赫里尤布里斯城的情况描述给奥赛里斯。奥赛里斯很快回信，图特拿到信，先大致扫了一眼，就这一眼足以让他头皮发麻，他怯怯地看向拉神。

拉神从图特的表情里大致猜到奥赛里斯的语气大概不会很好，做好心理准备也就点点头示意图特大声朗读出来。图特只能遵命。奥赛里斯在信中写道："我到现在才知道赫里尤布里斯城究竟发生了什么事情。我很寒心，我在埃及的功劳多么大，我发明大麦、小麦等粮食，让众神和人类不至于饿死。可是我这么辛苦的结果却是，我儿子被众神欺负，我却不能有丝毫行动！"

塞特跪地哀求

拉神听了大怒："图特，你回信给奥赛里斯，即使没有他，大麦和小麦也还是存在的，他奥赛里斯不曾发明什么！"奥赛里斯收到信，也很生气，他回第二封信说：

"即使大麦和小麦不是我发明的,我也曾为埃及立下了汗马功劳。更何况,如今我不分昼夜地看管这些死魂灵。众神啊!你们可知道,这些死魂灵一直紧盯我,就想趁我不小心的时候溜出去扰乱赫里尤布里斯城和人间。我的职位对赫里尤布里斯城是如此重要,可是,对我的家庭来说,这个职位是多么让人痛苦,我见不到可爱的儿子,拥抱不了漂亮的妻子,能做伴的只有孤寂和死魂灵。众神啊!你们在安乐的赫里尤布里斯城里幸福生活,何苦还要欺负我的儿子呢?子承父业,难道不是天经地义的事情吗?"

众神听了很是感慨,纷纷劝说拉神,此事不宜再拖延,应尽快处理,给各方一个交代。拉神此时也想明白了,由于他的性格问题,导致塞特做出这么多坏事,原本善良的荷鲁斯也曾酿成大错。他这次决定狠下心来,一定要把塞特处置掉。

众神赶到塞特家里,他正侧躺在床上睡觉。战斗之神巴鲁——他曾经的战斗伙伴——将绳子套在他的脖子上,厉声唤他起床。塞特醒来,看见自己脖子上的粗绳,一下就明白了众神的意思。他跪下苦苦哀求,发誓自己永远不会再阻挠荷鲁斯的登基。众神得到他的誓言,就把他带回拉神身边,从此干旱之神变成雷神,人们见了他都会远远躲开。

在埃及,拉神牵着荷鲁斯的手登上最高的城楼,向全埃及人民宣布,从此之后,上下埃及都将由奥赛里斯的儿子荷鲁斯统治。众神将埃及的王冠取来,戴在荷鲁斯的头上。荷鲁斯微笑着接受埃及人民的祝福,开始了他在埃及的统治。和当年他的父亲对他的预言一样——荷鲁斯的时代开始了!

埃及人民非常拥护荷鲁斯的统治,起初是因为他是奥赛里斯的儿子,他们爱屋及乌;后来,他们则是臣服于荷鲁斯的个人魅力。他力量强大却生性善良,他处事冷静,待人却不冷漠。

他是埃及人民心中真正的圣明法老。以至于他结束在埃及的统治后,继任的法老们都喜欢自称是他的转世。

神祇展示栏

塞丝哈特:古埃及神话中的知识女神,擅长的领域包括文字撰写、测量及建筑设计,其中建筑设计的造诣无人能敌。她是众神的书记官,记载赫里尤布里斯城里发生的重大事件。塞丝哈特没有过高的实战能力,只有些诡异的小法术防身。因此,为人非常低调。

受神谕称王

古埃及第十八王朝的第八位法老图特摩斯四世是位不可多得的卓越法老,如果把他的功绩一一列出,恐怕万能的神明也要对他道声感谢,因为他是历史记载中最早提出崇拜阿顿神的埃及法老。

在图特摩斯四世还是一位王子的时候,他对王位没什么特殊兴趣,倒也不是他为人生性淡泊,而是他知道,即使自己去争去抢,也不会有什么好结果,重视血统纯洁的埃及王室根本不可能让他这样一个侧妃生的孩子做法老,即便他带领士兵们一起平定过利比亚的叛乱,即便他有"叙利亚的征服者"的头衔,也丝毫不能对他卑微的出身有任何改进。

但命运总会眷顾那些真心付出努力的人,图特摩斯四世的机会很快到来了。那是一个夏日的

荷鲁斯出现在图特摩斯四世面前

午后,图特摩斯四世躺在神庙前的树底下小睡。梦里他骑马纵横在沙场之上,为了埃及的安危浴血奋战。

转眼间,场景变换。图特摩斯四世到了一座富丽堂皇的城市,它的壮观是人间不曾见到过的,埃及王宫和它比起来,简直不值一提。图特摩斯四世好奇地往城里走,擦肩而过的每个路人都对他轻轻点头微笑,他们的笑看起来是那么满足,全身

笼罩着幸福的光芒,图特摩斯四世从来没有见过这样的百姓。

一个男人出现在图特摩斯四世的面前,他额头上的胎记是王冠和毒蛇的形象,他朝图特摩斯四世微笑,图特摩斯四世惊讶地睁大了眼睛。"你是?"一个名字哽在图特摩斯四世的喉间,他却说不出来,他不敢相信自己会在这里遇见拥有那个名字的人。

像是看出他心里的想法,男人点点头:"是,我是荷鲁斯。"

"那这里?"图特摩斯四世讶异地四处张望,神明出现的地方,难道是赫里尤布里斯城?男人继续笑着点点头。

"那么,您召唤我来,是有什么指示吗?"

"你知道的,举凡继承法老王位的王子都是我的转世,而你就是我的转世,我叫你来是想告诉你,埃及王位非你莫属,你不可以放弃自己。"

"可是,我不是正妃所生啊!又怎么可能继承王位呢?"

荷鲁斯不屑地笑笑:"我只看谁是我的转世,我才不管血统问题。再说,你可以娶正妃所生的女儿为王后,给他们生一个所谓的纯正血统。"

图特摩斯四世还想说点什么,荷鲁斯阻止了他的开口:"你先回去吧,回去把神庙前的雕像擦洗干净,该是你的,总不会溜走的。"荷鲁斯一挥手,图特摩斯四世感觉自己的身体迅速向后退,那座富丽堂皇的城市渐行渐远……

图特摩斯四世一激灵,从梦中醒来,他对自己梦到的一切坚信不疑,按照荷鲁斯的吩咐,把雕像擦得干净明亮。就在他完成这一切的时候,手下的士兵向他跑来,把埃及王冠戴在他头上,拉着他就往王宫跑。

"你们这是在做什么!"图特摩斯四世不解。

"法老对人不公平,兄弟们决定拥护你为王。"士兵回答说,把图特摩斯四世一路拖到王宫。王宫里的法老看起来狼狈不堪,往日高高在上的他此刻颓废地坐在王座上,面容憔悴,当他看到图特摩斯四世头上的王冠时不禁勃然大怒:"图特摩斯,原来是你教唆这些贱民们造反!你这么背叛你的父亲,不觉得羞愧吗?"

叛变之罪,可大可小,图特摩斯四世深谙这一点,他诚惶诚恐地跪在父亲面前:"我并没有教唆任何人反抗您的统治。但是……"他顿了一下,"我刚才在神庙前做了一个梦,梦里荷鲁斯神对我说,我是他在凡间的化身。"

他不再往下说,聪明地留下大片空白给在场的所有人幻想。举凡是埃及的人民都知道,只要是荷鲁斯的化身,就一定会是埃及的法老,受到埃及人民的拥护。图特摩斯四世的态度在士兵们看来无疑是种支持,他们跪倒在图特摩斯四世脚下,大声欢呼:"参见法老陛下!"

大势已定,法老也不得不承认图特摩斯四世将会是埃及的下任法老。但他同时也有个条件,就是图特摩斯四世必须要娶他正妃所生的女儿为王后,他必须要保证在图特摩斯四世之后的王位继承人身上有纯正的血统。

图特摩斯四世答应了,事实上,在法老说出条件的时候,他也吓了一跳,不禁为神明的睿智感到惊讶,事态的发展和荷鲁斯说的一模一样。

图特摩斯四世娶了自己的胞姐之后,顺利登上王位,在以后的岁月中,为了和邻国建立起同盟关系,他又娶了米丹尼公主,两国联合力量共同抵御赫梯提国的扩张,也保障了两国人民的生命和安全。

毫无疑问,图特摩斯四世是个勤政爱民的好法老,但遗憾的是,他的身体总不是太好,在登上王位九年之后就撒手人寰了,继承他位置的是他的儿子阿蒙霍特普三世。在他死后,人们把小圣甲虫放在他的心脏之上,以慰他在天之灵。

神祇展示栏

阿顿神:古埃及神话中朝阳刚刚露出水平线时的太阳神,在法老阿克奈天进行宗教改革前,他被认为是唯一的神。后经图特摩斯四世提倡而恢复其神位。与别的神不同,阿顿神没有人形,他就是太阳。

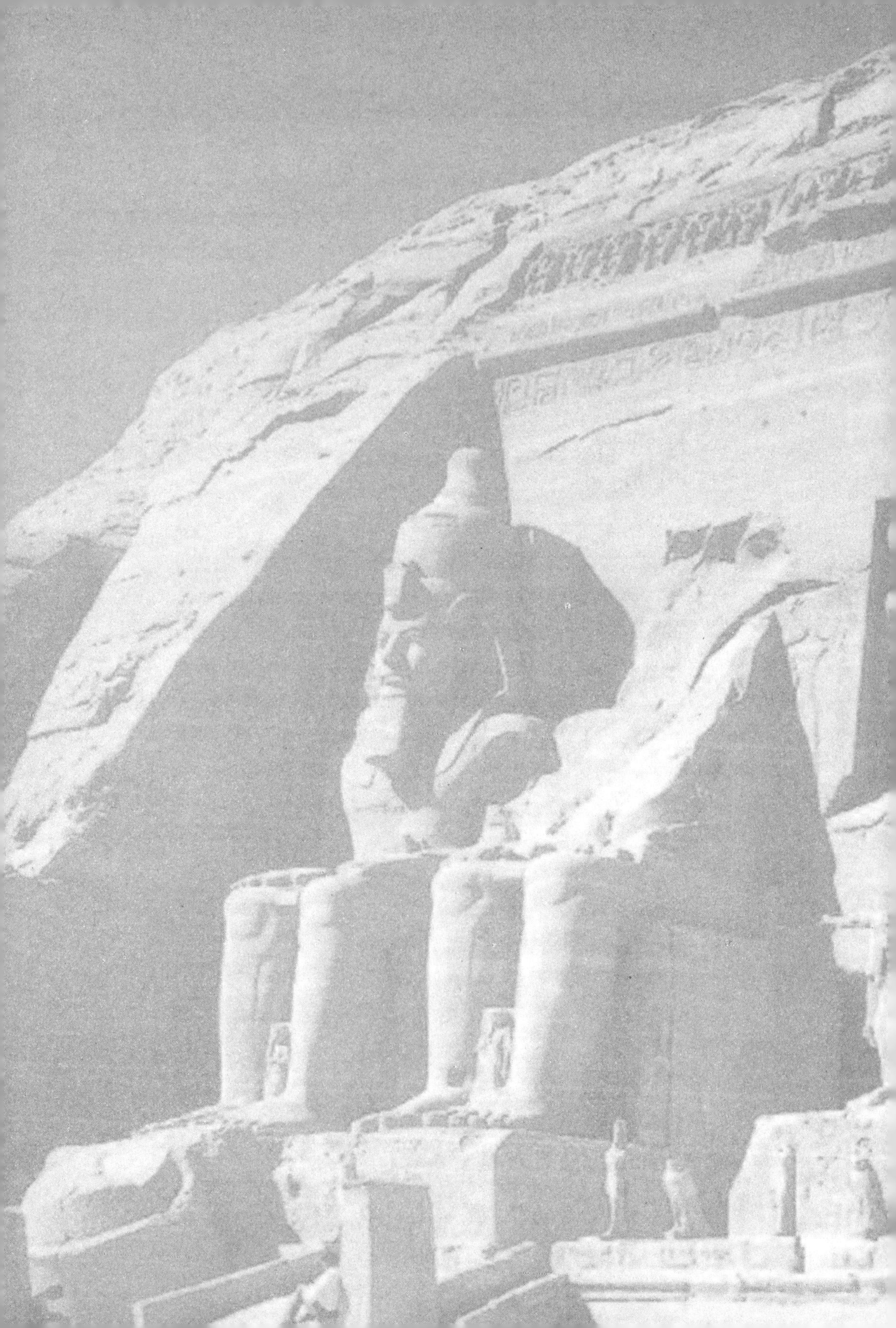

第四章
神界散人

流传千年的埃及神话故事

一只猫的诡秘微笑

守护人类梦境的母猫

没有一个民族像古埃及人民那样，对动物的崇拜达到那样的程度：他们崇拜鳄鱼，认为它是神的化身；他们欢迎鼠类，因为它曾经救过神灵；他们喜欢猫，因为它守护人类的梦境。

在古埃及，众猫的生活非常惬意，它们可以成群结队地在街上玩耍，行人、马车见到它们都会避让。对古埃及的猫们来说，抓老鼠只不过是件非常微小的事情，只要家族里年轻强壮的公猫去做就可以了，母猫和幼小猫每日只是负责玩耍、享用美食，守护人类的梦境，偶尔到人类的梦中玩耍一番。

古埃及的人民不管贫穷还是富贵，都会在家中饲养猫，它们的地位崇高，可以和主人同吃、同睡，即使是死后，也会被做成猫的木乃伊，和主人一起升天享乐。

但猫儿并不是一生下来就会守护梦境的，它们的这份天职是从一只叫做芭丝特的猫开始的。它是公元前27世纪第三王朝法老杰赛尔的宠物。但它却不是凡物，它是掌管猫类的女神芭丝特派下凡来专门守护杰赛尔法老的。除了芭丝特自己，没有人知道它来自哪里，即便是杰赛尔法老也不清楚它的来历，只知道某天一觉醒来就看到了这只长着银色斑纹的、眼眸翠绿的小母猫，它温柔地窝在他的枕

114

边,像个安静的情人,含情脉脉地注视着他。

杰赛尔法老的宫殿里有很多只猫,但他就是对芭丝特情有独钟,他也说不上为什么,它不是最美的一只,但只要它在身边,他就会变得很安心。半夜,趁杰赛尔法老熟睡,芭丝特跳跃到屋顶,芭丝特女神正在那里等着它。

芭丝特跳起来投入芭丝特女神的怀里,喵喵叫着撒娇。女神爱怜地摸着它毛茸茸的小脑袋,问它说:"法老最近的梦境如何?"

芭丝特说:"也许是面对尼罗河的原因,法老的梦都是金色的,很安静,他常常在梦中只是安静地看着星空,调理白天的思绪。"

女神点点头:"那我就放心了,杰赛尔法老是位仁德的王,你要小心守护他的梦,让他精神奕奕,能更好地为埃及制造辉煌。"

芭丝特脆声道遵命,又在女神怀里撒娇了一会儿,才回到杰赛尔法老的床边。此时,法老正梦见自己在尼罗河边数星星,星空璀璨,河边的风安静而凉爽,那画面实在静谧,芭丝特被那美好吸引,忍不住跳了进去,和法老在尼罗河边并排坐着,仰望星空。

第二天清晨,杰赛尔法老舒服地伸了一个懒腰,揽过枕边的芭丝特:"我昨天梦见你了,我和你在尼罗河边看星星,那场景很美。"芭丝特喵喵叫着,热情地回应法老。

不知不觉中,经过了很多年,杰赛尔法老渐渐老去了,他对衰老这件事很排斥,他不知道死后将去的那个世界是什么模样,那个世界是否需要他这个法老,他去了那里会不会很不适应。杰赛尔法老开始在卧室里变得唉声叹气的,芭丝特就一直温柔地用手掌抚开他紧皱的眉头,它知道,以杰赛尔法老在埃及的功绩,他一定会在冥界成为神的。芭丝特很想帮助杰赛尔法老顺利成神,但它除了守护梦境,什么都不会。

白天想得多了,晚上做梦也会梦见。芭丝特某天突然发现,杰赛尔法老的梦不再是金色的,而是变成了黑色。在梦里,法老一直在黑暗里摸索叹息,但他不管怎么走,都走不出黑暗。在那未知的黑暗里,还有无数声深深的叹息。

杰赛尔法老每天醒来都很焦虑,他问芭丝特:"我是不是就要死了?那黑暗是另一个世界吗?"

芭丝特虽然很想告诉他,另一个世界也是美好的,但它说不出口,毕竟天机不可泄露。它只能一遍遍地舔着法老的手心,想给他更多力量。

从那之后,杰赛尔法老每天都能梦见自己在黑暗中摸索,那黑暗的力量巨大,芭丝特费尽全力想要驱散梦境,但那梦轻易就从它的指尖溜走了,然后再肆意流淌在法老的卧室里，纠缠着他，让他恐慌。

看着法老一天比一天衰老，芭丝特决定走出王宫，为他寻找一个绝美的梦境。它跳上屋顶，远眺整个埃及。屋顶上浮现出的梦境差不多都是金色的，也有月光色和琥珀色的。在尼罗河的浪花激荡声中，埃及人民都沉沉睡去，做着美好的梦。

芭丝特召集起全城的猫，把守护梦境的魔法教授给它们，让它们帮忙先驱散杰赛尔法老的噩梦，自己则走上街道，寻找最完美的梦。

人们的梦都很不错，他们在尼罗河边嬉笑追逐、玩耍休憩，但这些梦不适合杰赛尔法老，他需要的是更温暖而不是快乐的梦。

走到埃及的贫民区，一个金黄色的梦吸引了芭丝特的注意。那是一个五六岁孩子的梦，他梦见自己在一间金色的小房子里，房子里有通往地下的阶梯，阶梯通往一个温暖的地下室，他就在那地下室里玩耍，感觉安全极了。

芭丝特眼睛一亮，这个梦太适合杰赛尔法老了！它迅速召集附近的猫，让它们进入孩子的梦境和他一起玩耍，自己则拖着孩子的梦赶回王宫，把这个安全感十足的梦境给了法老。而它自己也进入了那个梦，忠心耿耿地守护在法老身边。

法老第二天醒来，觉得神清气爽。他回忆起梦里的房子，命令工匠按照那个样子为自己建造金字塔。他同时还下令，在他死后，如果芭丝特也去世了，就把它做成猫的木乃伊，和自己同葬。

又过了几年，杰赛尔法老去世了，葬在那个让他觉得安全的金字塔里，身边还有芭丝特。在他死后不久，芭丝特也停止了呼吸，但宫里的人惊奇地发现，芭丝特死时是微笑着的，一只猫的诡秘微笑——因为它知道，过不了多久，它和杰赛尔法老会再次相遇。

神祇展示栏

芭丝特：古埃及神话中的猫神，常以猫头和女性身体的组合出现，或者纯粹是家庭宠物猫的形象。其中宠物猫的形象更受欢迎，因为古埃及人民相信猫眼能储存阳光，可以在黑暗中驱散恶灵。芭丝特女神深受古埃及人民爱戴，他们为她建造神庙，定期举行盛大仪式来歌颂她对人间的贡献。古埃及的女人们也非常喜欢猫，她们甚至模仿猫的眉目发明"猫眼描眉法"，能使眼睛看起来又大又亮而且炯炯有神。

第四章 神界散人

神鹭一样的男子

　　世界形成之初，尼罗河上曾经漂浮着一颗原初之蛋，当它孵化之后，里面走出来的，是天地之主——万能的拉神。但是有个谜题一直没有被解开，那就是原初之蛋是由谁孵化的，它总不可能在千万年的漂流中自己破碎，假如它是自己破碎，拉神也不可能从蛋里走出来，众所周知，非孵化而自然破碎的蛋壳里只可能是肆意流淌的蛋液。

　　这个问题，宇宙间只有拉神和智慧神图特知道。其实，当初漂浮在尼罗河水面上的，除了原初之蛋，还有一个生物体，它日夜守护在原初之蛋身边，不敢远离半步，它是一只神鹭。

　　既然是神鹭，身体自然不可能像平常的鹭那样娇小玲珑，实际上，它比原初之蛋看起来还要大，因为除了守护原初之蛋，它还肩负着孵化它的任务。这是它的天职，从它出生起，主就告诉它，在它的一生中，这项任务是最重要的，等到完成任务的那天，它将晋级神界，拥有人身。

守护原初之蛋的神鹭

　　人都是自私的，神鹭也不例外，除了这是主交代的任务外，能拥有像主那样的人身是它最大的梦想，只要能达到这个目标，它就觉得自己此生无憾了。而有了人身之后到底要做些什么，它想都没想过。

神鹭的理想谦卑而现实。

等待的日子尤其漫长，神鹭带着原初之蛋在水面上不停漂移，它们见识过最猛烈的风暴，看到过最艳丽的夕阳，一起在大树下躲过雨，共同在星空下做过梦。

不知道过了几万年，在神鹭的努力孵化下，原初之蛋里不再是一团混沌的液体，像婴儿在母亲体内发育成长一般，原初之蛋里无意识的蛋液也渐渐形成了拉神的雏形，它开始能够和神鹭对话，跟它探讨生命的奥秘和宇宙的秘密，听它讲蛋壳外面的世界是什么模样。

"神鹭，你说我出生之后要做什么呢？"蛋里的拉神经常这样幼稚地问神鹭。

"您注定是天地万物的父神，您要为天下苍生——不管是动物、植物还是人类，您都要为他们负责，为他们的幸福奋斗到您无法支撑的那一天。"神鹭回答。

"这么说我很重要了。那么，我会死吗？"

"您当然是很重要的，"神鹭思量着，"不过，万事万物都有他消逝的那一刻，即使是您，也无法逃脱这样的命运。可是，那将是很久很久以后的事，您完全无需担心。"

"嗯！"蛋壳里的拉神像个听话的孩子，语气里还带了些睡意，"神鹭，你会一直陪着我吗？"

"我会的，父神。"神鹭若有所思地看向远方，"是的，我会一直陪着您，在您身后为您打点您不愿意去做的事情，如果那时您还需要我的话……"拉神没有再说话，他此时稚嫩得还没有那么大的精力支撑他清醒那么长的时间。

拉神清醒的时间越来越长了，到了主交代的时候了。神鹭心想着，默默地把原初之蛋划向埃及境内的尼罗河岸边，人类迎接自己主人的时刻就要到来了。

又过了很多年，拉神终于从蛋壳中破壳而出。而神鹭也像主许诺的那样，变成了一个儒雅的男人，从它化身人形的那一刻起，它就一手提笔，一手拿着书写板。它不明白主的意图，但它知道主的安排都是有意义的，它小心翼翼地把这两件主赐之物收藏好，像当初许诺拉神的那样，默默地跟在他背后，看着他受万民敬仰，看着他为埃及的繁荣做着自己能做的一切。而它能做的，只是像当初身为神鹭许诺给自己的那样，谦卑而温顺地跟着拉神。

再后来，拉神惩罚人类，将天、地分开，它也跟着拉神进入了赫里尤布里斯城，拉神感激它所做过的一切，赐它神位，即智慧神，并为它取了一个名字叫图特。

人们都说图特无所不知，智慧仅次拉神，可是越是这样，图特就越是低调，把自己藏在拉神的万丈光芒之后，它永远记得自己作为神鹭跟随着拉神漂流在水面上的那些枯燥却充满希望的日子。

后来的后来,荷鲁斯继承埃及王位,图特作为他的首相继续辅佐拉神的子孙。

而拉神对图特也从来不敢怠慢,他亲自为它挑选美丽的正义女神玛特作为妻子,还在荷鲁斯退位之后,把埃及的最高荣誉——法老之位赐给图特,让它有机会站在历史舞台的中央。也许拉神对于自己亲手创造出来的子孙都不是特别信任,但他信任图特,对他来说,这个神鹭化成的男子亦师亦友,它勇于把心中最阴暗的那部分透露给他,因为他知道,一个看着他长大、见识过他的稚嫩却还愿意以他马首是瞻的人是绝对不会抛弃、不会背叛他的。

神祇展示栏

玛特:古埃及神话中代表正义、整理、秩序的女神,冥王奥赛里斯用来秤量心脏重量的真理羽毛就是由她提供的。玛特也是拉神的女儿,她的名字中就蕴含着正义、秩序的意思,因此埃及人常说"做事要符合玛特",也就是"做事要遵循正义、秩序"的意思。玛特常以头顶一只羽毛的年轻女性形象出现。

大发明家图特

图特在造纸。

埃及神话中的智慧神图特无所不知、无所不能，他的智慧仅次于拉神，是宇宙间绝顶聪明的人。但万物之主拉神整天忙着管理人界和神界，他的智慧大多只能表现在政策制定上；而图特就不一样了，他有大把的时间可以做一些发明创造，其中对人类影响最大的应该是纸和文字。

在图特发明文字之前，众神和人类只能用大脑记忆所有的事情，可是生命体总会老去，当老一代的人死去时，人类能记住的历史就非常少了。图特一开始用累积石头的办法来记事，一块石头代表一件事情，但事情一多，智慧神的脑子也不够用了，他常常把事情搞混，耽误了不少大事。日子一久，拉神对他这个智慧神也不太信任了，有什么事情都尽量亲力亲为。

不被信赖的图特心情很糟糕，他走在埃及的田间散心，无意间看见一个老妇人正蹲在地上查看什么。他上前问老妇人："您在这里看什么呢？"

老妇人不认识智慧神，只当他是个一般的年轻人，没好气地说："我在查看我今天要去的方向。"图特顺着她的视线看，土地上画着乱七八糟的线条，他看得云里雾里的，但老妇人却一看就明白，起身就要往目的地的方向走。

第四章　神界散人

图特拦住她,向她深深鞠了一躬:"老夫人,我是智慧神图特。我想问,为什么你一看那些线条就明白自己想要去的方向了呢?"

老妇人大吃一惊,随即抿嘴笑着说:"没想到智慧神也有向我请教的时候啊!"

图特连声说是。老妇人也不瞒他:"我给自己定了一个目标,每天向不同的方向走,看看埃及壮丽的河山。但是,人一旦老了,记忆力就不好了。所以我就用家门口的石头画点东西,知道今天该往哪里走。"

老妇人拉图特走到那些线条前,指着中间的一个图形说:"这图是我昨天画的,这圆点是我。"图特蹲下一看,那图形乍看神似老妇人,一样都挽着简单的发髻。

老妇人又指着旁边三角形的图形说:"这是我昨天散步的方向,而我今天要往它的反方向走。"

图特对老妇人的创意大加赞赏,他突然想到一个问题,为什么不能把大家每天说的话都记录下来呢?这样,即使再过千百年,人们还是知道曾经发生过什么事情。如果能发明一套图形,把它们各自代表的意思都教导大家,那样,每个人都能看历史而不是听老人们讲历史了。

想到就做。图特回到自己房间,把自己与世隔绝,潜心发明出一套文字,每个字所代表的意思他都认真思量。其实,要辨认图特最初的文字,一点都不复杂,因为此时图特发明的,只是象形文字,看见形象,想不知道意思都难。后来需要上学堂学习的字体则是经过几千年简化而成的文字。

发明好文字,图特又开始发愁:有了字,可是这些字要写到哪里呢?总不能像老妇人一样写在自家门口的土地上吧。国家法律法规还好说,只需刻在神庙或者广场前的石碑上就可以了。但如果是拉神的秘密档案呢?

图特此时需要的是一个写字的载体,他试了很多方法,拿炭石在树叶上写,树叶容易腐烂;在麻布上写,纺织给人做衣服的麻布还不够呢!哪里有那么大的精力再去纺织专为写字的布料呢!

图特做了不下一百种实验,最后他锁定了一种草,他先把草坚硬的表皮剥去,然后将草的精髓部分切成接近透明的薄片。再取来一块平坦的石板,先盖上一层麻布,再把之前切好的透明薄片分两层、纵横交错地摊平在麻布上,最后再盖上一层麻布。他让人用木棍反复敲打石板,直到植物渗透出的粘汁能把两层薄片贴紧为止。

事情到这一步还不算结束。还需要在这半成品上压上重重的大石块,让它表面平滑,二十天之后再取出来,就是一张米黄色的表面光滑的纸了。细心的图特还会拿贝壳比较坚硬的一面把边缘修剪平滑,让整体看起来美观一些。这种草叫纸莎草，这种纸叫做纸莎草纸。

  完成了这两个发明，图特就开始四处宣传他的新产品了。而结果也和他所设想的一样，佳评如潮。拉神对这两种发明的问世尤为满意，还另外给了图特书记神的称号，从此以后，赫里尤布里斯城里发生的事情都由图特来记录。

  在赫里尤布里斯城的成功让图特看到这两项发明在人间也会得到青睐。他找到埃及的法老，让他帮忙推广这两种发明，埃及法老很乐意帮神的忙，但他同时发出的感慨让智慧神觉得有些小题大做，但后人却深深佩服这法老的远见卓识。法老说："智慧神啊，你发明的这东西的确有它好的一面，但它同时也有遗憾的一面啊！当人们依赖字和笔来记忆时，我们的记忆力将会有怎样的退步啊！"

魅 力 埃 及

  纸莎草：只长在尼罗河边的一种伞状草类，埃及人把它制成纸莎草纸，用来书写和画画。在纸莎草纸上绘制出的画作，色彩鲜艳，是古埃及的独创。据说，纸莎草纸在世界上出现的时间比中国的造纸术还要早，只不过因为中国的纸可以大规模生产，因此比埃及的纸莎草纸流传区域广。

美女祭河神

发源于赤道以南，非洲东部高原上的尼罗河，是非洲第一大河，是世界第二大河。它的存在，对埃及人民的重要性不言而喻。早在六千多年前，古埃及的人们就已经在这里繁衍生息了。埃及有句谚语："尼罗河就是埃及的母亲。"说明了尼罗河和埃及的关系。尼罗河为埃及人民聚集财富，为创造古埃及文明提供了自然基础。在尼罗河的沿岸屹立着的大大小小的金字塔多达70多座，俨然是贯穿埃及历史的一条长带。

尼罗河劳苦功高，但守护尼罗河的河神哈比却不是那么惹人喜欢，至少不那么惹他夫人的喜欢。因为不管是古埃及的人民还是赫里尤布里斯城里的神明们，都十分了解哈比神的风流程度。

哈比将罐子里的水倒入尼罗河

人不风流枉少年。哈比本着这个原则，不知道交往过多少异性。和每一个花花公子一样，哈比有和那些交往异性好聚好散的能力，但在河边走久了，哪能不湿鞋。让他令拉神震怒的一次恋情，是他和水之深渊的女神努恩之间的那段刻骨铭心的恋情。

当拉神派去的士兵到达尼罗河岸时，哈比正在自己的宫殿里蒙头大睡，士兵们等了一个上午，哈比都没有醒来。忍无可忍的士兵们冲到他房间，把他架出来，他那时还睡眼惺忪，身上仅穿着内衣裤。

哈比被强制押解到赫里尤布里斯城，他看到妻子抱着年幼的儿子坐在拉神旁边，梨花带雨的模样，才一下清醒过来。他羞愧地对妻子说："这么早打扰众神多不好意思！赶快跟我回家吧！"妻子不理他，哭红的眼睛转向拉神，干脆连看都不看他。

"作为尼罗河的守护神，你看看你自己的模样！"拉神气恼地说，"也难怪会被自己的妻子告上神明法庭。"告状？哈比不是没有惊讶，他不记得自己有什么特别的把柄会落在妻子手里啊，在脑海里思索了半天，他还是没能想到。

"你和努恩是怎么回事啊？"拉神见他半天不说话，主动问道。

在拉神面前，哈比不敢说假话，只能据实以报："我和努恩之前是有过一段情缘，但之后再也没联系过，为何这段往事也会进入父神的兴趣范围呢？"

"你胡说。"没等拉神发表意见，哈比的妻子抢先说，"努恩今天一早来找我，抱着一个孩子，说是你的，要我让出正妻的位置给她。"哈比一怔，他完全不知道孩子的事，他挺喜欢努恩，但也没到要娶她进门的地步。

拉神看出哈比的疑惑不是假的，就把两夫妻送出去："清官难断家务事，你们自己去达成协定好了。"

回到家，哈比向妻子反复道歉，说自己真的没有娶努恩回家的意思，并且在妻子的威逼下，发誓再也不跟赫里尤布里斯城里的女神们交往。他还是给自己留了一点心眼的，他的誓言里只是赫里尤布里斯城里的女神们。风流成性的哈比得意洋洋地想，大不了到人间去寻找美貌女子。只是，怎么才能跟人间女子谈情说爱呢？这倒是件难事。

哈比陷入沉思中，他眉头紧锁，表情严肃，这副样子看在妻子眼里倒是很满意，她以为这一次哈比是在认真忏悔，如果让她知道哈比的真实想法，还不把家都要拆了。哈比的难题没过多久就被人类给解决了。

古埃及质朴的人们对哈比神非常崇拜。其实，与其说是崇拜，不如说是敬畏，他们敬畏哈比手里的那个罐子。传说，每年六月份的时候，哈比都会倾斜自己的这个罐子，使它里面的水能够流到尼罗河里。因为这罐子是没有底的，所以到底倒多少水全看哈比的心情好坏。如果他心情不好，古埃及的人们就遭殃了。要是一不小心水倒多了，久久不退潮，埃及人民就会错过农时，而已经播下去的种子也会被河水冲走，有可能一年都没有粮食吃；如果水太少，离河岸远的田地就无法得到灌溉，自然收成也会大打折扣。所以古埃及人民最大的心愿，就是哈比能够心情大好，倒入尼罗河的水能够不多不少，处于刚刚好的状态。

顺便说一下，什么是刚刚好的状态呢？就是差不多哈比四个儿子的身高总和，即平均水位在二十七英尺左右，尼罗河既不会干旱也不会发生洪灾。而二十七英尺差不多是八公尺左右，这样算来，哈比儿子的身高每个都在两公尺以上，算是古埃及的超级高个子了。

可是，怎么才能让哈比神保持良好的心态呢？古埃及的智者们想起一个好办法，那就是在每年的"落泪节"（这个节日是为伊西斯女神而设立，传说奥赛里斯被塞特害死时，伊西斯非常伤心，她在尼罗河边黯然落泪，她流出来的眼泪使得尼罗河水位上涨）时为哈比奉上一位美女，一位从各个村落里选出来的倾城倾国的真正的美女，然后把她投入河中，给哈比神当小妾。

这个陋习一直延续到十九王朝，人们终于在美女们的痛哭中觉得实在太过残忍，但是，一旦停止供奉，人们害怕哈比神会生气，就想出了个办法。他们把木头雕成美女的样子，投入河中，希望这美女木雕能代替真正的人类和哈比神结为秦晋之好。古埃及的人们惴惴不安地等在尼罗河边，要是哈比神真的生气了，他们还预备了一个真正的美女。事实证明，这次的美女运气比较好，尼罗河一直风平浪静，古埃及人民放心了：哈比神没有生气。而这个比较善良的习俗一直延续到现在，如果你在六月份去埃及，说不定还能参观这"美女献河神"的仪式呢！

神祇展示栏

努恩：原始时代的水之深渊。在古埃及的众神概念中，努恩被认为是雌雄同体的。他的男性形象是一只蛙，或者蛙头人身的男人；她的女性形象是一条蛇，或者有蛇头人身的女人。在艺术作品里，努恩的皮肤是绿色的，象征着蓝绿色的水色。努恩没有自己的神庙，在雕塑作品里它常被理想化成托着太阳船的人形，船上坐了八位神明，居于中间位置的是圣甲虫 Heper。

有情饮水饱

古埃及的圣甲虫是心脏的守护者,古埃及人相信,在他们死后将要接受奥赛里斯的审判,他们很担心自己的心脏超过真理羽毛的重量,就用石雕的圣甲虫放在自己胸前,让它来替代自己心脏的重量,圣甲虫因此地位异常崇高。但埃及人喜欢圣甲虫却不仅仅是因为这个弄虚作假的小把戏,他们喜欢它,和一个古老传说有关。

传说中的女主角是一位尊贵的公主,她和贴身侍卫日久生情,但这两个人是永远不可能在一起的。公主是法老最大的孩子,按照古埃及的律法,公主将来会成为一国女王,法老对她寄予厚望,从小就把她当王位继承人来培养。试问,这样一个人的婚姻又怎么可能和一个地位卑微的侍卫发生关联呢?公主深谙此点,初恋的挫折让她每日以泪洗面,做什么都没有兴趣。侍卫看在眼里,却也是无能为力,独自懊恼自己这与生俱来的身份并痛恨森严的等级观念。

公主的苦看在她母亲眼里,这位开明的王后从来都不觉得生在王宫,做个高高在上的王室中人有什么值得骄傲的地方。她趁法老不在的时候,偷偷对公主说:"乖女儿,你若是觉得跟那侍卫在一起会有幸福,就跟他私奔吧!远远离开这鬼地

埃及人在心脏的位置放着石雕圣甲虫

第四章 神界散人

方,再也不要回来。"

"可是,父亲那里,一定会派人追捕我们的。"公主不是没想过私奔的办法,但是普天之下莫非王土,跑到哪里才能逃脱法老的视线呢?

"你甚至都没有尝试过,就想放弃,对你们的爱情也太不公平了。"王后苦苦劝导她,"你从小就是个智勇双全的孩子,母亲知道,你即使是流落民间,也一定会有所作为。"

王后拿出一个包袱,递给公主:"我给你装了一袋子的钱,够你们吃喝玩乐一辈子的,你不用担心生活,出去四处走走,寄情山水间,尽情享受你们的爱情吧!"公主感动地接过包袱,偷偷跑到侍卫的住所,把他叫出来,并把王后的话一五一十地转述给他听。侍卫也很感激王后的体谅,两个相爱的人紧紧拥抱在一起,脑海中全都是关于未来的美好想象。趁天黑,公主和侍卫上路了,王后早已在宫中安排好一切。她命公主的贴身侍女躺在公主的床上,如果法老到来,就说公主已经睡着了。

果然不出王后所料,宠爱公主的法老回宫第一件事就是找自己的大女儿,想给她看自己打猎的丰厚成果。但他走到床前,看公主蒙着头已经睡着了,也就没唤醒她,只是帮她掖了掖被角,就回房休息了。被窝里的贴身侍女吓得浑身冒冷汗,但此举也为侍卫和公主赢得了一夜的逃跑时间。

法老和公主一向有晨练的习惯,第二天早上,法老一早就来到公主的房间,不料他刚踏进门,屋里的一干人等就全都跪倒在他脚下。"这是干什么!"法老恼怒,"难道是公主身体欠安?"

"不是的。"贴身侍女颤颤巍巍地回话,她知道法老对公主的宠溺,于是回答得尤其谨慎,"我们清晨来伺候公主沐浴,叫她起床时,发现床上已经没有人了。枕头上留了一封信,请陛下过目。"

侍女跪着把信呈过头顶。信封上工工整整地写着"父亲亲启"。法老撕开信封,大致扫过一眼信的内容后,勃然大怒,他没想到自己最看好的女儿竟然会为了一个这么平凡的男人放弃王位,放弃他。他顿时感到了一种被遗弃感,这感觉强烈得让他想把一切都毁掉。"派宫中最精锐的部队马上出发,给我把公主和那贱民抓回来,公主要活擒……"法老眼中闪过一丝恨意,"那贱民,当场处理掉就好!"

且说公主跟着侍卫奔跑了一夜,终于在一个小山脚下撑不住了,侍卫计算路程,觉得那些侍卫兄弟们不可能在这么短的时间里追上他们,也就让公主倚在大树底下小睡片刻。他看着她如花的容颜,想到她为了跟自己在一起所受的苦,就禁不住埋怨自己的无能。公主的觉睡得很沉,侍卫一直守护着她,直到太阳将要下山了也不忍把她从睡梦中叫醒。

公主睁开眼,此时天色已经暗下来了,而她深爱的男人已经靠在她的肩膀上沉沉睡着了,发出轻微的鼾声。公主顿生怜惜,坐直身体一动也不动地支撑着情人的重量。但是,就是这情人间的一时不忍,酿成了大错——

法老的追兵很快追来,当他们赶到山脚下时,侍卫才缓缓睁开眼,他望着公主,这个他深爱的女子在任何时候都是优雅、镇定的。

"公主殿下,我是此次法老派来接您回宫的侍卫长……"来人还没讲完话,侍卫就冲到前面,挡在公主身前,紧张的气氛一触即发。

追兵们大笑起来,带头的队长举起拳头轻轻捶了一下侍卫的肩膀:"你以为我真的会大义灭亲吗?"侍卫的肩膀松下来,他也举起拳头给了队长一下,两人友好地拥抱在一起。这戏剧化的一幕让公主丈二金刚摸不着头脑,她疑惑地看着这些微笑的男人们,想知道到底发生了什么事。

这时,队长身后的小兵走上前来,把一个精美的盒子递给队长,他也看着公主善意地微笑着,像看自己的家人一般。队长双手捧着盒子走到公主面前:"美丽的公主,这是我们对你们爱情的祝福,希望您不要嫌弃。"

公主接过盒子,队长接着说:"法老下令追捕你们的时候,我就请缨,带着这一帮兄弟们来,希望能助你们一臂之力。我们和他……"他指向侍卫,"我们是出生入死的好兄弟,我们曾在战场为了我们的国家、我们的家人浴血奋战,我们之间的情谊已经超过亲友,我怎么可能伤害你们呢?"

"可是,你们回去之后要怎么交差呢?"侍卫问队长。队长也面露难色,但犹豫只是一瞬间,他转脸嬉笑道:"要不我们跟着你们四处流浪算了,做你们的护卫。"

"这怎么行!"侍卫说,"从军是你一生的梦想,如果为了我们放弃了,你让我们情何以堪?"公主看向山顶,聪明的她立即想出一个绝妙的办法来,她附耳告诉队长,队长听完频频点头。

揣着公主教的说法,队长带着部下离开了。公主打开手中一直捧着的盒子,里面是件美丽的嫁衣,火红的颜色,金黄色的凤凰飞扬其上。公主惊喜地和情人相视而笑,甜蜜的未来似在眼前。

回到王宫复命的队长给法老讲述了一个故事,在他们追捕公主和侍卫到山脚时,突然出现了神迹:一只圣甲虫出现在山顶,它的形体硕大,它的身边站着一位女神,女神自称是爱神哈托尔,她命令我们放开侍卫和公主,如果我们不遵命,她就让身边的圣甲虫滚动太阳,让埃及陷入水深火热之中。我们不能反抗神的意志,只好狼狈回来了。哈托尔女神还说,如果谁胆敢再追捕这对恋人,埃及就会遭殃。

法老一听哈托尔女神的名字,顿时泄了气,那个曾经差点灭了埃及的嗜血女神可不是好惹的。再加上王后一直努力吹枕边风，说没了女儿，还有儿子可以继位，更何况女儿也不是出事了或者是遇到什么磨难了，她是去过自己想过的生活了，作为父母应该为她开心之类等等。法老这才彻底放弃了追捕公主和侍卫的念头。

神祇展示栏

圣甲虫：金龟子科。学名蜣螂，实际上就是人们常说的"尿壳郎"，只要有动物粪便出现的地方，都会有它的身影，有"地球清道夫"的美誉，在 2010 年南非世界杯的开幕式上也曾出现它的形象。埃及人很尊崇它，为它取名 Heper，认为它圣洁高尚，因为它推动粪球的模样很像太阳周而复始的升起、落下，他们把它做成护身符，认为它能保佑人类在另一个世界重生。古埃及法老死去时，制作木乃伊的医生会把他的心脏挖出来，换上一块雕刻圣甲虫形象的石头。情人之间也喜欢互赠圣甲虫的护身符，圣甲虫给予他们信心，他们相信圣甲虫会把他们的爱情引向光明之地。

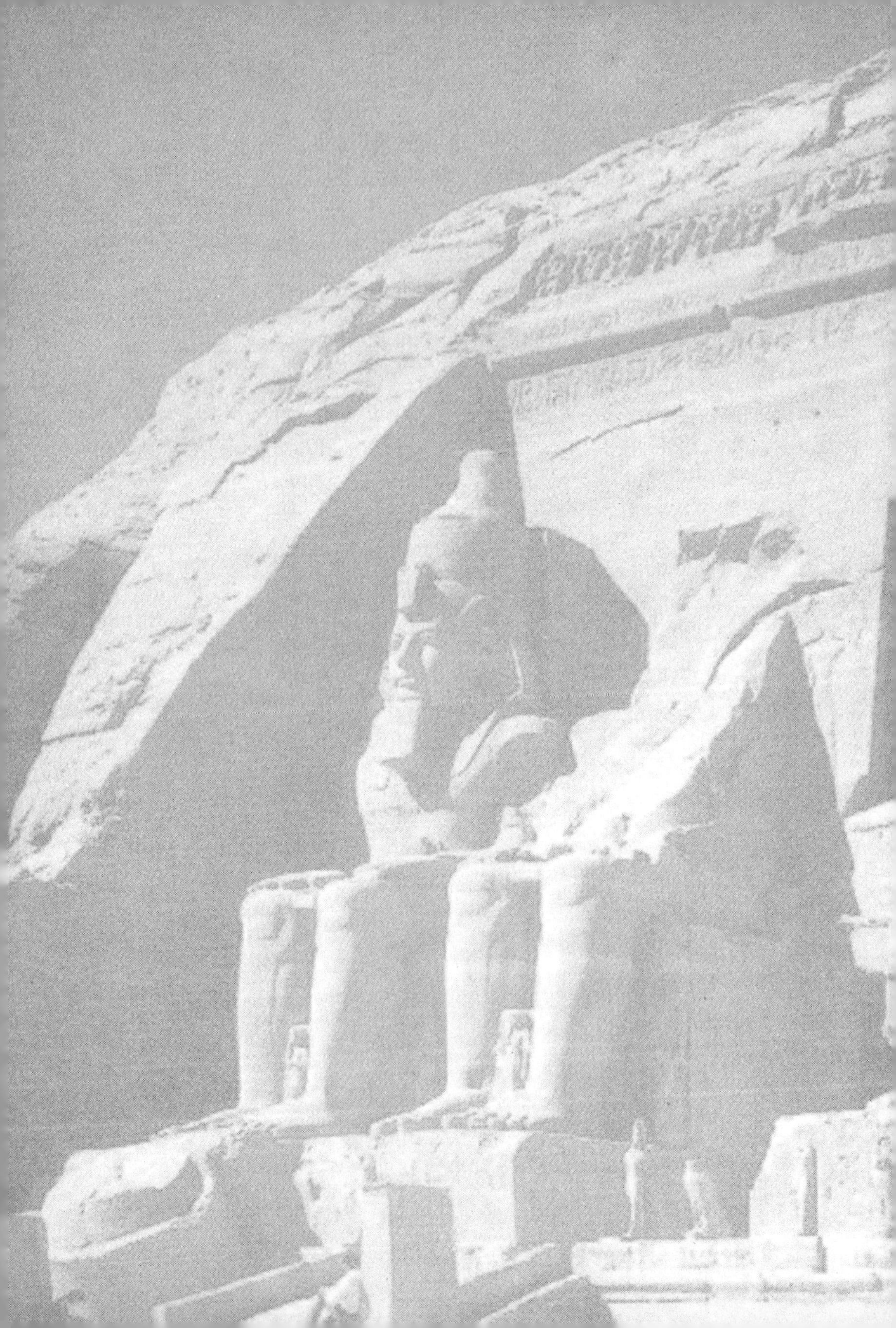

第五章
觊觎神界

王室血脉

米里卜塔法老带着一对儿女

埃及曾经出现过一位叫做米里卜塔的法老,他毕生最引以为傲的就是他的一对儿女——哈托尔公主和奈弗尔王子。他们从小就接受最优秀的教育,天文地理无所不知。尤其是奈弗尔王子,不仅样貌英俊,武功高强,还是当时颇具盛名的魔法师。

时光飞逝,哈托尔公主和奈弗尔王子很快就长大成人了。两小无猜的两个人对彼此心生爱意,他们私订终身,非君不嫁,非卿不娶。

可是,他们的情,米里卜塔法老并不知道,他只是看着哈托尔公主和奈弗尔王子渐渐长大,琢磨着是不是该为他们准备婚事了。

哈托尔公主是姐姐,言行举止间已经透出想嫁的意味来。因此,米里卜塔法老先问她:"女儿,你也到了该成亲的年龄了,你喜欢什么样的男孩子?父亲为你找来。"

哈托尔公主只当父亲明白她的心思,无限娇羞地说:"我喜欢的人,要懂得魔法,要有王室血统,别的没什么,只要对我好就可以了。"

米里卜塔法老点点头,回到自己房间就命令侍从搜集邻国王子们的资讯,只要会魔法,就都邀请他们来王宫做客。

第五章　觊觎神界

　　埃及国力强大,虽然此次邀约并未说明聚会目的,但大家都心知肚明,那哈托尔公主已经年满18岁了,待字闺中的时间越来越少。米里卜塔法老在此时盛邀年轻王子,目的不是摆明了吗?听说那哈托尔公主长得倾国倾城,学识渊博,性格更是温柔。再加上,埃及国力强大,如果能攀附上,无疑对自己未来的发展极佳。于是,邻国所有适龄的王子们,会魔法的暗自窃喜,不会魔法的也找到优秀魔法师临时抱抱佛脚,希望能派上用途。

　　聚会当天,埃及的王宫里挤满了来自各国的王子们,翘首企盼哈托尔公主的出现。但这一切,哈托尔公主和奈弗尔王子都被蒙在鼓里,米里卜塔法老觉得,这次选夫对女儿来说肯定是兴奋异常的,他想给她一个惊喜。

　　女儿大了就是不中留啊!米里卜塔法老摸着白胡子笑着想,他已经从几十位王子中挑选了三位他觉得不错的,下一步就等着哈托尔公主自己选婿了。

　　哈托尔公主姗姗来迟,见到他就红了眼眶:"父亲,听说今天的聚会是您为我选婿而办的?"

　　"是啊!"米里卜塔法老只觉丈二金刚摸不着头绪,她不是一直想嫁吗?怎么突然被这么悲伤的情绪笼罩着?再者,自己已经千叮咛万嘱咐,选婿的目的绝对不能让哈托尔公主知道,是谁这么大胆敢违抗他的旨意?等他查出来,非要严办不可。

　　哈托尔公主含泪在他面前跪下,表情严肃得让米里卜塔法老大呼意外。"父亲,请放我离开王宫吧!我愿意一辈子待在寺庙里侍奉神明。"

　　"你这是什么话?"米里卜塔法老有些恼火,自己为她好,她竟然给自己这样的答案,"父亲是为你着想,以为你到了想嫁人的年纪,才特意办了这次的选婿聚会,你要是不满意可以直说,为什么非要用这样的条件要挟自己的父亲呢?"

　　哈托尔公主流泪不止,痛苦地摇头说:"我并非要挟您,我只是……"她欲言又止,满腹的话不知从何说起。

　　"父亲,您放过哈托尔吧!她的心思由我来跟您说。"奈弗尔王子走进来,和哈托尔公主一起跪在米里卜塔法老面前。

　　"你怎么来了?"米里卜塔法老不悦地皱起眉头,"越大越没有规矩!你怎么能直呼姐姐的名字!"

　　奈弗尔王子没有解释,他选择给米里卜塔法老讲述一个古老的神话故事:"父亲,我听说在天上的赫里尤布里斯城里住着天空女神努特,努特有四个孩子:奥赛里斯、奈芙蒂斯、塞特和伊西斯。他们长大之后,奥赛里斯和伊西斯结为夫妻,塞特和奈芙蒂斯结为夫妻,他们生活得很快乐,尤其是奥赛里斯和伊西斯更是夫妻恩爱,他们携手渡过很多难关。在伊西斯女神的辅佐下,奥赛里斯甚至成为尊贵的冥王。"奈弗尔王子说完,就以殷切的目光看着自己的父亲。

米里卜塔法老抚摸自己的长胡须,疑惑地问:"你说要说哈托尔的心事,可是你给我说这个故事做什么?难道……"他狐疑地看着自己的一对儿女:"你们想效仿神明?"

奈弗尔王子牵起哈托尔公主的手,坚定地凝视父亲的眼睛:"请父亲成全!"

米里卜塔法老半晌没说话,想想哈托尔之前说的择婿标准,确实奈弗尔是最佳人选。但这姐弟相恋,会不会招惹到外界的非议呢?

再看看面前跪着的儿女,米里卜塔法老心里不是没有喜悦:多么天作之合的一对璧人啊!论样貌、才学、脾气、身世,宇宙间还能找到比他们更加般配的人吗?更何况,如果拆散他们,王位继承将成大问题。首先,公主一定不愿成婚,按照埃及的习惯(法老的第一个孩子继承王位,如果第一个孩子是公主,则公主结婚后第二个孩子才有继承王位的资格),将来继承王位的会是哈托尔公主,这样一来,奈弗尔王子将何去何从呢?难道他米里卜塔的儿子要当一辈子的魔法师吗?

主意既定,米里卜塔法老对儿女们说:"我不是要阻挠你们。你们既然有心向神明看齐,父亲心里也很高兴,我们本就是神明的后代,保持他们的作风也无不可。但是,你们想好没有?要如何向天下人交代呢?"

米里卜塔法老的话给了爱河中的两人极大的鼓励,他们深情对视,奈弗尔王子说:"为了王室血统的纯洁!"

米里卜塔法老点点头,算是默许了奈弗尔王子的提议。第二天,他就向全埃及人民宣布,为王室血统纯正着想,哈托尔公主和奈弗尔王子将要结为夫妻,愿全埃及百姓都能对他们的结合表示祝福。有情人终成眷属。

婚后不久,哈托尔公主就为奈弗尔王子生了一个儿子,取名米拉布。

魅力埃及

与姐妹结婚:在古埃及的文化体系中,存在着两个分支:王室文化和平民文化。在王室文化中,王子们和姐妹结婚是被允许的,而在平民文化中则不行。古埃及王室中也存在一夫多妻的现象,但那往往是为了王室宗族的扩大或者出于某种政治目的,大多数的王室男子非常宠爱自己亲自挑选的正妻。对于平民,法律则规定了一夫一妻制。

世间最大的智慧

埃及的奈弗尔王子非常热衷于学习各式各样的魔法,他毕生的愿望就是成为像泰迪那样优秀的魔法师。为此,他举凡有闲暇,就会到各大神庙跟祭司们探讨魔法的学习方法。

一天,他在一家神庙前看到一块神奇的石碑,上面密密麻麻地刻满古老的文字,他刚想上前去辨认具体内容,那字却消失了,他正纳闷,想上前看仔细时,背后却传来大笑声。奈弗尔王子转头一看,却是个陌生脸孔,他身上穿着只属于祭司的长袍。

奈弗尔王子不耻下问道:"祭司,请问你为何发笑?"

"我笑,是因为不解王子陛下为何对这雕虫小技也好奇。这世间最大的智慧,都在智慧神图特的魔法书里。您不去寻找那神奇的魔法书,却在这愚笨的石碑前浪费时间。"

奈弗尔王子在神庙前看石碑

奈弗尔王子很兴奋,赶忙询问:"智慧神的魔法书有什么特殊之处?"祭司狡黠地笑笑,右手摇摇自己腰间的钱袋。奈弗尔王子心知肚明,从自己钱袋里掏出一百个金币送给祭司当咨询费。

祭司继续说:"这本魔法书神奇至极,历代法老都想得到它。据说,一般人读了第一页的内容,就能看清万事万物,并且能够听懂动物的说话;读了第二页的内容,就能进入鬼魂的世界,起死回生都是小事一桩,最神奇的是,能看到天上赫里尤布里斯城里拉神的日常生活。"

"此书现在何处?"奈弗尔王子兴奋极了。

"我只知道它在古夫泰城的河底。具体什么位置,那是神的秘密。"祭司言尽于此,"我所知道的,都已经告诉殿下了,请准我告退。"奈弗尔王子点点头,看祭司离去后,他也匆忙离去,赶回王宫告诉妻子哈托尔公主这个好消息。

但哈托尔公主却很担心:"那是神的物品,我们凡人怎么能觊觎神界呢?如果神明知道了,一定会很不高兴的。"

被兴奋冲昏了头的奈弗尔王子却什么都听不进去,他还把这个消息告诉了父亲米里卜塔法老,米里卜塔法老也很高兴,也非常想得到这本神奇的魔法书。

就这样,奈弗尔王子带着自己和父亲的期望上路了,他带了很大一支船队,随行的仆人不计其数,还有放心不下的哈托尔公主及他们的儿子米拉布。

到达古夫泰城,奈弗尔王子一行受到了热情的欢迎。城主带领全城百姓列队两侧,恭敬地迎接王子和公主的来临。

奈弗尔王子来不及理会这些繁文缛节,也不在乎自己的行为是否得体,他只管着急地拉着城主走到街道一旁,问他有没有听过智慧神魔法书的故事。

城主恰好也是个魔法发烧友,他告诉奈弗尔王子:"相传这魔法书就在城南河底的一个铁箱里,铁箱旁有一条大蟒蛇日夜看守。但这些也只是传闻,一来,那河水深不可测,没有人能下到那样的深度;二来,没有人有能力打得过那只凶猛的蟒蛇。所以,如果魔法书在河底,那它现在一定还在那里,您可放心去取。"奈弗尔王子很高兴听到这番话,他对城主和百姓们说了几句感激的话,就匆匆向城南出发了。

城南河是尼罗河的分支,但它却没有呈现出尼罗河的清澈,反而是黑夜般的凝重,岸边一公尺开外都没有植物的影子,河面也没有鱼儿跃出。

哈托尔公主很担心,她拉住丈夫的手臂:"这水看起来很古怪,咱们还是回王宫吧!"

好不容易到了目的地,奈弗尔王子怎么肯走,他拍拍哈托尔公主的手背:"放心吧!我就下去看看,如果感受到危险,我就离开。"

哈托尔公主只好答应了。抱着儿子稍稍离开丈夫身边,目不转睛地看着他用魔法造了一艘潜水船,然后钻进船里,很快就沉进河底不见身影了。

奈弗尔王子一直沉到河的最深处,水草丛生之地,他终于看到了巨大的铁箱子,正如城主所说,箱子边是一只巨大的蟒蛇。奈弗尔王子慢慢接近蟒蛇,蟒蛇本在闭目养神,察觉到有人接近,便直立身体向奈弗尔王子攻击。奈弗尔王子不慌不忙,掏出随身的剑,一招之内就把蟒蛇的头砍了下来。

蟒蛇痛得原地打滚,可是奈弗尔王子不敢轻敌,他不相信智慧神亲派的守护使者这么容易就能被击败。果然,蛇身弯曲几下之后,蛇头就自动长了出来。奈弗尔王子不禁暗暗庆幸,幸亏自己没有莽撞地上前查看战绩,不然真的会被这庞然大物一口吞入腹中。

反复砍断蛇身几次,可是都像第一次那样,蛇头很快长出,奈弗尔王子开始相信,这蛇根本就是无法被打败的。但他始终不甘心,在又一次砍掉蛇头之后,他朝那断裂处扬起一堆沙。蟒蛇痛苦地大叫,奈弗尔王子也叫起来,只不过他是因为兴奋。因为那蛇头再也没能长出,蟒蛇挣扎了几下,就躺在水底的淤泥里一动也不动了。

奈弗尔王子小心翼翼地将潜水船开到铁箱前,反复检查没有任何危险后,才敢把它搬进船舱。等不及上岸,奈弗尔王子就赶忙打开铁箱,准备一睹魔法书的芳容。但铁箱里并没有书,只是一个小一点的铜箱子。打开铜箱子,里面是个小一号的檀木箱子。打开檀木箱子,里面是个小一号的象牙箱子。再打开象牙箱子,里面是个银箱子。打开银箱子,里面是个精美绝伦的金箱子。奈弗尔王子有预感,智慧神的魔法书就在这金箱子中。他不敢再打开,快速返回岸上。

岸上焦急等待的哈托尔公主看见他返航,高兴得把儿子往女仆手中一放,冲上来拥抱他。两人一阵唏嘘,感谢拉神庇佑。回到城主安排的住所,奈弗尔王子屏退左右,独留妻子和自己在房里。他慎重地打开金箱子,里面果然躺着一本书,书的扉页写着智慧神的名字——图特。

"就是它了!"奈弗尔王子狂喜地亲吻妻子,和她一起阅读书的第一页。

神庙里的祭司说的没错,当奈弗尔王子和哈托尔公主阅读完第一页时,他们已经能够看清万物本质,屋外鸟儿的对话他们也能听得一清二楚;惊喜的两人又开始阅读第二页,他们看到了冥王奥赛里斯的领地,抬起头来,还能看到拉神在赫里尤布里斯城的宫殿里安歇。赫里尤布里斯城可真美啊!和它一比,埃及简直就是个积木垒成的玩具城,粗糙简单。

"这书太棒了! 奈弗尔,你一定要把它藏好,如果被别人偷去,那就得不偿失了。"哈托尔公主劝诫丈夫说。

奈弗尔王子自信满满:"你忘了你的丈夫是做什么的吗? 这点小事还难不倒我!"说着,他拿来纸莎草纸和麦酒,把魔法书上的内容都写到纸上,然后把纸浸到酒里，纸上的字就全部融化到酒里了。

奈弗尔王子一饮而尽，这世间最大的智慧就全在他肚子里了。

魅力埃及

玻璃杯：埃及流传的一个很简单的小魔法。先把玻璃杯洗干净，然后亲手在河边捡6～9块石子，在每个石子上都用桃红色的颜料画上心形。等到月圆之日，把玻璃杯中装满清水，对着清水默念心上人的名字九次，最后把那些装饰完毕的石子放到水中。你就能俘获爱人的心。据说这是由于月神哥斯的庇护。至于灵不灵，您一试便知！

第五章 觊觎神界

智慧神的复仇

奈弗尔王子盗取了智慧神图特藏在水底的魔法书之后，就准备起航回宫了。他心情愉悦，又哪会想到，此时的赫里尤布里斯城又是另一番景象。

拉神还没起床，智慧神图特就急匆匆地赶到他房间，大声嚷嚷道："我要杀了那个狂妄的凡人！"

"怎么了？这么早就大吵大闹，成何体统？"拉神身着睡衣，被他打断美梦，很不悦。

"我藏在河底的魔法书被埃及的奈弗尔王子给盗了！他不仅盗取了，而且已经把内容都看了，他现在就能看到赫里尤布里斯城发生的一切！"

"什么时候盗走的？"

"昨天。"智慧神虽然很奇怪拉神为什么会对时间这么感兴趣，但他还是老老实实回答说，"大概是昨天下午，然后他在当天晚上就已经能够看到赫里尤布里斯城里的一切了！"

昨天？拉神的脸色沉下来，这么说，自己吃喝拉撒睡的样子都被一个凡人看得清清楚楚了？

"父神，请您允许我去惩罚那个无知的凡人！他此举是对赫里尤布里斯城最大

奈弗尔王子抱紧栏杆

的不敬,他竟然在知道魔法书的威力的情况下,还毅然独占,这说明他对赫里尤布里斯城和父神您根本是有企图的。"拉神趁图特不注意无奈地翻翻白眼,这个智慧神什么时候也会这么夸大其词了!

"父神……"

"去吧去吧!"拉神打个哈欠再次躺到床上去,"给他们点教训也好!"得到拉神的批准,图特就放心大胆地动手了。

奈弗尔王子踌躇满志地站在船头,期盼地望着王宫的方向,他都要等不及和父亲共享这个好消息了。可就在这时,天突然之间变暗了,狂风大作,像要把王子的船彻底掀翻一般。奈弗尔王子紧紧抓住栏杆,眼前一片漆黑,什么都看不见,只有空中传来一个威严的声音:"小偷,你不可能安稳回到故乡了!你会付出代价的!"

奈弗尔王子不以为然,他知道这是智慧神,但他不怕,他相信自己的魔法和智慧书上记载的一样神奇。他更紧地抓住了栏杆,口中念念有词,很快,乌云散去了,奈弗尔王子很得意,看来高高在上的智慧神也不过如此嘛!

哈托尔公主此时哭哭啼啼地跑到他身边:"不好了,奈弗尔,米拉布不见了!"

奈弗尔王子明白了,智慧神此次前来,根本不是对付他的,只是借儿子给他一个下马威,他安慰妻子道:"放心,我现在会起死回生术,即使米拉布遇到了不测,只要能找到他的身体,我就能复活他。"说完便立即下令寻找米拉布,活要见人死要见尸。船上的水手、侍从通通出动,但就是没找到米拉布。

船队继续向埃及王宫开进,行驶了不到半天,有水手惊呼道:"小王子浮出水面了!"奈弗尔王子一看,果然是儿子的尸体。熟谙水性的水手下船把米拉布的尸体捞上来,可怜的孩子已经浑身浮肿了,他的母亲哭得上气不接下气。

奈弗尔王子念动魔法书中的咒语,米拉布果然醒了,但他醒后只说了一句话就与世长辞了,任奈弗尔王子再怎么努力都毫无起色。那稚嫩童音传达的话语是:"把神的物品还给神吧!"哈托尔公主很紧张,她反复劝说奈弗尔王子物归原主,但奈弗尔王子哪里听得进去,还是一意孤行地让船队继续前进。

傍晚时分,又是狂风大作,天空一片漆黑。奈弗尔王子这次学聪明了,他把妻子绑在自己身边,誓与她共进退,但等到天空再次放晴,他感到了一丝恐惧,和他紧紧相连的,不是妻子,而是一块人形巨石,哈托尔公主早已不知去向。

夜幕降临,哈托尔公主的尸体漂浮在船队的视线之内,奈弗尔王子用咒语将她救活之后,她的情况和米拉布的一样,说完"把神的物品还给神吧!",就再也没有睁开眼。奈弗尔王子悲痛万分,把儿子和妻子的尸体做成木乃伊,小心翼翼地存放在船舱里安全的地方,然后把那本魔法书结结实实地绑在自己腰间,人书绝不分离。

第五章　觊觎神界

　　船上的随从们都劝奈弗尔王子放弃那本不祥的魔法书,他怎么都不听,神情冷漠地对众人说:"事到如今,我已家破人亡,如果智慧神要来取我性命,就让他来吧!诸位请放心,他不会牵连你们的。"

　　船队一路相安无事,行走了一天一夜后,已经能看到埃及的王宫和前来迎接船队的米里卜塔法老的身影了。就在众人觉得安全的时候,天空再次变黑,狂风不止,奈弗尔王子知道自己大限已到,站在船头等待智慧神的惩罚。

　　满怀期待的米里卜塔法老没有等到他的儿子,等来的是他儿子、女儿以及长孙的尸体,白发人送黑发人是世间最悲惨的事情。米里卜塔法老为奈弗尔王子、哈托尔公主和米拉布小王子举行了隆重的葬礼,并把书放在儿子的棺材里,和他一起下葬,让他能在另一个世界继续读他挚爱的这本书。

魅力埃及

　　法老咒语:"谁要是干扰了法老的安宁,死亡就会降临到他的头上。"这段"咒语"是古埃及法老图特卡蒙的陵墓上雕刻的墓志铭,在这位法老的墓被发现之后,第一批进入的人无一例外地患上奇怪的病先后离世,他们的死给"法老咒语"蒙上了一层神秘之纱。有科学家推测,这第一批人的死亡原因是由于古墓长年不通风,空气中含有有毒物质。但真正原因到底是什么,至今尚未有定论。

法老的神妾

在太阳神宫殿前忙碌而有序的士兵

这是一座应该属于太阳神的宫殿，金碧辉煌的墙壁和华丽的金色地砖相映衬，白色的圆柱体梁柱更添宫殿的宏伟。夕阳斜斜地照进宫殿，照见长长的走廊里忙忙碌碌的侍女和士兵。他们的身形和巨大的宫殿比起来，像是大沙丘里的小蚂蚁，繁忙却有序。顺着宫殿长廊走进去，跟随那些侍女的莲足，直到她们停下来，可以看到后宫里的情形。此刻，埃及最伟大的法老之一——拉美西斯二世正舒服地靠在柔软的椅子上，看着他的妻子（应该说是他的八位正妻之首，身为一国之君，他有他的无可奈何，出于各式各样的目的，他娶了那么多的妻子，但在他心底，他知道自己只爱她）奈菲尔塔利王后亲手为他收拾庆典需要的衣服。他从来没见过一个女子连收拾衣服这样的家务事都能做得这么优雅。

奈菲尔塔利感觉到他的目光，回头对他微笑，穿越窗棂的夕阳照得她的脸颊绯红。拉美西斯也对着她扬起嘴角，他记得第一次见到她的模样，她就是这样淡淡地微笑，她是那么讨人喜欢，这王宫里的每个人都喜欢她，她的侍女描述她说："无论她想要什么东西，我们都想为她办到；她的每一句话，每一个举动，都让人着迷。"

第五章 觐觎神界

一阵咳嗽声打断了拉美西斯的回忆,他走到妻子身边,轻抚她的背,她的身体越来越差,她已经年满46岁了(当时埃及人的平均死亡年纪是三十几岁),她每一次咳嗽,他的心都会揪紧,他害怕这个曾经和他并肩作战、为他打理后宫、时时刻刻站在他身边的女人抛下他一个人离开。

奈菲尔塔利安慰地对他笑笑,动手为他整理衣袖:"明天还要赶路,先沐浴更衣早些安歇吧!"

拉美西斯握住她的手:"你身体不好,明天还是留在后宫休养吧!我一个人去就可以了。"

奈菲尔塔利倔强地摇摇头:"我想跟你一起去。每个重要的时刻,我都想站在你身边。"心里的话没敢说出口,她的身体她了解,她怕自己在明天之后,再也没有机会跟这个她爱了一辈子的男人站在一起了。

但奈菲尔塔利没想到,自己终究也没能陪他参加那个盛大的庆典。在那个夜晚,病魔侵占了她的身体,她躺在拉美西斯的怀里,身体轻飘如落叶。她拭去丈夫眼角的泪,她心目中那个顶天立地的男子汉是不能轻易掉泪的。她不过是王族小妾生的孩子,身份卑微,却能成为他的王后,得到他近乎专属的爱,她此生已经无憾了。

拉美西斯紧紧握住她冰凉的手:"你知道我为什么一直不让你去看阿布辛拜勒神庙的建造过程吗?我是想给你一个惊喜。"拉美西斯更紧地抱住她,给她描绘美丽的画面,"因为你喜欢尼罗河,我特意把神庙建在正对河的位置。庙里有一条长达六十公尺的走廊,太阳会穿过走廊直接照射到庙里的雕像上。此外……"他微笑着说,"我还为你建了一座神庙,庙门高三十二公尺,宽三十六公尺。庙里面供奉了三座我的坐像,三座你的坐像。都是二十一公尺高,我要让千秋万代的人知道,只有你才有资格和我平起平坐。"

"陛下……"奈菲尔塔利虚弱地看向拉美西斯,眼神却很焦急,"这怎么行?从来没有王后可以建造神庙,而且雕像……"

"因为你是我的神妾啊!"拉美西斯笑着,手指滑过她完美的脸颊,"我封你做我的神妾,我们会永生,我们会活在神的世界里。世人都说我是太阳神的宠儿,太阳之子的转世,那么,你就是我的哈托尔女神。我会昭告天下,说你就是哈托尔女神的转世,能和我平起平坐。"

"陛下……"奈菲尔塔利还想说什么,却被拉美西斯用食指封住了嘴唇。

"还记得我对你的诺言吗?"

"记得。"奈菲尔塔利的脸上浮现出幸福的光芒,她记得那是他们大婚不久,拉美西斯对她说:"我,如今已是上下埃及的法老,我可以给你想要的一切。如果是合理的,那么你要一(个),我会给你二(个);即使是不合理的,我一样可以做个不明事理的君王,满足你!"天底下,哪个女子听到这样的话不会动容?更何况,这个男人用他的一生兑现了这一誓言。

奈菲尔塔利幸福地闭上眼睛,眼角挂着的泪迟迟未落。拉美西斯也不说话,用尽全力地抱住她,随着她体温的逐渐降低,感觉到自己的心也在一块块地缺失。第二天,拉美西斯独自前往阿布辛拜勒神庙的庆典,看着夕阳穿越六十公尺的长廊照射到雕像的时候,他忍不住一阵心酸。为了她,他设计出这个天衣无缝的效果,可是如今,只有他一个人站在这里叹为观止。

后来,他在王后谷为奈菲尔塔利建造了一座最豪华的永生宫,在墙壁上画了她作为哈托尔女神在天国的幸福生活,以及拉美西斯最想对她说的却还没来得及说出的——"为了奈菲尔塔利的爱,太阳从东方升起""我对她的爱独一无二。没有人能和她匹敌,因为她是所有人中最美丽的一个""我从她身边经过时,她就已经偷走了我的心"。又过了几年,拉美西斯娶了自己的女儿做王后,因为这个女儿长得酷似奈菲尔塔利。又过了很多年,拉美西斯二世死于牙痛引起的败血症,终于得以上天国和他心爱的王后重聚一堂,享年86岁。

魅力埃及

埃及的西斯丁教堂:拉美西斯二世为王后建造的永生宫,它是王后谷中最豪华的陵墓,也被视为古埃及最壮观的陵墓,因此获得"埃及西斯丁教堂"的称号。在永生宫的旁边就是奈菲尔塔利真正的墓地,里面绘制了奈菲尔塔利祭拜女神、处理后宫以及和拉美西斯并肩作战的精美壁画。

第五章 觊觎神界

梦的警告

很久很久以前，埃及有个王子叫沙特尼。他既是王位继承人，又是一位智者，他的智慧在上下埃及都无人能敌。和大部分的古埃及人一样，他挚爱魔法，对刻在石板、神庙墙壁以及陵墓上的文字非常着迷。

某个炎夏的午后，他正在神庙前研究雕刻在石碑上的文字，有个祭司向他走来："王子殿下，如果你想研究魔法，就不要在这里浪费时间。你应该去寻找图特的魔法书，我知道它现在的位置。"

沙特尼王子早就听说过图特的魔法书，为了它，成千上万的人都失去了性命。但是，身为一个魔法爱好者，听到这本书有可能属于自己，却不想去寻找，那他一定是在撒谎。沙特尼王子忙问祭司："那书现在何地？快带我去找，你要什么我都给你！"

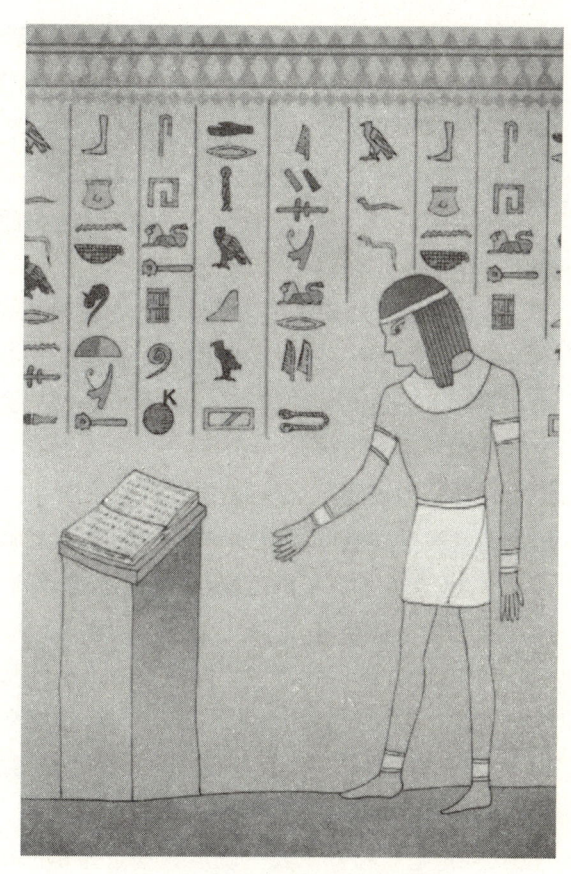

沙特尼王子发现图特的魔法书

"其实，这本书离您很近，它就在米里卜塔法老的儿子——奈弗尔王子的坟墓里。"

沙特尼王子谢过祭司，兴冲冲地跑回王宫，向他的父亲禀告说，自己想去寻找这本魔法书，请法老允许他打开奈弗尔王子的坟墓。法老听了很担心，在他的观念里,与其说那是本神奇的书,不如说是不祥的书,他不想自己的儿子也步上"祭神"的后尘。但无奈沙特尼王子反复恳求,说自己不会太贪心,只要看到书的封面就会很知足,法老这才勉为其难地答应了他的请求。

沙特尼王子立即动身,花了三天三夜的时间终于赶到奈弗尔王子的墓地,他运用自己生平所学,念动咒语,奈弗尔王子的坟墓自动打开了,沙特尼看到里面十分明亮。

走进坟墓,沙特尼左顾右盼却没有发现坟墓中有照明用的工具,但广阔的空间里却像是有阳光照射一般,他朝光源走过去,吃惊地发现所有的光线都来自于一本书。沙特尼王子暗自琢磨,这一定就是智慧神图特的魔法书。除了它,世间不可能再有什么书拥有这样的神光。

沙特尼王子把手伸向魔法书,就在快要触摸到它的光芒时,一个女人的声音出现了:"你要做什么?"

沙特尼王子吓出一身冷汗来,他刚才进入的时候并没有发现有什么人影啊!他慢慢回头,看见一位眉眼如画的女子亭亭玉立地站在他身后不远处,她身上穿着的衣服明显不是这个时代的,但并不影响她的美貌。她的身后还隐隐约约躲着一个五六岁大的小男孩。

看女子神情间并无杀气,有的只是惊愕和疑问,沙特尼王子于是彬彬有礼地介绍自己:"我是埃及的沙特尼王子,请问夫人是哪位?"

"我是奈弗尔王子的姐姐,也是他的妻子,哈托尔公主。"

当女子报上姓名,沙特尼王子大叫起来:"你不是已经……"

"是。我在陪同丈夫寻找魔法书的路上就已经死去了。不过,你不用怕。"哈托尔公主说,"我只是刚才听到这里有动静,就过来看看。你来这里做什么呢?"

"我想看看魔法书,我是魔法爱好者。"沙特尼王子好奇地看着她,她脸色红润,倒也不像是已经死去的幽灵。

"你走吧!"哈托尔公主说,"我和奈弗尔的故事你难道没有听说过吗?你也想和他一样吗?就让这魔法书在这里陪他到赫里尤布里斯城见拉神吧!"

"公主殿下,我一定要带走这本书!请通融。"

见沙特尼王子如此坚持,哈托尔公主摇摇头,对他说:"那好,你陪我下三盘棋,赢了,你把书带走;输了,把书留下,再也不许回来。"沙特尼王子答应了。哈托尔公主棋艺高超,但沙特尼王子也不差,最终以三局两胜赢走了魔法书。

哈托尔公主倒也说话算数,她把魔法书放到沙特尼王子手中,劝诫他说:"你最好把书留在这里,这书虽好,却是神的物品。我们人类怎么可能驾驭神的东西呢?"

第五章 觑觎神界

沙特尼王子既已得到书又怎么可能放弃,他礼貌地向哈托尔公主道谢,但他还是决定要把书带走。

哈托尔公主看着他离去的背影,仿佛看到了当年丈夫的影子,不禁为这个年轻人感到惋惜。她向拉神祷告,请给这个年轻人一些指示吧!让他能迷途知返。

回到王宫,沙特尼王子对父亲讲述了发生在坟墓里的一切。法老很为他担忧:"你最好把书放回去,你如果是个聪明人,就好好想想哈托尔公主的话。"沙特尼王子不肯,他只想赶快研究魔法书里的内容,看看这个世界上最大的智慧到底是什么。

晚上,奔波劳累的沙特尼王子还没看完第一页就倒在床上睡着了。他做了一个很奇怪的梦——

他梦见自己站在神庙前,一个绝世美女向他走过来,他对美女一见钟情,跟着美女回到她家,跪下请求她嫁给他。

美女嘴角一扬,说自己不可能嫁给一个有妻子的人,她绝不给人做小妾。如果沙特尼王子有心娶她,就把妻子休了,再把孩子的继承权免除,她就考虑王子的请求。

梦中鬼迷心窍的沙特尼王子照她说的做了,休了妻子,免除孩子的继承权,再回到美女面前请求她嫁给他。但美女还是不答应,她说:"如果你能在我面前把你儿子杀了,然后把他的尸体剁了去喂狗,我就立刻跟你走。"

沙特尼王子又答应了,尖锐的匕首刺进儿子小小的心脏,他哼都没哼一声就倒在血泊中了。然后沙特尼王子又把他小小的身体剁成几大块,都扔给了路边的野狗。做完这一切,美女真的跟他回王宫了。

盛大的婚礼过后,自然是洞房花烛夜。沙特尼王子猴急地奔进洞房,还没看见新娘子,就听到她凄厉的一声大叫,然后王子也从梦中惊醒了。

梦醒的沙特尼王子心中充满恐惧,他把这个梦讲给法老听。法老分析说:"你梦中的美女应该是哈托尔公主,她想让你知道,如今的你和当初的奈弗尔王子一样,心中充满了对魔法书的欲望。这欲望强大得让你忘记理智、忘记情感,甚至杀死自己的儿子。沙特尼啊!父亲劝你还是把书还给奈弗尔王子吧!他已经为了这本书搞到家破人亡了,你实在不应该再步他的后尘啊!"

沙特尼王子接受父亲的建议,带着魔法书回到奈弗尔王子的坟墓,并向他道歉说:"我不该把害你家破人亡的书带回去,请你原谅我,如果有什么想让我做的,你尽管开口。"

奈弗尔王子说:"我倒是真有件事想拜托你。我的妻子和儿子的坟墓不在这里，你之前看到的只是他们的影子。我很想念他们，你能不能帮我把他们的身体移到我这里来？"

沙特尼王子向父亲回报奈弗尔王子的要求，法老当然乐意卖这个面子，派大量随从跟着沙特尼王子把哈托尔公主和他们儿子的遗体移到奈弗尔王子的坟墓，让他们一家人得以团圆。

当沙特尼王子日后回忆起这段往事时，不无感慨地说："人终究是神的制造物，怎么能觊觎神的东西呢？还是安分守己的好啊！"

魅力埃及

神庙：埃及的神庙多以石块建成，大多数的建造时间为公元前16世纪到公元前11世纪埃及新王国时期。神庙是供奉众神的，必须时刻保持整洁。古埃及有种说法，如果神庙不干净，神就会嫌弃，进而离开神庙，那么直接导致的结果是埃及将出现动荡。一般的神庙分为外神庙和内神庙，外神庙可让人参观进入，内神庙则要经过祭司许可才能进入。

第五章 觊觎神界

延年益寿的鼠宴

在中国,当人们讨厌一个人,觉得这个人神情猥琐,会说他是贼眉鼠眼。但是你相信吗?在古埃及,鼠类是有很高的地位的。在古埃及的街道上,老鼠可以大摇大摆地穿梭人群间,而人们如果不是需要它们,是不会刻意打扰它们的生活的。这一切的奇景都是和一个神话故事有关。

荷鲁斯为父母报仇打败塞特之后,担任了埃及的法老。但是,他和塞特的战争还没有结束,塞特时时刻刻都在天上的赫里尤布里斯城里盯着他,就想趁他一个不注意加害于他。

这天,荷鲁斯睁开眼,却发现周围黑暗一团。他问守在床边的侍卫:"现在几点了?"

侍卫答道:"清晨七点。"

"七点为什么天还是黑的?"他在床帷幕后面问。

鼠王和图特说话

侍卫疑惑的表情没有落入荷鲁斯的眼睛,他小心翼翼地回答:"可能是您的帷幕太厚了吧!现在天已经大亮了,宫里的蜡烛早在一个小时前就已经熄灭了。"

荷鲁斯此时已经明白了,不是天的问题,而是自己眼睛的问题,换句话说,他在一觉醒来之后失明了。但荷鲁斯是何许人也,他不慌不忙的语气一点都没泄露他的惶恐:"可能是吧!你去把我的贴身侍女找来。"

贴身侍女已经在来时的路上听侍卫说了荷鲁斯可能失明的事情，她想不通，一位神明怎么可能会和一般人类一样经历病痛的折磨呢？而她反复回想照顾荷鲁斯的一切细节，怎么都想不出会有什么可能导致荷鲁斯失明的漏洞。

贴身侍女来到荷鲁斯床前，屏退左右，轻声问他："陛下，您还好吗？"

荷鲁斯对贴身侍女一向信任，但此时的失明让他不由得怀疑起她来："我的饭菜都是由你亲手准备的吗？"

贴身侍女一愣，她没想到荷鲁斯会怀疑到她的头上，伤心之余也只好老老实实回答："是我亲手准备的。"

"没有什么可疑的地方吗？"

贴身侍女想了一下："昨天有件事不知道算不算可疑……"

"但说无妨。"

"昨天我为您准备饭菜时，王后曾经来过，她问了些奇怪的问题，比如说您平时喜欢吃什么之类。我当时觉得奇怪，您爱吃的东西王后一直都是知道的。"

荷鲁斯微微一笑，问题就出在这儿了。王后秘密出游已经三天了，这件事在王宫里谁也不知道。既然已经出宫，又如何在宫内再出现呢？不过，知道了贴身侍女没事，荷鲁斯还是很高兴的，毕竟身边人的背叛才是最防不胜防的。

让贴身侍女下去准备早饭后，荷鲁斯在帷幕之后呼唤智慧神图特。图特很快出现，起初他还没有发现异常，笑呵呵地问荷鲁斯："小朋友又有什么困难了？"荷鲁斯指指自己的眼睛。图特这才发现荷鲁斯的眼神无光，他帮荷鲁斯检查身体，发现他中了一种只有神界才存在的毒。

荷鲁斯把事情原原本本地说给图特听，还狠狠地下结论道："这肯定是塞特做的！除了他，没人想害我。"

"不排除这种可能性。"图特说，"但暂时最需要做的，是如何才能解开你身上的毒，这毒说好解也好解，只是解毒的方法比较让人恶心。如果这件事真是塞特做的，他根本不是想害你，只是想恶心死你。"

"怎么说？"

"这种毒是从黑猪身上提取的。想解毒需要你生吞一只老鼠的胆，但这老鼠的寻找比较麻烦。"

荷鲁斯捏紧拳头："只要能解毒，我愿意生吞老鼠的胆。但是你能找到那老鼠吗？"

"我能找到。"图特说着就准备离开了，"只要你愿意解毒，我这就去给你找老鼠。"图特说的老鼠是只万年鼠王，它在拉神的授权下，躲在命运柱的角落，计算着

第五章　觊觎神界

人类的寿命。

图特找到鼠王,他并不想用暴力的方法取得这只可怜虫的胆,但已经承诺过荷鲁斯,就不能不遵守诺言,他想出一个好主意。

图特走到鼠王面前:"还在计算?"

鼠王认识他,只淡淡看了他一眼:"是啊!智慧神有何指教?"

"我想和你打个赌。如果你赢了,我把我的智慧书给你,如果你输了……"

智慧书的魔力就是大,鼠王一听到智慧书,眼睛都放光了:"如果我输了,怎么样?"

"我要你的胆。"

一颗胆,有可能换来万人追捧的智慧书,鼠王怎么想都觉得划算。

"既然你答应了,我也不打算欺负你,就用你最擅长的计算,我们来数数天上的星星有多少颗?"鼠王一口答应,但可想而知,和智慧神比智慧,它最后输得有多惨,只得乖乖献上自己的胆。

图特带着鼠王的胆回到荷鲁斯的宫殿,让他一口吞下去,荷鲁斯差点恶心得吐出来。恢复视力的荷鲁斯大叫大嚷,非要去拉神面前告发塞特不可。

图特及时阻止了他的这种幼稚行为:"你无凭无据,凭什么说是塞特做的?如果被他反咬你一口,说你办事不力,连你的枕边人都要陷害你,根本不适合担当埃及法老的职位,那你就真正麻烦了。"

荷鲁斯觉得图特说得有理,只好按捺住心底的怒气,伺机寻找机会报复。但鼠王的胆可以拯救失明的眼睛的故事却传到了民间,古埃及的人们形成了吃鼠宴的习惯,而荷鲁斯之后的埃及法老也把鼠宴当成是延年益寿的美食。

魅力埃及

甜品:埃及人喜欢吃甜品,在富足一点的家庭里,饭后总会上甜品,著名的甜品有"库纳法"、"盖塔伊夫"、"锦葵汤"和"基食颗"。埃及也有薄煎饼,和中国的吃法类似,煎饼涂上扁豆酱,再裹上番茄、青瓜、洋葱等。穿在铁柱子上的烤羊肉也是埃及人民的喜爱食品。

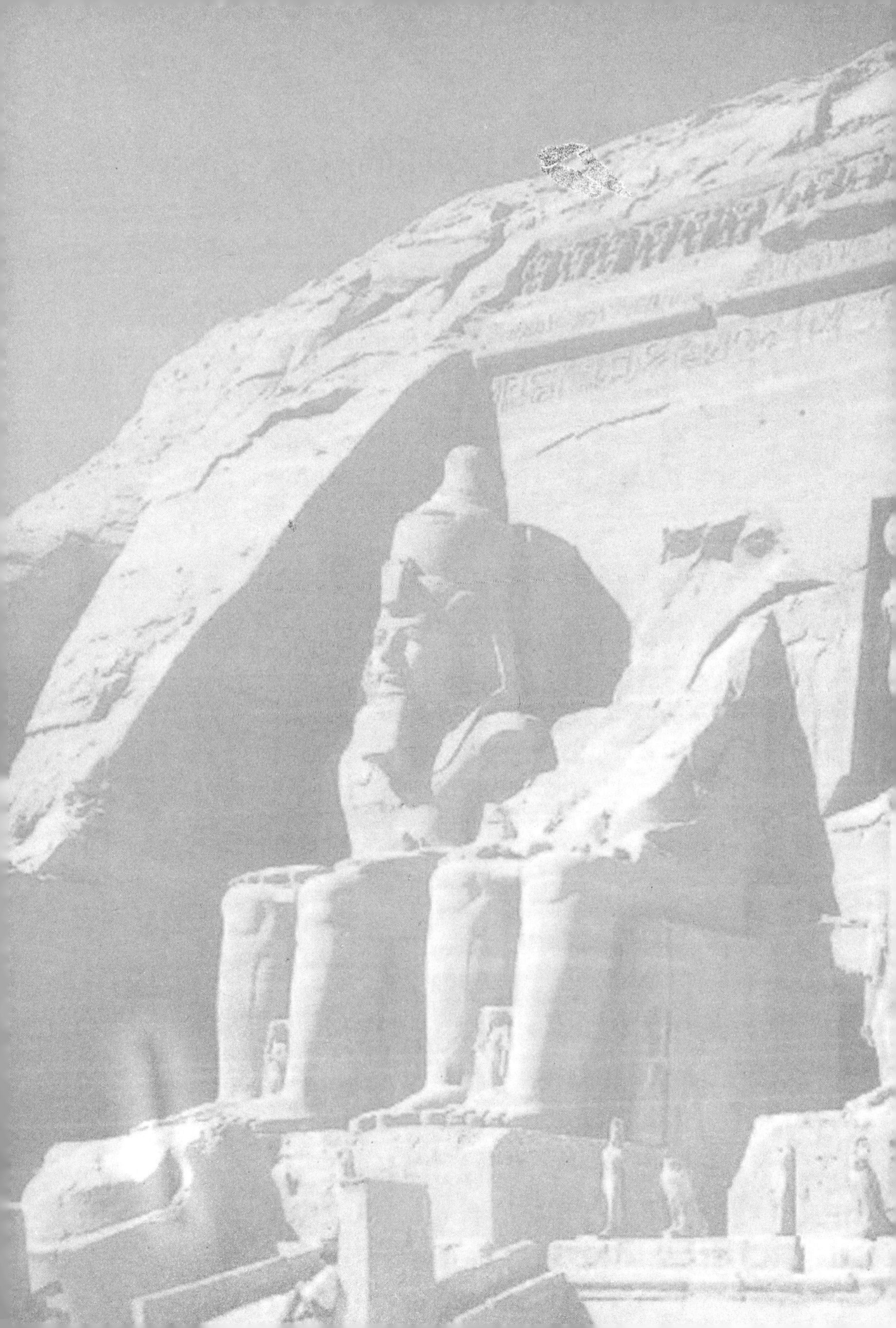

第六章
魔力无边

女神的献礼

在埃及的一个远离都城的小镇上，住着一个祭司和他的妻子莉弟吉特。在这年的春天，莉弟吉特怀孕了，她微隆的小腹让全家人都感到幸福的气息。当冬天的第一个月来临，莉弟吉特开始做临产前的准备了。

这月 15 号，祭司从镇外回来。外面的天气真冷，但当他推开小屋的门，却突然有种难以言表的温暖感，那是幸福带来的温暖味道。他大腹便便的妻子莉弟吉特坐在小小的婴儿衣服之间显得特别可爱，她的手里还在不停地为孩子编织小棉袜。

"肚子这么大还不注意休息！"祭司拿走妻子手中未完的小棉袜，嗔怪地说。

莉弟吉特揉揉疲倦的眼睛，微笑地对丈夫说："我只是怕衣服不够，我有种预感，我肚子里不止一个孩子。我可能是怀了双胞胎。"

奈芙蒂斯握住莉弟吉特的手

祭司趴在妻子的肚子上，孩子不老实地动了动小脚，刚好踢在祭司的脸颊上，祭司又惊又喜地低呼一声，和莉弟吉特相视而笑。幸福，一直流淌在这个不大的屋子里。

夜幕降临，小屋的灯渐渐熄灭，祭司抱着妻子安然入睡。但刚躺下不久，莉弟

第六章　魔力无边

吉特就觉得不大对劲了,往身体底下一摸,竟然是羊水破了,孩子马上就要出世了。

莉弟吉特摇醒丈夫,小屋的灯再次点亮,两分钟后,祭司从屋子里跑出来,边跑边裹紧了大衣。又过了一会儿,祭司又回来了,他满头大汗,身后跟着气喘吁吁的接生婆。

莉弟吉特喊痛的声音一阵大过一阵,听得祭司心痛不已,一直在客厅里来回踱步。

接生婆这时候拿着包袱走了出来,祭司急忙拉住她:"你这接生婆不管接生,拿着包袱做什么?"

接生婆说:"你家夫人难产,我无能为力了。听天由命吧!"说完,不顾祭司的阻拦,执意离去了。

祭司跑到妻子身边,为她擦拭额头上的汗,可是那汗像是怎么也擦不完一样,不停地往外冒。他无助地拉着莉弟吉特的手,默默向拉神祷告。

"你听到没有?"莉弟吉特忍着剧痛开口说,"外面有人在唱歌。"

祭司仔细听了一会儿,外面除了冷冽的风声,什么也没有。他问莉弟吉特:"你是不是听错了?"

莉弟吉特摇头:"不,你听……"她认真聆听的样子让祭司不忍打搅。

"我知道了!"莉弟吉特说,"是女神们来帮我了。你快去开门。"

"莉弟吉特……"

"快!"莉弟吉特坚持。祭司只好听从莉弟吉特的话去开门,他此刻心里难过极了,他并不相信门外会有什么女神,说莉弟吉特是回光返照,他倒更相信一些。

拉开门,祭司愣住了——

门外三位女子高挑美丽,寒冷的天气,她们仅着薄纱,脸上却没有寒冷的表情,她们微笑的样子让祭司的心瞬间镇定下来。

"我是生育女神伊西斯。"中间的一位女子开口介绍自己,然后指着身边的两位介绍道,"她们分别是妇女之神奈芙蒂斯和预言之神迈斯赫尼特。"

"谢谢你们!"祭司激动得不知道该说什么好,只是深深向她们鞠了一躬。

女神们走到莉弟吉特身边,奈芙蒂斯握住她的手给予她力量,伊西斯则轻抚她高耸的腹部,轻声说:"孩子们,快出来吧!别折磨你们的母亲了!"

话音刚落,第一个孩子就呱呱落地了,是个男孩。伊西斯把他捧到迈斯赫尼特面前,迈斯赫尼特把手放在他的额头给予他祝福:"孩子,我赐予你强健的体魄,我预言你在未来会成为世界上最伟大、最富有、最有才干的国王。"

迈斯赫尼特刚说完,第二个孩子也出来了,也是个男孩。伊西斯把大儿子交到祭司手中，又把二儿子捧到迈斯赫尼特面前，迈斯赫尼特依旧把手放在他的额头给予他祝福："孩子，我赐予你幸运，我预言你将来会成为伟大的、最具权势的国王！"

就在祭司以为已经结束的时候，又听到了第三个孩子的哭声。祭司忙接过二儿子，让伊西斯能有空余的手拥抱第三个孩子。第三个孩子是个可爱的女孩。迈斯赫尼特牵住她的小手放在唇边轻吻了一下："我可爱的孩子，你将是世间难得的英明的女王！你会什么都不缺，所以，我赐你玫瑰花一般的爱情。"这三个孩子的确独特，除了迈斯赫尼特的预言令人意外，他们本身也是与众不同，他们从娘胎里出来就戴着红宝石帽子。

三位女神在祭司及莉弟吉特的千恩万谢声中走出屋，把新生儿带来的喜悦留给他们夫妻俩。"怎么样？姐姐们。"伊西斯提议，"既然已经做了好事，不如就做到底吧！我们送孩子们三顶王冠怎么样？"奈芙蒂斯和迈斯赫尼特都同意，她们选用最珍贵的宝石为三个孩子每人做了一个王冠，偷偷放在酒窖最明显的位置后，就有说有笑地返回赫里尤布里斯城，向拉神汇报任务去了。

魅力埃及

抗生素：坐落于纽约第五大街的古埃及医学展馆中，保存着一本迄今世界上"年龄最大"的医学书。它来自4000多年前的古埃及。书中详细记载了处理断肢、刀伤以及如何祛除脸上皱纹的医学方法，他们甚至还会使用原始的抗生素。古埃及的医术实在是高超得令人叹服。

第六章 魔力无边

帝王的烦恼

　　胡夫金字塔世界闻名，提起埃及，似乎没有人不知道胡夫法老。但是，在胡夫统治埃及时，他的名声可没这么大，知道他的人甚至不如知道一个魔法师的人多。这个魔法师名叫泰迪。

　　胡夫知道泰迪这个名字，是因为小儿子的缘故。他有段时间心情非常不好，善解人意的小儿子为了逗他开心，就说了个故事给他听——

　　我们这个时代里，有一位非常了不起的魔法师名叫泰迪，他已经110岁高龄了，但身体依旧健硕，他性格随和，孩子们都爱抓着他的白胡子玩耍。他心地善良，当看到穷人有困难时，他一定会伸出援手。

　　老魔法师什么都好，就一点不好，他酗酒，视美酒如生命。一次，他在小酒馆喝得微醺之时，有

随着泰迪的咒语，鸭子头身断裂

个年轻的魔法师来挑战，想看看自己和泰迪之间有多大的差距。泰迪同意了他的请求，两人说明以酒馆后院里的实物来比试。

　　年轻魔法师先施法，他的目标是酒馆院中的巨石，他跟泰迪说，他能把石头移到他们面前来。泰迪只笑不语。年轻魔法师轻念咒语，巨石竟然真的像长了腿一般，缓缓向屋内移来。等到一公尺高的巨石到达泰迪和年轻魔法师的脚下时，泰迪

已经又喝进了一坛酒。

围观的群众无不叫好。泰迪也点头称赞,说年轻魔法师做得不错。

轮到泰迪的时候,他醉眼蒙眬地看向院内,选中一只嘎嘎叫的鸭子。他一伸手,鸭子就自己向他走来,摇摇摆摆的样子憨厚至极。

泰迪同样是口中轻念咒语,只见鸭子随着他的咒语扑通一声倒地。然后,鸭子的头和身体慢慢断裂了,可是鸭子并没有发出痛苦的叫声,像是感觉不到身体的断裂一般,而那断裂处也并未有鲜血流出。观众吓呆了,正要鼓掌欢呼时,鸭子的身体腾地站起来了,头也慢慢升高,一直高到脖子上方,然后缓缓向身体移去,随着泰迪手势的高低变化,稳稳当当地落在脖颈上。泰迪一摆手,鸭子又嘎嘎地走开了。院中一切如旧,像是什么都没有发生一样。从那之后,泰迪的盛名就传开了。

"其实,最神奇的,不是泰迪的魔法,而是他知道智慧神图特的魔法书在哪里。"小儿子故弄玄虚地说。

"智慧神图特的魔法书?"已经被故事吸引住的胡夫兴致越来越高,"传说此书的收藏地十分隐蔽,老魔术师是如何得知的?"

"那我就不知道了,我也是道听途说的。"小儿子撇撇嘴,"您要是想知道,直接找泰迪来不就好了嘛!"

第二天,胡夫就召泰迪入宫。这位年岁过百的老人精神矍铄,声音洪亮,听力还很好。

"泰迪,我想看看你分割身体的魔法,你可否一展技艺?"胡夫对那个江湖传闻还是半信半疑,迫不及待地想要亲眼看看。而此刻大殿里的王公大臣们也是伸直了脖子想要一睹奇迹。

"没问题啊!"泰迪一口答应。

胡夫却突发奇想:"分割动物身体没意思。不如今天你就分割人类的身体给我看看吧!我们可以用监狱里的死囚犯。"

"陛下,万万不可!"泰迪慌忙跪下,"魔法总有成功和失败的时候,如果草民不慎失手,那丧失的就是一条人命啊!还望陛下收回成命,以动物为实验即可。"

胡夫也不是暴戾至极的人,听泰迪这么说,也就答应了,派内侍从厨房取来一只鹅。

泰迪再次施展了他的神奇魔法,鹅的头和身体迅速分开,头在地上朝胡夫眨眼,没有头的身体还能向胡夫鞠躬。满大殿的人都觉得这是一个奇迹。胡夫更是高兴,在王宫附近给泰迪建了一间大房子,方便自己经常去探望。

一天,胡夫亲自到泰迪家拜访,席间,他问泰迪:"智慧神图特的魔法书在哪里？"

"在赫里尤布里斯神庙下的地道里，地道口被一块巨石堵死了。"泰迪回答，"找到魔法书并不难，难的是没有人可以阅读它。"

"为什么？"胡夫好奇地问，"难道连我都不可以吗？我可是荷鲁斯的转世！"

荷鲁斯的转世？泰迪在心底暗笑了一下，这种统治者糊弄老百姓的说法，没想到连法老自己都当真了。

"这本书只能被和睦相处的三胞胎中的老大打开阅读。目前咱们国家就有一位，他们三个是由一个叫做莉弟吉特的女人生育，她是一位祭司的妻子，她会在冬天第一个月的15号生产。她的三个孩子都会成为伟大的国王，其中她的大儿子将成为埃及的王。"

"什么？埃及的王？"胡夫很难过，但他并不质疑泰迪的话，"这么说，我的子孙后代无法继承我的王位？"

"别担心，陛下。"泰迪为胡夫斟满酒，安慰他说，"当您的儿子的儿子统治结束后，她的儿子才有希望呢！"

胡夫还是很难过："我要去杀了这个女人！"

泰迪摇摇头："没用的，陛下。一切都在冥冥之中自有安排。"

胡夫不听，还是执意要去寻找莉弟吉特。但他在全国各地安排了那么多的暗哨、明哨，都一无所获。他甚至展现暴戾的一面，把全国将要在冬天的第一个月生产的妇女都抓到宫里来，还是没能找到莉弟吉特。这个女人像不存在一般。

胡夫坚信，泰迪是不会骗他的。一想到王位将有一天成为别人的囊中之物，胡夫就难过不已。这个阴影一直笼罩着他，直到他死去的那一天，还是没能得到解脱驱除。

魅力埃及

法老坟墓：当人们提起埃及，首先想到的，恐怕就是金字塔。那些伫立在埃及开罗附近的、基座形状不明、侧面由多个三角形组成的建筑像谜一样吸引着地球人。金字塔的用途是作为埃及法老的陵墓，但埃及法老最初并不是把金字塔当作自己陵墓的，在古埃及第三王朝之前，埃及法老们都是葬在一个巨大的长方形的坟墓里，直到有一个叫做伊姆荷泰普的医生出现，法老们的灵魂才住进了高高大大的金字塔。

泰迪的预言

莉弟吉特在酒窖看到三顶王冠

祭司的妻子莉弟吉特在埃及神话中是个颇为传奇的人物,她的传奇不来自她本身,来自于她的三个孩子,她的三胞胎不仅被魔法师泰迪预言会成为埃及的王,更在出生之时就得到了三位女神的珍贵赠礼。

可爱的三胞胎转眼间就满月了,他们的父母邀请了亲朋好友为他们办满月酒,觥筹交错间,莉弟吉特发现酒喝完了,问女仆阿依黛:"家里还有没有酒?"

阿依黛说:"有,就在酒窖里。"说完却是站在原地动也不动。

莉弟吉特摇摇头,这个女仆比她这个女主人的谱还大。也罢,今天是大喜日子,不值得为这种人生气,大不了等酒席结束就辞退她。

这样想着,莉弟吉特亲自去取酒。刚进酒窖,就看见了三顶光芒夺目的王冠,莉弟吉特知道这是三位女神给自己孩子们留下的,感恩地捧着王冠拿到另一个房间小心翼翼地锁起来。这一切被跟在她身后的女仆阿依黛看得一清二楚。

酒席结束后,莉弟吉特把阿依黛叫到自己面前,拿出一袋钱,话说得很委婉:"阿依黛,谢谢你这么长时间帮我照顾孩子,可是,眼下我们经济拮据,无法负担你

第六章　魔力无边

的酬劳了,很抱歉。"

经济拮据?阿依黛的怒气一下子冲上头顶,她知道这不过是莉弟吉特的借口,等自己走了,她一定会再找一个女仆来的。阿依黛狠狠瞪了莉弟吉特一眼,抢过钱袋就冲出门去。

回到自己家,阿依黛越想越生气,她哪里不如莉弟吉特,凭什么她莉弟吉特就这么幸福,自己不用工作,丈夫工作高尚,孩子们还能成为未来的国王。而她却要为她服务,最后还被她挑剔。

等等,孩子们能成为王?阿依黛回想自己的话,脑海中突然蹦出一个绝妙的念头来,她知道胡夫法老为了巩固自己的统治,一直在全国追寻莉弟吉特的下落,想要把她和她的孩子们杀死。如果自己去告密,不仅能报复莉弟吉特,还能赢得一大笔的告密费。

阿依黛越想越得意,心中那点难过一扫而空。她得意地笑,脑袋都不保了,看你莉弟吉特还能得意到什么时候!

"阿依黛,想什么想得那么高兴呢?"她唯一相依为命的哥哥从外面工作回来,脱下外套问她。

"哥哥,我有一个绝妙的方法可以让咱们两个人发财!"阿依黛兴奋地摇着哥哥的胳膊。

"是吗?"阿依黛的哥哥也是个贪财的人,听到能有赚钱的方法,顿时来了精神,坐在妹妹对面急急询问。

"女神们不是曾经预言过,说莉弟吉特的孩子们将来可以成为国王吗?我听说这件事胡夫法老也从魔法师泰迪的口中知道了,如果,我们去王宫告密,你说胡夫法老会不会奖励我们呢?"

"你!"阿依黛的哥哥看着妹妹兴奋到涨红的脸,说不出的难过,什么时候他善良的妹妹竟然变得这么市侩了?"哥哥,你陪我去趟王宫吧?"阿依黛不知道哥哥的内心挣扎,急切地问。

啪!哥哥举起的右手挥向阿依黛的脸。阿依黛捂着左脸,不敢相信地看着哥哥。自从父母双逝,哥哥就一直当她是宝贝,什么时候动手打过她?

"阿依黛,你怎么能这么做!那是女神们的预言,无论如何都会实现的,你竟然有胆违抗神明的念头!我们爱财,但我们不能没有原则。你太让我失望了!"

阿依黛捂着发烫的脸颊,狠狠瞪了哥哥一眼,转身跑出家门。

莉弟吉特究竟有什么魔力,能让一向宠她的哥哥动手打她。此仇不报,她于心何安?没有人陪她,她就自己去王宫找胡夫法老,等她飞黄腾达,看他们有谁敢看不起她！

阿依黛独自上路，不知道走了多远，她突然觉得口渴，蹲在河边用手捧水喝。冬天的水冰凉刺骨，她的手都快要冻僵了。

冰下似乎有东西在游动，可是还没等阿依黛眯眼仔细看清楚，就被它一口咬掉了头颅——此地经常有凶猛的鳄鱼出没。阿依黛的血染红了半个水面，也染红了因为不放心而一直尾随她的哥哥的眼睛。

与此同时，王宫方面，胡夫法老看着日历，时间距离泰迪预言的日子已经过去一个月了，那三个对王权有威胁的孩子如果顺利出生，也已经满月了。难道上天注定，他的王权无法天长地久地传承下去吗？他越想越着急，一口浓痰卡在喉咙里，晕了过去。

很多年后，胡夫法老在日夜不停的焦虑和担忧中走向了生命的终点，他的儿子继位，然后是他的孙子继位，当他孙子的女儿继承时，莉弟吉特的大儿子推翻了女王的统治。女神们的赐礼得以兑现，泰迪的预言也变为现实。此时，人们已经无法说出泰迪的真实年纪了，只知道他的年龄已经是个惊人的数字了，但他依然身体健硕，每日沉迷于美酒中，日子过得十分逍遥呢。

魅力埃及

女王：埃及的历史上，曾经出现过七位拥有实权的女性统治者，分别是：妮特（公元前3000年第一王朝）、妮托克里（公元前2100年第六王朝）、赛贝克内菲卢蕾（公元前1800年第十二王朝）、哈特谢普苏特（公元前1500年第十八王朝）、娜芙蒂蒂（公元前1300年第十八王朝）、图丝儿特（公元前1200年第十九王朝），以及著名的"埃及艳后"克丽奥佩托拉（公元前51年）。但被史学家和人民广为认同的女王则只有五位：妮托克里、赛贝克内菲卢蕾、哈特谢普苏特、娜芙蒂蒂以及克丽奥佩托拉，其中哈特谢普苏特是唯一一位正式登基为法老的。

火烧背叛者

埃及著名的胡夫法老的父亲尼卜卡法老是个虔诚的信教者，他每年都会去卜塔庙祭拜，祈求拉神保佑埃及风调雨顺、国泰民安。

这年，尼卜卡法老和往年一样，来到卜塔庙祭拜，当他祷告完毕时，突然发现身边的诵经人郁郁寡欢。他是个爱民如子的好国王，于是走到诵经人身边问他："你是在为什么事情不开心呢？"诵经人慌忙对他行礼，说道："我最近遇见一件麻烦的事情，请法老为我主持公道。"尼卜卡法老欣然答应。

诵经人说："我家里有个很漂亮的花园，是我祖父留下的，花园里还有一片清澈的湖水。最近，有个奇怪的陌生人经常来我家湖水里洗澡，还霸占我在花园里的木屋。我赶走了他好几次，但他过不了多久就会再来。因为我家的园丁收了他的钱，会趁我不在家的时候偷偷放他进来。我对这件事很苦恼，但也无计可施。那园丁是我祖父的老朋友，我碍于情面，不能把他赶走，但他的所作所为我真的无法忍受了。"

鸟儿在假山上嬉戏惹来法老对花园的赞美

尼卜卡法老说："你带我去你家，我自有办法帮你解决难题。"诵经人面露难色："尊贵的法老，其实我已经有了办法，我的祖先曾经留给我一本魔法书，我按照上面记载的魔法用蜡烛头做成了一只鳄鱼,并且给了它任务,只要那个奇怪的陌生人一出现,它就会把恶人吞入腹中。现在,鳄鱼已经把恶人拖下水长达七天七夜了。我并不想在自己的花园里杀人,可是,我怕这陌生人已经快撑不住了……"

诵经人跪在尼卜卡法老面前,请求他的原谅。尼卜卡法老对他说的事情很感兴趣:"我赦免你的罪恶,现在让我们去看看,那个真正的恶人怎么样了。"诵经人千恩万谢,一路在前引路,把尼卜卡法老带回自己家。

虽然诵经人已经说过自己家的花园非常漂亮,但尼卜卡法老身临其境时,还是大吃一惊。这花园岂止非常漂亮,简直就是人间难得一见的。甚至他王宫的后花园都无法与之媲美。花园布局巧妙,种植的花草都是名贵品种,有些独特的花,尼卜卡法老根本叫不出名字。珍贵的花草也吸引了不少罕见的鸟类,它们在假山之上嬉戏歌唱,让人如临仙境一般。

"你的花园很棒!"尼卜卡法老衷心地赞叹。诵经人献殷勤道:"草民粗懂园艺,如果陛下需要,草民愿意入宫为陛下服务。"尼卜卡法老什么也没说,只是淡淡地微笑。

诵经人花园里的湖泊确实清澈,尼卜卡法老甚至能看到水底嘴咬恶人的鳄鱼。诵经人站在岸上命令湖里的鳄鱼道:"还躲在水底做什么?速速参见法老陛下!"鳄鱼摇头摆尾地游上岸,它的嘴里仍然叼着那擅闯民宅的恶人。

"把这恶人放下吧!"诵经人命令说。一从鳄鱼的嘴里逃出来,恶人便浑身发抖地跪在尼卜卡法老脚前,亲吻他的靴子,祈求原谅。但尼卜卡法老还是没能原谅他,把他赐给鳄鱼当午餐了。

尼卜卡法老让诵经人把园丁叫来。那园丁眼见陌生人的惨状,早已吓得魂不附体,刚到众人面前就像泥一样瘫在了地上。尼卜卡法老问在场的人:"对于这种背叛者,你们认为应该如何处置?"

众人都说应该用火烧。尼卜卡法老也认为这个提议合情合理,当场宣布火烧园丁,并向全国发布告示,给那些不忠诚的人警告。

魅 力 埃 及

蓝睡莲:埃及国花,素有"蓝美人"之称,原产于非洲北部及中部地区。它的花瓣在 16~20 片之间,它的正面是蓝紫色,背面则呈现绿色。蓝睡莲的花身小巧精致,香气浓郁,叶子硕大肥嫩,深受埃及人民喜爱。

歌女的发钗

胡夫法老在位期间，是埃及发展较好的年代，也涌现出不少优秀的魔法师，泰迪是一位，宰德也是其中的佼佼者。

胡夫法老有一天因国事心情不佳，做什么事情都提不起精神来，连最爱的食物都变得味如嚼蜡。陪伴在他左右的魔法师宰德建议说："陛下，您何不到后花园里散散心呢？如今天气晴朗，百花盛开，正是在湖面泛舟赏花的好时机。也许，等您回来，难题就会迎刃而解。"胡夫法老略为思考，应允了他的提议，后花园之前经过了一次重修，建好之后，他还没再去过呢。

重建的后花园多了许多奇花异草，穿梭其间，胡夫的心情还真的是好了很多。他和宰德登上游览船品酒赏花，早已准备停当的歌女们站在船头弹唱欢愉的乐曲，听起来煞是惬意。

歌女与胡夫

酒过三巡，一阵哭泣声打破了游览船上的和谐，胡夫走到船头，看见一位歌女正对着湖面抽泣不已。

"你为什么哭泣？"胡夫问。

歌女见是法老到来，慌忙跪下："扰了陛下的雅兴，罪该万死。可是，我只要一想到最心爱的发钗掉到了水里，可能再也见不到时，就忍不住要放声大哭了。"

"就为了一个小小的发钗，你竟然敢破坏陛下的好心情！你当真是罪该万死！"宰德在一旁训斥道。那歌女抬起头来，只见她容貌倾城，梨花带雨般的模样让胡夫看了不禁升起怜香惜玉的心思来。

"那发钗是我母亲临终前的赠与，我既是可惜发钗，更是可惜母亲的一片心被我糟蹋，假如陛下认为孝心是不必存在的一种道德，那我甘愿受罚。"歌女的回答不卑不亢，宰德还想说点什么，被胡夫阻拦了："你的发钗是什么样子的？我照那模样送你一个。"

"不！"歌女摇头，"那是母亲赠与的，其他的发钗再名贵，也不如那支让我心爱。"

"这样的话……"胡夫转身对宰德说，"宰德。你就派人帮这位姑娘寻回发钗吧！"歌女道谢。

宰德说："既然陛下有心助人为乐，那做臣子的，也当出一份力。我有办法捡回发钗，如果陛下不嫌弃，就请坐赏微臣的表演吧！"

宰德的表演一向是令胡夫大开眼界，此番，他也乐得让他再表演一回，他倒要看看，宰德是如何潜入水底，在这么深的湖水里，帮人家姑娘捞回小小的发钗。

见胡夫回到酒席坐好，宰德便念动咒语，只见湖水开始慢慢结冰。观看的人无不哑然，要知道，此时的季节可是春末夏初！

等湖面全部都结上冰，宰德又念动咒语，湖水像活了一般，一层层地卷起来，直到卷得像地毯一样竖立在湖的一侧为止。而那歌女的发钗就安安静静地躺在湖底。

宰德派人下湖帮歌女把发钗捡回来，交到她手中，歌女立即喜笑颜开，细嫩的脸颊飞上两朵迷人的红云，看得胡夫怦然心动。

宰德再次念动咒语，湖面于是展平、化冰，片刻之间，湖面平静得像是什么都没有发生过，依旧水波粼粼，清澈碧绿。

"好！"胡夫带头鼓掌，"宰德的魔法越来越厉害了！"宰德谦卑地道谢。

胡夫心情大好，站起身来，准备回宫继续处理之前让他头痛不已的国事。一向细致入微的宰德没有忽略他看向歌女时，眼睛里一闪而过的依依不舍。

"陛下！"宰德走到胡夫身边，小声地说，"让这歌女随身伺候吧！"胡夫笑笑，继而点点头，大踏步地朝前庭走去。

宰德也微笑着走向歌女，歌女俏皮地看着他，等他走到眼前才亲昵地叫了声："舅舅。"

"嗯!"宰德摸摸外甥女的头,"你的心愿达成了!法老让你随身伺候,你飞黄腾达的日子不远了……"他似对外甥女说又似对自己说道:"我说过的嘛!难题终会迎刃而解的!"

魅力埃及

蚕豆:奶油拌果子泥是埃及的国菜,这道味道鲜美的糊状菜品主要是由蚕豆构成。在埃及的谚语中,蚕豆也扮演了有趣的角色。如果一个人的阴谋败露,人们会说:"我知道这蚕豆了!"还有一句俗语,如果埃及朋友说"他就像没有添加奶油和盐的隔夜蚕豆",言下之意就是,这个人平淡无奇,言语无趣。

受诅咒的王子

法老揽着王后安慰她

埃及曾有过一位出色的法老,他为人仁慈,治国有方,深受埃及人民喜爱,他所到之处,无不是欢声笑语,环境和谐。法老为人民带来欢笑,却没有办法使自己开心地笑起来,他一直担心一个问题,那就是自己可能会后继无人。法老每日处理国事、巡视民间都是开开心心的,但回到后宫,和王后独处一室,他就忍不住唉声叹气起来了。

王后很贤惠,她试图劝法老说:"不如我为您安排一门亲事吧,您再娶一位侧妃,可能这个问题就能解决了。"

法老虽然也在王后面前抱怨,但他对这个妻子还是很满意的,他从未想过另找一个陌生女子来繁衍后代,他伸手揽过王后,让她把头贴在自己胸前:"我是想要一个孩子,可是我只想要你和我的孩子,你懂吗?"王后很感动,她发誓无论如何都要给法老生一个孩子。第二天一大早,她就出宫了,到尼罗河旁边的太阳神庙虔心祷告,祈祷拉神赐予她和法老一个孩子。

她的祷告被拉神听到了,拉神考量法老这么多年的功绩,认为赐予他一个孩子不是什么难事,于是他现身在王后面前,告诉她,她会在一年后的今天生下一位王

第六章　魔力无边

子。王后感激不尽。果然，一年后，她生下一位漂亮健康的小王子。

众臣商议，说这个王子是神明赐予的，在王子满月酒的时候，法老应该宴请神明以表达感激之情。法老同意了，但众臣在是否宴请恶神塞特的问题上，发生了争议。一部分大臣认为，宴请众神却唯独不请塞特，会惹怒他，不知道他会起什么乱子；另一部分人认为塞特所到之处必会引起灾难，而小王子年纪尚幼，不如让他避开所有可能的灾难。

两方人争论不休，吵得脸红脖子粗。最后宰相出来说话了："小王子是拉神亲自赐给陛下的，想那恶神再邪恶也不敢违抗拉神的旨意，我的意见是，暂不请塞特前来。但具体操作，还请陛下定夺。"法老想了一下，原本挺快乐的聚会，他不想因为恶神一个人而毁掉众神的兴致，也就同意了宰相的提议。

小王子满月酒那天，众神都很给面子，纷纷前来参加宴会，他们每人都送给小王子一句祝福，希望他健康、快乐、民主、幸运，一句句美好的祝福听得法老和王后笑逐颜开，丝毫没有察觉到危险就在身边，就在那没人注意的角落里。

阴暗的角落里，没在邀请之列的干旱之神塞特趁守卫不注意，偷偷溜了进来。他远远注视小王子晶莹剔透的粉颊，暗下了一个恶毒的咒语：这孩子将来会被鳄鱼、狗或者蟒蛇杀死。

螳螂捕蝉，黄雀在后。塞特发的毒誓被站在他身后的侍女听到了，侍女很紧张地走到法老面前，贴在他的耳边向他诉说了一切。法老大吃一惊，没想到最想逃避的事情还是发生了，他亲自走到塞特面前，苦苦哀求他，请他收回咒语。塞特毫不理会，眼睛甚至不看法老："神的咒语岂能收回！"愁云笼罩了法老，但不管他怎么请求，塞特都不为所动。众神看着也是敢怒不敢言。

爱神巴斯吞走了出来，她缓缓走到小王子的摇篮前，轻抚他的脸颊："我以爱的名义给你祝福，如果你能找到此生唯一的爱，你就能够化解身边所有的危险。"塞特冷冷地看着巴斯吞，巴斯吞不为所动，保持暖暖的微笑回望他。

法老很悲伤，宴会结束后，他为小王子建起一座宫殿，很少让他上街接触动物，尤其是鳄鱼、狗和蟒蛇，宫殿里所有的人都不得提这几个字。小王子渐渐长大了，他不愿意再待在空荡荡的宫殿里，半是威胁半是请求地逼法老让他出去。法老被他缠得没办法了，只好吩咐侍从跟牢王子，不得让他离开视线半步。街道的热闹是王子无法想象的，他从课本的描述中幻想过街市的样子，但就是没想到会有这么多人接踵摩肩。他兴奋地看着街边的小玩意儿，每一件都很想要拥有。

"那是什么？"王子指着一只毛茸茸的动物问随从，随从吓得脸都白了。

"王子，我们还是回宫吧！"

"为什么？我想去摸摸那个可爱的动物。"王子说着，就朝那动物走去。

"王子……"随从拉住他，不得已说出了宫殿里人人知道、唯独王子不知道的关于王子的秘密。

王子这才明白为什么这么多年父亲都不让他迈出宫殿半步："这么说来，那个小动物是那三者之一？它是鳄鱼、狗还是蟒蛇？"

"它是狗。"随从回答，"你帮我去市集上买一只，我不信那么可爱的小动物会杀死我。"王子命令道，随从不敢违抗，只能帮王子牵回一只牧羊犬。牧羊犬和王子一见如故，没有一点想要加害他的意思。随从稍稍宽心，跟着王子带着牧羊犬回到宫殿。法老看这牧羊犬听话可爱，又拗不过爱子，只得答应下来，并让王子的随从多加注意。

自从知道自己的秘密之后，王子越来越不喜欢被关在深深的宫廷里，终于有一天，他留下一张字条给法老，独自浪迹天涯去了。

魅力埃及

狗木乃伊：古埃及的人们不仅仅把狗当成打猎的工具，狗还是他们生活、家庭的一分子。那时的人们认为狗是拉神赐予的神物，狗在他们身边，就像拉神在身边守护他们一样。如果家中的狗死了，古埃及的人们会像对待家人那样对待它们，把它们做成木乃伊，送入主人的坟墓里安葬。古埃及人认为，有狗同葬，主人就可以在狗的指引下，顺利找到通往赫里尤布里斯城，也就是天堂的正确的路。

第六章　魔力无边

此生唯一的爱

从前，埃及的一位王子遭到干旱之神塞特的诅咒，说他会被鳄鱼、狗或者蟒蛇杀死。但他同时也得到了爱神巴斯吞的祝福，只要能找到真爱，他就能够化解诅咒。

王子从小就被担忧的法老关在深深的宫殿里，但等他长大之后，开始厌倦这种逃避的日子，于是他留书一封，独自闯荡世界去了。

外面的世界很精彩，王子看得不亦乐乎。几日之后，他到了古叙利亚，这个国家的风光和埃及完全不同，能看到别样的风土人情，王子觉得很开心。

一日，他来到一座山底，看见古叙利亚的王宫建在山顶，他好奇地问当地的居民："为什么王宫要建在那么高的地方呢？"

当地百姓回答他说："我们国家的公主美丽无双，在她出生时，就有

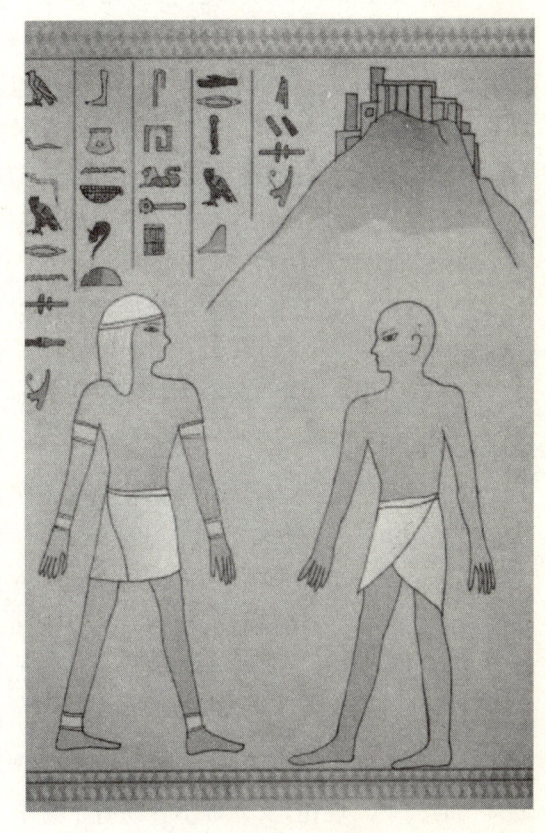

王子和当地百姓说话

女神预言过，谁能在半个小时之内爬上山顶，谁就是她的夫婿。今年刚好是她的及笄之年，国王就向全国的青年发出告示，寻找能在半小时之内爬上山顶的年轻人。"

"这有何难？"王子看那山势也不是很陡峭，不禁对国王的话感到不解。

"难不难，您一试便知。这山上沿途有许多荆棘，看起来没什么，但需要极大的勇气。"当地百姓指指不远处的一栋小房子，"那里是一个攀登训练班，想娶公主的年轻人都在那里没日没夜地训练，您要是有兴趣，不妨也参加一下，说不定能成为

国王的东床快婿呢！"

　　王子心动了，他云游四海，除了想见识见识外面的世界外，还有一个很重要的想法，就是找到像爱神说的此生唯一爱的人。

　　就这样，埃及王子也参加了训练班，和那些平民家的孩子一起，每天天不亮就出去练习，直到星沉月冷时才躺在床上睡觉。半年下来，王子觉得自己的身体健壮多了，差不多能在半个小时之内爬上山顶了，于是就向王宫发出了邀请。

　　古叙利亚的国王看到这个衣衫褴褛的年轻人，很不想给他机会，但又怕遭到百姓非议，也就勉强答应让他一试，更何况，他也不一定能顺利到达终点。

　　百无聊赖的公主今日也突发奇想，站在卧室的窗户前一直观看王子的挑战。

　　出乎国王的预料，这个看起来瘦弱的年轻人居然在不到半小时的时间里顺利爬上山顶，对着含羞站在窗口的公主欣然微笑。

　　国王很不悦，他问王子："你家世如何？"

　　王子看出他的不屑，故意骗他说："我是车夫的儿子。我父亲为达官贵人拉车，贴补家用。"

　　车夫的儿子？国王显然对这个答案不满，她的女儿岂能嫁给这样一个贱民！他面无表情地对王子说："你回去等消息吧！"

　　公主此时已经盛装打扮，等待迎接自己的夫婿，岂料身边的侍女回报说，那年轻人已经让国王打发走了。

　　公主毕竟是个待字闺中的少女，婚姻大事，父母做主。她不能辩白什么，可是，她的一颗心，已经在王子登上山顶对她微笑的那一刻，沦陷了。

　　公主思念成疾，原本如满月的脸瘦成皮包骨了，脸色也不再红润，唇色也渐显苍白。

　　疼爱公主的王后坐不住了，她找到国王："女神早就说过，谁能攀上山顶，谁就是女儿的夫婿。现在，女儿好不容易有了意中人，你就忍心让她这么消瘦下去吗？"

　　"可是那不过是……"国王叹口气，"也罢，把那车夫的儿子叫来吧！如果他还在等公主，我就把公主嫁给他。"

　　王子依旧在山下等着公主，从那相视微笑的一眼中，他认定了那就是他今生的最爱，她那么温柔，那么美丽，更何况，听王宫的侍卫说，她已经思念成疾病倒了，这样一个有情有义的姑娘，自己一定不能错过她。王子此刻开始后悔和国王那没意义的争辩，说明自己的身份，抱得美人归，有什么不好！

　　"年轻人……"王子正在沉思中，有人轻轻拍了拍他的肩。

　　王子回头一看，来人穿着王宫侍卫的服装，他眼带笑意地说："国王有请。"

第六章　魔力无边

到了国王面前,王子没等国王说话,就首先表明了自己的真实身份,他为上次的无礼道歉,同时请求国王把公主嫁给他。事态的发展如此峰回路转,国王惊喜之余,欣然答应了他们的婚事。婚后的王子和公主过着幸福的生活,但我们的故事还没有结束,别忘了,王子的咒语还没能解除呢!

王子和公主在古叙利亚生活了几年,就告别国王和王后返回埃及去了。埃及法老见到儿子平安回来,还给自己带回个漂亮的儿媳妇,激动得说不出话来。

回到埃及,王子向公主说明了自己的命运。从那天起,公主每夜都守护在王子床边彻夜不睡。王子感动地常对友人说:"得妻如此,夫复何求!"

一天,公主和往常一样为王子守夜,一条毒蛇缓缓接近床边,公主急忙取出事先准备好的、用牛奶和蜂蜜酿成的美酒,毒蛇被美酒吸引,把一坛子酒一饮而尽。公主趁它醉得不省人事时,用剑砍掉了它的脑袋。王子的第一个危机解除了,从此,凡是蛇类都不能伤他半分。

又一天,王子出门打猎,随行的还有那只他养了多年的牧羊犬。打猎途中,遇见一群野狗疯狂吠叫,眼看着就要向王子扑过来。这时,忠诚的牧羊犬挺身而出,它奋不顾身地保护王子,把疯狗全都赶跑了。王子又解除了第二个危机。

解除了两个危机,王子和公主的生活过得非常幸福。很多年过去,王子继承王位,成为法老,公主也自然而然地成为埃及王后。他们还有了个儿子,这个小王子从一出生起,手中就握着一块雕像牌,王后一直帮他贴身收藏。

一个立秋日,法老带着王后和小王子出外郊游,到河边饮水时,一只鳄鱼悄悄露出血盆大口,嘴巴直指还未察觉的法老。王后大叫一声,把丈夫全力推开,自己暴露在鳄鱼嘴边。就在法老一家觉得毫无希望之时,鳄鱼开口说话了:"王后陛下,您有神明的雕像牌,我愿做您一生的奴仆。"王后喜出望外,右手紧紧握住雕像牌,流出喜悦的泪水。自此,埃及王子的危机彻底解除,法老抱着王后,此刻才明白了爱神说过的话。

从此,法老和王后以及他们的小王子一直过着幸福快乐的生活。

魅 力 埃 及

本本石:古埃及文明中,有种崇拜贯穿始终,那就是太阳神崇拜。赫利奥波利斯神庙是太阳神崇拜思想的起源地,而本本石就矗立在那里。本本石是最早的方尖碑,它的顶部为金字塔的微缩形状,柱身则为圆柱体。传说象征着拉神的生殖器和精液(因为这位神以手淫的方式创造了子孙后代)。

蜡烛做成的轿子

黑荷鲁斯施展魔法

埃及法老图特摩斯和埃塞俄比亚的国王之间存在嫌隙已久，他们互相争斗了很多年，但不管是经济上、国力上还是正式宣战上，都没有得到最终的一个结果。

埃塞俄比亚的国王很懊恼这件事，一次早朝之上，他问众臣："如何才能彻底打败埃及的图特摩斯法老？"众臣面面相觑，无人能回答，毕竟双方实力均衡，除非有机遇出现，否则，胜利实在是不可得。

"唉！"埃塞俄比亚的国王垂头丧气，"难道要一直这么跟图特摩斯耗下去吗？"

众臣中终于有人胆敢打破僵局："陛下，在此之前，和埃及法老图特摩斯争斗中，我们有一种方式一直没有尝试过。"

"什么方式？"埃塞俄比亚的国王来了兴趣。

"魔法！"大臣肯定地说，"我国有优秀的魔法师黑荷鲁斯，如果陛下召唤他来，我想他肯定有办法惩治埃及法老。"埃塞俄比亚的国王觉得有理，速召黑荷鲁斯进宫。

黑荷鲁斯进宫，听国王讲完难题，自信满满地说："我可以把埃及法老图特摩斯抓过来，在您面前抽打他一百鞭，这一切我只需要您给我六个小时的时间。"埃塞俄

第六章　魔力无边

比亚的国王很高兴，应允了黑荷鲁斯的任何要求。

这天深夜，黑荷鲁斯对着一截蜡烛施法，白光一闪，蜡烛变成四个轿夫和一顶软轿。黑荷鲁斯命令他们："你们速去埃及，把埃及法老图特摩斯抓到我面前！"四个轿夫遵命而去，片刻时间，埃及法老图特摩斯就被抬到了黑荷鲁斯面前。到这时，埃及法老图特摩斯一直是沉睡着的。

黑荷鲁斯把图特摩斯抬到埃塞俄比亚的王宫前，那里站满了埃塞俄比亚的国民，黑荷鲁斯把埃及法老绑在广场上的大柱子上，用皮鞭抽了他整整一百下。这期间，埃及法老图特摩斯依旧是沉睡着的。埃塞俄比亚的国王觉得很满意，重重赏了黑荷鲁斯。

埃及法老图特摩斯第二天醒来，跟王宫里的魔法师白荷鲁斯说："我昨天做了一个怪梦，梦见自己被埃塞俄比亚的国王抓去，在王宫的广场上挨了一顿鞭子。"

"梦而已。"白荷鲁斯安慰他。

"可是，奇怪的是，我一觉醒来，觉得浑身酸痛，好像真的被鞭打过一样。"图特摩斯疑惑地说。

白荷鲁斯觉得事有蹊跷，他为图特摩斯一检查，图特摩斯的身上真的有鞭打过的痕迹。白荷鲁斯瞬间就明白了，他对图特摩斯说："陛下，您别担心，您所遭受的羞辱，我会让埃塞俄比亚的国王全部都还回来的！"

当夜，黑荷鲁斯又把蜡烛施法变成小人和轿子，但这一次，他没能顺利接到埃及法老。因为白荷鲁斯给了法老一个项圈，当小人来接法老时，项圈变成毒蛇，把他们全部吞入腹中。黑荷鲁斯的魔法被破解了。

埃及法老也想用同样的方法整治埃塞俄比亚的国王，白荷鲁斯说简单，他也用同样的方法捏了四个小人一顶轿子。当白荷鲁斯的蜡烛轿子到达埃塞俄比亚的时候，黑荷鲁斯不禁嘲笑起来，白荷鲁斯竟然用同样的方法对待他。他早就给国王做了一个项圈，根本不用担心会被抬走。但令黑荷鲁斯没想到的是，当国王脖子上的项圈变成毒蛇咬向小人时，轿子里竟然窜出更大一条毒蛇，一口就咬死了项圈变成的那条毒蛇，还卷走了国王。

抬着埃塞俄比亚国王的轿子落地到埃及王宫前的广场，埃及法老图特摩斯也召集了全城百姓，当着所有人的面狠狠抽打了他一百下。当然，在这期间，埃塞俄比亚的国王和埃及法老图特摩斯那次的情况一样，是一直昏睡着的。

埃塞俄比亚的国王第二天醒来，对黑荷鲁斯大发雷霆，黑荷鲁斯虽然懊恼，但也苦于技不如人，只能乖乖受罚，他向国王发誓，一旦有机会，他一定会去埃及和白荷鲁斯一较高下。

黑白魔法之争

大的方面来说,埃塞俄比亚的国王和埃及法老一直抗争着,始终没有结果;从个人角度,两国的魔法师也在进行着较量,其中最著名的就是黑、白荷鲁斯之间的比试。

黑、白荷鲁斯之间的较量不只一次,在之前的比试中,黑荷鲁斯一直处于下风,他心有不甘,决定亲临埃及,和白荷鲁斯来场面对面的战斗。

黑荷鲁斯的母亲很担心,反复劝说黑荷鲁斯:"你不是他的对手,不要去了,去了也是送死。"

黑荷鲁斯叹口气:"我何尝不知,只是,如果我不去,国王不会放过我的。我去了,也许拼拼命会有一线生机;不去,就必死无疑啊!"

白荷鲁斯施展魔法

黑荷鲁斯和母亲抱头痛哭,母亲很快擦干眼泪,坚强地对儿子说:"不用怕,你放心地去,如果你有意外,我一定会去救你。"黑荷鲁斯的母亲也是位魔法师,某种程度上,能力远远超过黑荷鲁斯。

黑荷鲁斯点点头,跟母亲约定说:"如果您喝的水变成黑色,天空中的云变成火红色,就表示我在埃及遭遇了不测,您一定要赶快去救我。"黑荷鲁斯的母亲答应了,两人又是一阵痛哭,之后黑荷鲁斯向埃及出发了。

第六章 魔力无边

黑荷鲁斯一到埃及，就直奔法老的后花园，他施法放起一团火，眼看火势有蔓延的趋势，白荷鲁斯不慌不忙地召唤来一朵乌云，倾盆大雨瞬间就浇灭了花园里的火。

用水？黑荷鲁斯轻笑，那我也用水吧！他挥挥手招来更大一朵云彩，暴雨狂泻不止，大有水淹后花园之势。

白荷鲁斯只是镇定地看了他一眼，轻轻挥一挥手，乌云就散去了。他自己则继续和身边的法老聊天。

黑荷鲁斯一看大事不妙，趁白荷鲁斯聊得起劲之时，变成一团浓烟，想钻到乌云里偷偷溜走。

白荷鲁斯无奈地笑笑，挥了挥手，天边出现一团更大的浓烟挡住黑荷鲁斯的去路。又过了一会儿，天空出现一幅活电影画面：一个巨人站在天阶上，他的右手拿着匕首，匕首上在滴血，他的左手则是一只脖颈滴血的鸭子。

与此同时，在埃塞俄比亚等消息的黑荷鲁斯的母亲一直注视着茶几上的杯子，里面的水突然就变黑了，走出屋去，天空的云彩也变成了火红色。黑荷鲁斯的母亲知道事情不妙，就地变成天鹅飞往埃及。

等她飞到埃及法老的后花园，看见自己的儿子已经变成一只鸭子，它的脖子上系着一根细绳，绳的另一头牵在白荷鲁斯的手中。

正在花园中品茶的白荷鲁斯抬头看见天空中的天鹅，知道是黑荷鲁斯的母亲赶来救儿子了。他只是伸手一指，天鹅就从天空中掉下来了。

天鹅从空中垂直落下，过了好一会儿，才恢复意识。她现出原形，跪在地上苦苦哀求白荷鲁斯："求您放过我的儿子吧！他年轻气盛，非要和您一较高下，现在他知道自己错了。只要您能放过他，我愿意为您做任何事。"

此时，黑荷鲁斯也现出原形，跪在母亲身边对白荷鲁斯说："我承认自己技不如人，我愿意任凭您发落，但求您能放过我的母亲，她不是来挑战您的权威的，她只是担心我。"白荷鲁斯不说话，只是冷静地看着他们。

埃及法老图特摩斯开口了："白荷鲁斯，得饶人处且饶人，放他们回家吧。"

"遵命，陛下。"白荷鲁斯给足图特摩斯面子，他转身对黑荷鲁斯和他的母亲说，"看在法老为你们求情的分上，我放你们回家，但是，从今以后，你们不能再使用魔法。不管是救人还是害人，都不得使用。如果你们违背了这个协议，我就是追到天涯海角也绝不轻饶你们。"

黑荷鲁斯的母亲带着儿子跪下，但她也冒出一个疑问："不使用魔法，我们怎么回家呢？"

白荷鲁斯和埃及法老相视微笑了一下:"你们可以像普通人一样,乘船再坐马车回去啊!"

魅力埃及

时尚:古埃及的人们一直处于时尚前端,他们无论男女老少,都将头发剪得短短的,然后再戴上假发,而且,假发的长度和形状不同,社会阶级地位也不同。古埃及的男人们对胡须也有着与众不同的理解,他们认为胡须是神圣的,在参加正式活动时,男人们都会戴上假胡须。一般平民男子的假胡须很短,大约只有两寸长;法老的假胡须则很长,底部故意剪成长方形;而神的胡须,尾部是微微翘起的。

第七章
神奇的"不死族"

埃及的潘金莲

艾奴卜和巴塔是两兄弟,他们的父母早逝,只留兄弟俩在埃及一个贫穷村落里相依为命。哥哥比弟弟年长十岁有余,兄弟俩从外表看来更像是父子俩。

哥哥艾奴卜是个妻管严,妻子不管说什么他都相信,每天还要亲自服侍妻子吃饭、洗澡、睡觉。弟弟巴塔也是个可怜的孩子,他每天清晨要起大早帮哥哥嫂嫂做早点,服侍哥哥嫂嫂吃完早点后又要帮他们放牛羊、做农活,晚上结束一天的工作后,刻薄的嫂嫂根本不让他住在屋里,他只好长年住在臭烘烘的牛栏里。

这天,巴塔和往常一样,给哥哥嫂嫂做完早饭,又把饭菜端到他们面前,自己则带上干粮,牵起老牛到后山放牛。巴塔一边坐在草地上啃干粮,一边看着老牛有一口没一口地啃草,再看看天上游走的白云,倒也没觉得生活有多苦。

老牛跟巴塔说话

突然,老牛抬头对巴塔说了一句话:"巴塔,这边的草不好,河边的水草鲜美多汁,咱们去那儿吧!"

巴塔吓了一跳,差点被嘴里的干粮噎住。老牛居然会开口讲话?莫不是被什么妖魔附体了不成?看巴塔犹豫,老牛催促说:"你跟我去河边,就会知道我有没有

第七章 神奇的"不死族"

撒谎了。"

巴塔恍恍惚惚地牵着老牛上路,河边的水草果然比后山的草肥美得多。他每天都带着老牛去那里吃草,没过多久,他家的牛就变得又肥又壮了,而巴塔也和老牛在多日的闲聊中结下了深刻的友谊。

转眼间,到了春天播种的季节,巴塔跟着哥哥在田里干活,干着干着,种子就播完了。哥哥对巴塔说:"你回家取点种子过来,我先休息一会儿。"巴塔答应了,一路小跑回家,看见嫂嫂窝在床上还没起。

巴塔于是蹑手蹑脚地取出种子,就在转身想返回田里工作时,突然被嫂嫂从背后搂住腰,女人丰满的胸脯紧紧贴着他的后背,巴塔的脸一下红了。他惊慌失措地大喊:"嫂嫂,你这是做什么?"

嫂嫂用慵懒的声音引诱他:"你已经长这么大了,不想尝尝欢爱的滋味吗?"原来这女人躺在床上时,一直放荡地扫视巴塔的身材,她竟然没发现,这个孩子在不经意间已经长大成真正的男人了。他的身材匀称,大块的肌肉看得女人歹念横生。

"嫂嫂!"巴塔使劲掰开女人搂住腰的手,跳开离她足有一公尺远,"长兄为父,长嫂为母,巴塔从未有过过分的想法,请嫂嫂自重。"说完拿着种子朝门外走去,女人又羞又恼,看着他的背影把牙咬得咯吱响。

回到田间,哥哥已经休息结束翘首盼望他的身影了,他接过种子问巴塔:"怎么这么慢?发生什么事了吗?"巴塔说自己感觉口渴,在家喝水耽误了点时间。哥哥什么都没说,继续把自己埋在无尽的田间工作中。

晚上,哥哥先回到家,巴塔还需要再去把河边的老牛牵回来。房子里一片漆黑,独自在家的女人没有开灯。哥哥艾奴卜很疑惑地走进屋,看见妻子背对自己躺在床上一动也不动。他在床边坐下,摸到女人脸上一片湿润。

艾奴卜慌了,点亮灯把妻子揽进怀里问她:"你怎么了?为什么哭泣?"

无耻的女人拼命挤出几滴眼泪,决定来个恶人先告状:"中午你不在家,巴塔回来取种子,看我躺在床上,就扑上来想要奸污我,幸好我全力抵抗,才没让他得逞。"

艾奴卜一听,火冒三丈:"等那小子回来,我非宰了他不可!"

就在此时,巴塔牵着的老牛突然止步不前了,它对巴塔说:"别回家了,你哥哥要杀你。"

巴塔表示怀疑:"哥哥对我一直很好,怎么可能要杀我。"

"你要是不信,回家的时候先别进屋,先从底下的门缝看看,你哥哥是不是站在门背后等着你。"

巴塔犹豫不决,回到家中,他故意在院子里喊了一句:"哥哥,嫂嫂,我回来了!"

然后就蹲下身来,果然看见哥哥的脚在门背后,隐约还有斧头的光微微透出来。

虽然不知道哥哥为什么要杀他,但巴塔顿时明白了,老牛没有欺骗他。人命关天,巴塔拔腿就跑,他的哥哥举着斧头紧随其后追了上来。巴塔边跑边回头问哥哥:"弟弟犯了什么错,哥哥要这样全力追杀?"

艾奴卜听他说完,更是怒火中烧,这个在他面前成长的孩子,竟然会做出那样大逆不道的事情,而且还学会了撒谎。艾奴卜一声不吭,只是不遗余力地奋起直追。

两人到了尼罗河边,眼看前方无进路,背后无退路,巴塔绝望地跪在岸边向拉神祷告:"万能的神,我不想这么年轻就死去,请您赐予帮助!"

拉神听到了他的祷告,将他面前的河水一分为二,露出供人行走的一条小路。巴塔惊喜万分,站起来就往河底走。他每往前走一步,河水就在他背后恢复原貌一步,逐渐阻挡开了巴塔和他的哥哥。

巴塔走到河的另一边,隔岸对艾奴卜喊:"哥哥,你为什么非要陷弟弟于绝境?"

"你这个忘恩负义的白眼狼!"艾奴卜也大喊,"我对你的感情有多深,你不是不知道。这么多年,是谁在养育你!可是你竟然趁我不在家,妄想奸污嫂嫂,你真是禽兽不如!"

巴塔听到这里完全明白了哥哥的震怒,他为自己辩白说:"哥哥,这么多年来,你对我而言更像是父亲,而嫂嫂就像是母亲,我怎么可能对自己的母亲产生苟且之念呢?哥哥,事实上,是嫂嫂她对我起歹念,而我没有应允。"

艾奴卜并不相信他的话,在他看来,他的枕边人虽然有些好吃懒做,但还不至于人格沦丧,不顾廉耻。

"哥哥,如果你不信,巴塔愿意割肉喂鳄鱼,以证明自身清白。"巴塔说着,从小腿外侧抽出匕首,掀起裤管就是狠狠的一刀,顿时鲜血淋漓。可是他并不打算停手,直到把小腿外侧的肌肉都割了下来,才忍着剧痛抬起头看自己的哥哥。

艾奴卜一脸震惊,可是他竟然喊不出阻止的话,如果他让弟弟停止,那就表明,他相信了弟弟的清白,也就是说,他承认自己的妻子是个荡妇,这是多难的一件事!

血腥味把河里的鳄鱼吸引过来了。巴塔手一扬,把刚割下来的肉扔给鳄鱼,鳄鱼一口吞下,静等他进行下一步的动作。巴塔又捡起匕首,准备继续割肉。艾奴卜看不下去了,他大叫一声"住手!"眼泪同时滑落。

巴塔,这个善良的孩子,他从未生过害人之心,自己是亲眼看着他长大的啊!怎么能不相信他的为人。反倒是妻子,她在巴塔小时候就反复劝说自己要把这个孩子卖了,这样的心肠,即使是做出勾引弟弟的事情,似乎也不是没有可能。

"巴塔,跟哥哥回去吧,哥哥相信你了!哥哥回去就把那个贱人给宰了!"艾奴卜隔河喊道,但对面的巴塔早已经痛晕过去了。晕过去的巴塔做了一个很长很长的梦。他梦见自己生活在胶树谷里,日子过得逍遥快乐,他身边还有一位绝世美女。

巴塔醒过来,看见哥哥悲痛的表情,知道哥哥已经原谅了自己。他对哥哥说:"我不想再回家了。我已经长大了,我想独立生活。我就住在胶树谷中,如果哥哥还惦记我,就记住一件事情,我的心藏在胶树花里。假如你喝的大麦酒有一天变得浑浊,就说明我已经遇难了。那时,麻烦哥哥到胶树谷中找到我的心,把它放在盛满冷水的玻璃杯里,我就能起死回生了。"

艾奴卜答应了。回到家中,像承诺弟弟的那样,杀了那个挑拨离间的放荡女人,并把她的尸体剁成一块块的喂狗吃了。

魅力埃及

鬼市:鬼市位于开罗北部30公里处一个名叫麦纳希的地方,麦纳希位于尼罗河的一条支流的附近,景色优美。鬼市上卖的不是"鬼",而是埃及人喜欢的毛驴。因为毛驴市场是在夜里开门,凌晨就关闭,因此埃及人戏称其为鬼市。鬼市和别的市场不同,没有市场的喧嚣,而是安安静静的,生怕泄露什么重大秘密一般,每个人都是轻声细语地讲话。

美人的原罪

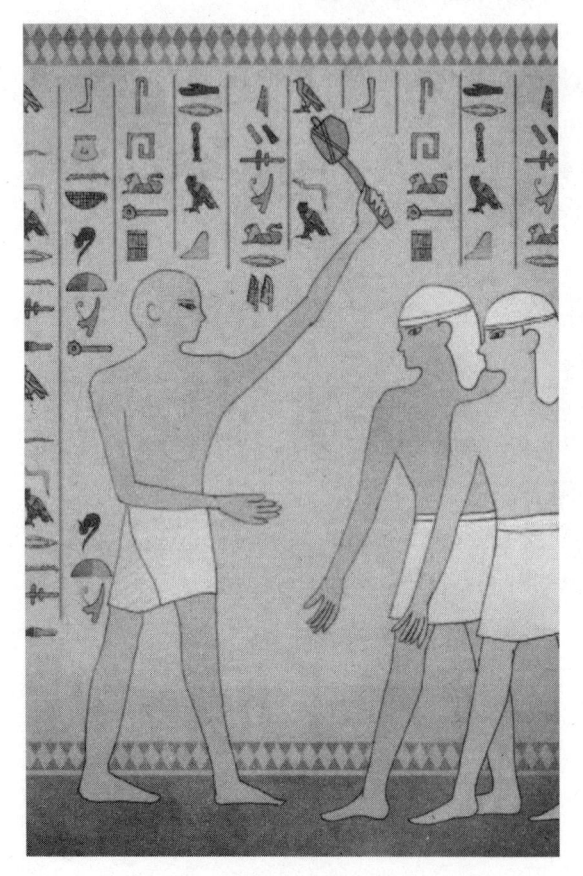

埃及有个叫做巴塔的年轻人,他独自一人生活在安静的胶树谷里,每天日出而作,日落而息,虽然没人约束,但过得非常孤单。

巴塔的寂寞,拉神看在眼里,他有意成就这个善良的孩子,于是召集众神为他用玫瑰花瓣创造了一个美丽的女子,拉神亲自赐予她灵魂,并让她成为巴塔的妻子,陪伴在他身边。巴塔很喜欢她,但女神们却不看好这段姻缘,当她们看到这女子精致的五官,曼妙的身材,异口同声地说了一句话:"这女人将死于武力之争。"

巴塔很疼爱妻子,每天出门为她猎取最新鲜的食物,为她采摘最甜美的水果,家务事基本不用她动手,连女人动手擦拭桌面,巴塔都觉得心疼。正因为爱得深,才更害怕失去。巴塔从不允许女人出门,他对女人说,外面的世界非常复杂,如果她一出门,以她的美貌,一定会被海神抓走,到时候后果就不堪设想了。同时,他也拜托妻子,务必守护好院子中的胶树,一旦有人来访,一定要让他远离胶树,因为他的心就藏在胶树花里,如果谁砍倒了胶树,谁也就等于杀死了他。女人一一记下,扬起如花似玉的脸庞对巴塔微笑,发誓自己会守护好胶树花。

巴塔举起身边的榔头朝法老的使者挥去

第七章 神奇的"不死族"

虽然巴塔对女人宠爱有加,但女人长年累月的都是一个人在家,没有娱乐活动,没有人可以说话,她实在是太寂寞了。一天,在巴塔出门打猎后,她也偷偷出门了。

屋外的世界对女人来说是新鲜的,不管是枝头歌唱的鸟儿,还是跃出水面的鱼儿,女人都觉得新鲜有趣。她漫步河边,感觉略带腥味的微风吹拂脸颊,心里的惬意是前所未有的,即便是感受巴塔的温柔也从未让她如此开心过。

女人在尼罗河边玩耍了一整天,直到感觉巴塔快回家时才离开。回到家心情大悦的她对巴塔极其温柔。巴塔虽然感觉高兴,但也隐隐约约觉得女人欺骗了他什么。

这次的出门经历给了女人莫大的鼓舞,此后,她每天都会背着巴塔去河边玩耍,却没察觉到危险很快就要降临了。这天,她和往常一样在河边玩水,尼罗河神哈比刚好从这里经过。哈比是个出了名的风流神,看见女人的倾城之色,顿起歹念,扬起几丈高的浪头就要把女人带回自己的宫殿。女人奋力奔跑,逃生的欲望大大提高了她的奔跑速度,哈比只抓住了她的一缕头发。

提前回家的巴塔看见妻子浑身湿透,问她到底发生了什么事情。女人不敢隐瞒,把遇见河神的事一五一十地告诉了巴塔,并向他发出毒誓,自己如果再偷偷出门,就让自己不得好死。巴塔选择相信了她。

那之后,女人确实也没再出去过,但她的脾气却是一天比一天大。看过了外面的精彩世界,再让她整天关在这小黑屋里,她怎么想都不甘心,但她也着实害怕那河神的浪头。她每日对拉神祈祷,希望他能赐给她一次机会。

不知道是不是拉神真的听到了她的祷告,她的机会真的来敲门了,那敲门人是埃及法老的侍从,他问女人是否愿意进宫当法老的妃子。原来,当初被尼罗河神哈比揪掉的那缕头发顺着水流漂到了法老后花园的小溪里,法老在溪边洗脸时,被那头发的香气迷得神魂颠倒,让侍从们走遍全国非找到这头发的主人不可。

巴塔一听,火冒三丈,顺手举起身边的椰头朝法老的使者挥去。法老派来了很多人,都被巴塔打跑了。

王宫里的法老思念成疾,他每天闻着女人头发的香气,看着使臣们带回的女人的画像,茶饭不思,不理国事。大臣们看不过去,派了一位能言善道的人前去,让他用如簧巧舌说服女人。

这个能言善道的使臣果然了得,他抓住女人心理上的弱点,告诉她外面的世界有多精彩,法老的王宫有多豪华,而埃及的国土又有多么广阔。女人心动了,她终于答应了使臣的请求,但巴塔的厄运也随之而来了——那贪慕虚荣的女人怕巴塔回来后会加害于她,让侍从砍倒了院中的胶树,正在林中打猎的巴塔突然觉得心一痛,身子一歪就地倒下了。

女人兴高采烈地跟着侍从进宫,王宫里的一切都让她开了眼界,法老对她也是万分的好,她在享受的同时,万万没想到,老实的巴塔也会给自己留后路。巴塔曾经对哥哥艾奴卜说过,如果他日常喝的酒变得浑浊,就说明自己出事了。他要哥哥一定来胶树林里寻找他的心,帮他复活。

艾奴卜在家饮酒,发现大麦酒变得浑浊不堪,想起弟弟巴塔曾经说过的话,艾奴卜暗道不好,急忙赶到胶树谷里,看见弟弟硬邦邦地躺在沙地上,身体冰凉。艾奴卜小心翼翼地安置好弟弟的尸体,四处寻找弟弟的心,他苦苦寻找了四年,才发现巴塔的心已经变成了一颗种子,在沙地里闪闪发光。

艾奴卜按照巴塔曾经教他的方法,把他的心用盛满冷水的玻璃杯装起了,巴塔复活了。

巴塔复活后,对哥哥说:"我必须要报仇。我变成大水牛,你骑着我到王宫去,接下来我自有办法。"

艾奴卜同意了,骑着弟弟变成的水牛在王宫门外晃悠,法老从王宫里走出来,一看这水牛就喜欢,付了艾奴卜一点钱,就牵着巴塔回宫去了。

法老带着女人来看新买的水牛,他得意洋洋地炫耀着,女人却从水牛的眼睛里察觉出熟悉来。她小心翼翼地靠近水牛,水牛趁法老不注意时凑近她耳朵说:"可恶的女人,你竟然敢背叛我!"女人吓得魂不附体,丢下法老一个人冲回房间。

法老紧随而来,抱着女人问:"你为什么这么害怕水牛?"

"我讨厌那动物!"女人细细地吻着法老的额头,撒娇地说,"我想吃牛肝,你把那玩意儿杀了吧!"

法老宠溺地说:"你说什么都好!"

巴塔变成的水牛被牵到后院杀死,但它的两滴血却滴到了地上,迅速长成两棵茂盛的胶树。

法老听说了这件奇事,带着女人来看胶树,当她靠近胶树,胶树又开口了:"你竟然又一次地杀了我!"女人再次吓得跑回了房间。

事后,她对法老百般讨好,说那树是由水牛的血变成的,她看到树就会想起水牛,让法老把树砍了。法老又同意了,把胶树当着女人的面砍倒,要做成家具。那女人得意地笑了,就在她张嘴的那一刻,小木屑飞到了她的口中。不久,女人怀孕了,生下一个小王子,这个小王子其实就是巴塔。法老死后,巴塔继承了王位。他把大臣们召集起来,详述自己的遭遇。他问大臣们该如何处置这个爱慕虚荣的女人。大臣们都说应该处以绞刑。

在行刑当天,众神出现了。他们向巴塔求情,说这个女人来自神界,应该由神明们处置。巴塔答应了。众神把女人带到冥界,交由冥王奥赛里斯处理。而巴塔则安然统治埃及长达 30 年。

魅力埃及

指甲油:古埃及的女人们已经懂得用指甲油来增添自己的美丽,她们会让指甲彩绘师用指甲花、赭石和鲜血为自己调制更加持久的颜色。在古埃及,指甲油的颜色不能随意使用,只有王室的女人才能用红色,平民家的女子只能用浅色。其中,埃及艳后克丽奥佩托拉七世尤其偏爱深红色。

流传千年的埃及神话故事

倾城王后浴火重生

提雅布卡拿那羽毛给哥哥看

在古埃及的一个贫穷山村里，住着哥哥塔哈和妹妹提雅布卡，他们的父母早逝，兄妹俩相依为命长达十几年。

哥哥塔哈是村里最厉害的猎手，他能打到最肥美的兔子，最健硕的野鹿，而且哥哥还心地善良，每次打猎回来，都会把最新鲜的野味分给村里孤苦的老人和妇孺，自己仅剩点内脏和骨头。

妹妹提雅布卡知道哥哥的为人，每次哥哥冒着危险进山打猎回来却仅剩边角料，她从来没有怨言，她知道哥哥是在感激村里人曾经对他们的帮助。在父母刚刚去世的那几年，幼小的兄妹俩都是靠吃百家饭、穿百家衣长大的。每次接过哥哥的猎物，面对他抱歉的表情，提雅布卡都一笑而过，然后尽最大可能地把食物烧得更美味些，让哥哥的身体不缺营养。

妹妹提雅布卡不仅心地善良，长相也是倾国倾城，简陋的衣服不能遮挡她的美貌，反而衬托出出淤泥而不染的纯洁气质来。但不管是本村的还是临近村落的小伙子，对提雅布卡都没有男女之情，他们都不来追求她。对他们来说，提雅布卡就是女神下凡，完美得让人不敢亵渎。他们暗暗发誓，要一直守护提雅布卡，直到她

第七章 神奇的"不死族"

找到能够配得上她的那个男子为止。

深冬的夜晚,兄妹俩的房门突然被敲响,提雅布卡去开门,看见一个衣衫褴褛的老婆婆站在风雪里,冻得瑟瑟发抖。善良的提雅布卡立刻迎接老婆婆入门,把她安置在炉火旁边,还为她端来一杯暖暖的羊奶。

在老婆婆恢复体温后,提雅布卡还帮她找了件干净衣服换上,把最好的床铺也让给她睡。这老婆婆很怪,不但没有半声道谢,还一副理所当然的模样。

哥哥塔哈虽不是施恩求报的人,但也对老婆婆的做法感到惊讶,等提雅布卡把老婆婆安置好了之后,他跟妹妹抱怨道:"这个老婆婆好奇怪,不道谢也就算了,还一副'你们应该这样做'的表情。"

提雅布卡温柔地笑笑,给哥哥倒了杯羊奶,就催他进屋睡觉了。其实聪明的提雅布卡已经看出来,老婆婆肯定不是一般人,她的身上有种尊贵的气质,她的眼中有不可侵犯的骄傲,那是任何外在装饰都不可能遮挡得住的。

第二天,提雅布卡做好早饭,到房间里叫老婆婆一起用餐。可是房间里哪里还有老婆婆的身影,只有叠得整齐的被褥上端放着一只羽毛,羽毛下还压着一张纸,上面是秀气的字体:"善心的姑娘,你帮助可怜的婆婆,你一定会有好报的!"

提雅布卡拿那羽毛给哥哥看,即使是见过许多珍禽的塔哈也不能说出那到底是什么鸟儿的羽毛,他只是觉得这老婆婆蹊跷得很,叮嘱提雅布卡把羽毛随身收好,说不定什么时候就会派上用场。

冬天过去,百兽开始活动,法老的打猎活动也开始拉开帷幕,这次的狩猎,他把场地选在了兄妹俩所在的山村附近。打猎结束,便向村民打听,谁家的饭做得最好吃,他可以为午餐付费。

村民不认识法老,只觉得这人问得好无礼,但善良的村民还是为他指明了方向,那是提雅布卡的家,提雅布卡煮饭的手艺是全村人公认最好的。更何况这陌生人愿意付费,这么好的事,村人都愿意让给提雅布卡。

法老一行浩浩荡荡地向提雅布卡家出发。这之前早有人向提雅布卡报告过,有一群看起来很有钱的人要在她家用午餐,所以提雅布卡一早等在院门口,浅笑盈盈地等待法老的到来。

法老到达这个简陋的小房子,第一眼看到的就是提雅布卡。她那么秀丽,淡雅的气质超过他后宫里的任何一个女人。他对她一见钟情,想要她成为他后宫的一分子。

女人的直觉是灵敏的,提雅布卡一直觉得带头的那个男人对她的目光充满了探询,他看来气度不凡,相貌堂堂,他的目光里充满了提雅布卡看不懂的情愫,她害羞地躲避那眼光好几回,但都没逃出他的视线。

午饭结束,提雅布卡收过男人给的饭钱,准备把他们送出门,可是不知道为什么,她心里竟然生出一丝不舍来。就在这时,那男人开口了:"我是埃及的法老,请你跟我回去,做我的王后。"

提雅布卡愣了好大一会儿,最终还是把自己的手递给了法老,坐在法老的马车上,她摸着腰间的羽毛,不停地问自己,这就是老婆婆说的好报吗?王宫的繁华是提雅布卡不曾想象过的,法老对她很好,王后提雅布卡的生活看起来美满得像是一场不愿醒来的梦。而灰姑娘提雅布卡一跃变成王后的故事也在埃及传为美谈。

好景不长,没过多久,法老满面愁容地回到后宫,提雅布卡体贴地拥抱他,温柔地问到底发生了什么事。法老一副难以启齿的表情,最终还是愤怒地对提雅布卡讲述了最近的烦心事。原来,邻国的国王听说了提雅布卡的美貌,想要把她占为己有,于是对埃及发动了战争。提雅布卡很震惊。当战争真正爆发,她每日握紧老婆婆赠送的羽毛,日夜祈求好运能继续降临。但提雅布卡的祈愿拉神并没有听到,邻国的军队还是攻入了王宫,杀死法老,掳走了美丽的王后提雅布卡。

提雅布卡虽然是个山野女子,但也有自己的贞节观,她誓死不从国王,国王一怒之下把她关进了黑暗的地下室。邻国国王本身已经有位王后了,而这王后颇为善妒,对提雅布卡的存在恨得咬牙切齿。于是,趁国王外出打猎之时,一把火烧了地下室。

不知道过了多久,提雅布卡醒过来,身边的一切已经烧成灰烬,而她自己也已经变成透明的亡灵。她看着自己面目全非的身体,想着对她万般宠爱的法老,禁不住掉下眼泪来,眼泪滴在羽毛上,那羽毛竟然放射出万丈光芒,包裹住她的身体,她惊讶地发现,自己的灵魂回到了身体里,而当身体被羽毛修复如初之后,身体竟然不停变化,背后长出一双璀璨的翅膀,她的人身也慢慢变成一只金丝雀。

提雅布卡欣喜若狂,使劲一挥翅,奋力飞出地下室。重见光明,但到底往哪个方向去,提雅布卡却是一点也不知道。她努力地往更高处飞,灵性的翅膀带她一直飞到赫里尤布里斯城。

城门口站着一个气度高贵的女神,她的笑那么熟悉,可是提雅布卡就是想不出来自己究竟在哪里见过她。女神看出她的疑惑,转身变个形象,原来她就是当初投宿的老婆婆。她向提雅布卡介绍自己:"我是伊西斯女神,我说过你会有好报的。"

"可是……"提雅布卡想起已经死去的法老,顿时黯然神伤。

"你看那是谁?"伊西斯拉着她的手,示意她往正前方看。

还没等提雅布卡仔细看,就已经被一双有力的手臂拥入怀里,他身上的味道那么熟悉。提雅布卡的心终于在此时放下,她的嘴角上扬着,眼角却渗出一滴泪。

原来,在城破之日,身负重伤的法老被伊西斯女神救下,这一切都是当年提雅布卡好心收留女神后应得的好报。从此,提雅布卡和法老在赫里尤布里斯城里过着幸福无忧的生活,而她的哥哥塔哈则接替妹夫的位子,成了埃及的法老,在他统治的年间,埃及国力强大,人民安居乐业,呈现出一派繁荣景象。

魅力埃及

木鸟模型:众所周知,现代人直到1903年才发明出第一架飞机,但科学家在研究古埃及时,竟然发现在四千年前古埃及的浮雕上就有了飞机的图案,而且在古墓里也发现了飞机的雏形,它被称为"木鸟模型"。这个木鸟模型由木头制成,除了头部像鸟,其余的都和现代飞机一样,有飞行的双翼,尾部也有尾翼,机身下还有脱落的水平尾翼的痕迹,让人不禁为古埃及人民的智慧感到佩服。

我不知道你的名字

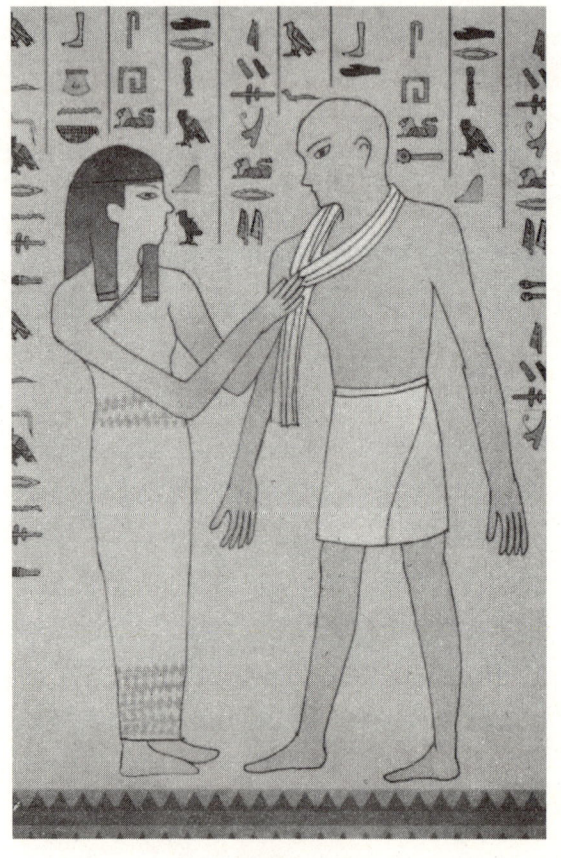

爱情，当它降临两颗心，是甘甜的彼此相爱；当它降临一颗心，却只能是苦涩的暗恋。若干年后，当矿山之神镁回忆起往事，能忆起的只有不愿回首的酸涩。

世间万物皆有灵性，即便是隐藏在岩石之下的矿石也有自己的主人，那就是矿山之神镁。镁在埃及神话中并不出名，但他的存在却也是不能不提的，他为人所知的，就是他和一位人间女子的相遇，这次跨界的相遇让镁尝到了爱情的滋味。

那是一个深秋的午后，镁独自溜出赫里尤布里斯城，一个人到人间寻找快乐。他看见荷鲁斯和塞特为了埃及王位争夺得你死我活，这位从未走出赫里尤布里斯城的神灵便暗自揣测，人间一定是有什么好玩的事物，才引得诸神这样拼死以对。

女孩给镁系围巾

赫里尤布里斯城里是没有四季的，它永远是温暖舒适的，温度不高不低，恰好适合人们穿一件薄衫。但人间就不一样了，四季有各自迥然的魅力。埃及的秋天就很美，树上结满红彤彤的苹果，黄灿灿的梨子，偶尔还有几片枯黄的树叶从枝头打着旋儿落到地上，这一切都让镁觉得新鲜无比。

"喂！"正陶醉在风景中的镁被一个大眼睛的女孩挡住去路，女孩十六七岁的样子,发式显示她尚未为人妇,她晶亮的双眸一眨也不眨地盯着镁,仿佛他是外太空来的怪物一般。

"姑娘,你为什么这么看着我?"镁的心里荡起别样的感觉,这个女孩不像赫里尤布里斯城里的女神们那样,长得完美无缺——但看起来却像是一个模子印出来的。女孩的鼻翼两侧有些许可爱的雀斑,额头上也冒了几个痘痘,除了眼睛很亮很纯之外,她是个很平凡的女孩,可是镁不知道为什么,自己的心就是忍不住地怦怦直跳,不管他怎么施法,都阻挡不了双颊变成绯红。

"你是个怪人哎!"女孩绕着镁走了一圈,打量着他的装饰,"这么冷的天,你居然只穿了一件夏衣,你不冷吗?"

"我?"镁看看女孩的装束又看看自己的,果然是差了一个季节的样子。

女孩解下围巾,系在镁的脖子上,反复看了几遍才满意地说:"这样就不冷了!"镁顿时觉得脖子温暖起来,她的气味直冲到他的鼻子里,让他的脸又不由自主地变红起来。

"你陪我玩会儿吧!"女孩说,"都没有人跟我做伴。"

镁看看天上的太阳,俨然已经到了返回赫里尤布里斯城的时间,但他看到女孩期盼的目光,还是忍不住点了点头。

那一天,女孩带他游走了很多地方,看到很多可爱的小动物和泛着香味的果实,玩了大半天,女孩也累了,两个人爬上大树,坐在枝干上谈心。

"你每天都这么快快乐乐的吗?"镁问女孩。

"不啊!"女孩不由地露出寂寞的眼神,"我的双亲明年要把我许配给一个我不认识的人为妻子,这就是我最烦恼的事情了。我只要一想到将来要和一个陌生人日夜相处,就会觉得很难过。"

"可是,我们也是陌生人啊!"

"我也不知道。"女孩看着他,眼里净是真诚,"我见到你就觉得很亲切。"

镁开心地微笑起来,但只要一想到女孩将要属于别人,他就有说不出的难过。他是矿山之神,他一难过,地下的矿石都感觉到他情绪的波动,纷纷跳动起来感应他。这一跳动不要紧,就把精神不集中的镁从枝头上摇下来了。

镁躺在地上,看着蔚蓝的天,缥缈的云,突然有种不想起身的冲动,他就那样躺在地上,安静地闭上眼睛,感受风从发间穿过的速度。

"你是死了吗?"女孩的声音传到镁的耳朵里,他刚想睁开眼睛回应她,就感觉有几滴水滴到自己的脸颊上。

镁睁开眼,看见女孩的眼泪不断地落下,一颗颗如珍珠一般。

他伸手去接她的眼泪,笨拙的动作却惹得她破涕为笑:"你真是个怪人!"

镁的手心仍有些湿润,他恋恋地问她:"你是为我流泪吗?"

女孩点点头,镁纵使从未经历过爱情,也知道自己的心此刻为什么而欢呼跳跃,从小到大,他看到的只是淡然微笑的女神,从未见过眼泪。他只是儿时在母亲的怀中听她讲过伊西斯女神曾因为奥赛里斯的去世而伤心落泪,还引起了尼罗河的泛滥。

天色渐晚,镁和女孩约定好第二天再在这里相见,就匆匆赶回赫里尤布里斯城,刚进自己房间,就看到拉神神色严肃地坐在板凳上,一看见他就厉声问道:"镁,你可知错?"

"我有什么错?"镁觉得疑惑,难不成和人类的女孩子聊天也能铸成大错吗?

"身为神灵,你竟然不懂得控制自己的情绪,任由自己的悲观情绪泛滥,你知道今天因为你的难过,造成多少人丧生吗?"

镁沉默不语,下午在矿石们回应他的情绪时,他就有种不好的预感,就察觉出肯定会有不少地方因为矿石活跃而引发地震。对毫无抵抗能力的人类来说,天灾无疑是可怕的。

拉神见镁有悔悟的迹象也就不再追究,他站起身拍拍镁的肩膀:"你还小,不要因为人类的女孩毁了自己的前程。"镁点头称是,但拉神走后,他却蜷缩在床上,反复地想,如果连情绪都不可以有,那么神又比人类幸运多少呢?

只是他没有想到,在他思索这个千万年来,人类的哲学家都不曾想通的问题时,他的女孩已经遭到毒手。她被强行灌入毒酒,灵魂不久就被送到奥赛里斯处。而这一切,都是镁最敬重的拉神做的。

而拉神也有他自己的理由,他很看好镁的将来,他一直觉得这个孩子比他的任何后代都有灵性,假以时日,说不定他就是自己的继承人,他不允许这个孩子有任何差错。

第二天,镁按照约定来到女孩的住所,见到的却是拉神。他慌忙行礼,拉神沉着脸说:"以后不要来这里了,你再也见不到那个女孩了。"

"为什么?"镁气结地责问。

"因为她现在已经是奥赛里斯城里的人。她回不来了。"拉神说得轻巧,一条人命像是无足轻重一般。

镁不再辩白什么,他明白拉神的意思,他知道身为神明,不能轻易动感情,更不能对凡间的人类动感情,但他还是没控制住自己。

镁在拉神走后,立即赶往冥界求见奥赛里斯。奥赛里斯亲切地接见了他,但对他要求放开女孩灵魂的请求,表示自己无能为力:"这次是父神要的灵魂,谁也不能从我这里带走她。"

"如果我去请求拉神呢?"镁问这个比自己年长,也曾尝试过爱情的神明。

"如果拉神开口,我自然是会放她回人间的。"奥赛里斯说,他看着镁一脸落寞的样子,好心提醒他道,"你要知道拉神索取她灵魂的真正用意,如果你能向他保证,你可以做到他想要的,那么结果……"

奥赛里斯不再说话,镁却明白了他的意思,为了心爱的女孩不在冥界受苦,他愿意。

镁回到赫里尤布里斯城,跪在拉神面前:"请你放了她吧!我愿意从她记忆里消失,从此再也不思情爱。"

拉神满意地扶起他:"也不是要你不思情爱,对你这样的年轻人来说,那也太过残忍,我只是不想让你对一个人间女孩动心,将来你再成长一些,我会给你选配最美丽的女神。"

镁谢绝了拉神的好意,而拉神也遵守他们的约定,把女孩的灵魂放回到人间,并且把她和镁相遇的记忆从她的脑海中删除,当镁从她身边经过时,她没有任何情绪波动,甚至连目光都不曾停留在他身上一刻。当两个人擦肩而过,镁终于知道了什么叫做心如刀割。而到此时此刻,镁还不知道女孩的名字,镁也没有对女孩进行过自我介绍。两个尚不知道彼此名字的人就这样轻易地错过。

在以后的日子中,镁没有辜负拉神的期望,勤勤恳恳工作,认真学习拉神教给他的各项知识,只是从那之后,再也没有人见过镁的一丝笑意,赫里尤布里斯城里又出现一位合格的神明。

魅力埃及

水晶:埃及的阿斯芙是世界第二大水晶制造公司,他们生产出的水晶已经达到氧化铅含量30%的高品质,适用于礼品、饰品、摆件、配件、灯饰等多个领域。最让人心动的,是阿斯芙的设计,带有浓厚的埃及特色,华丽高贵,款式古典而迷人。

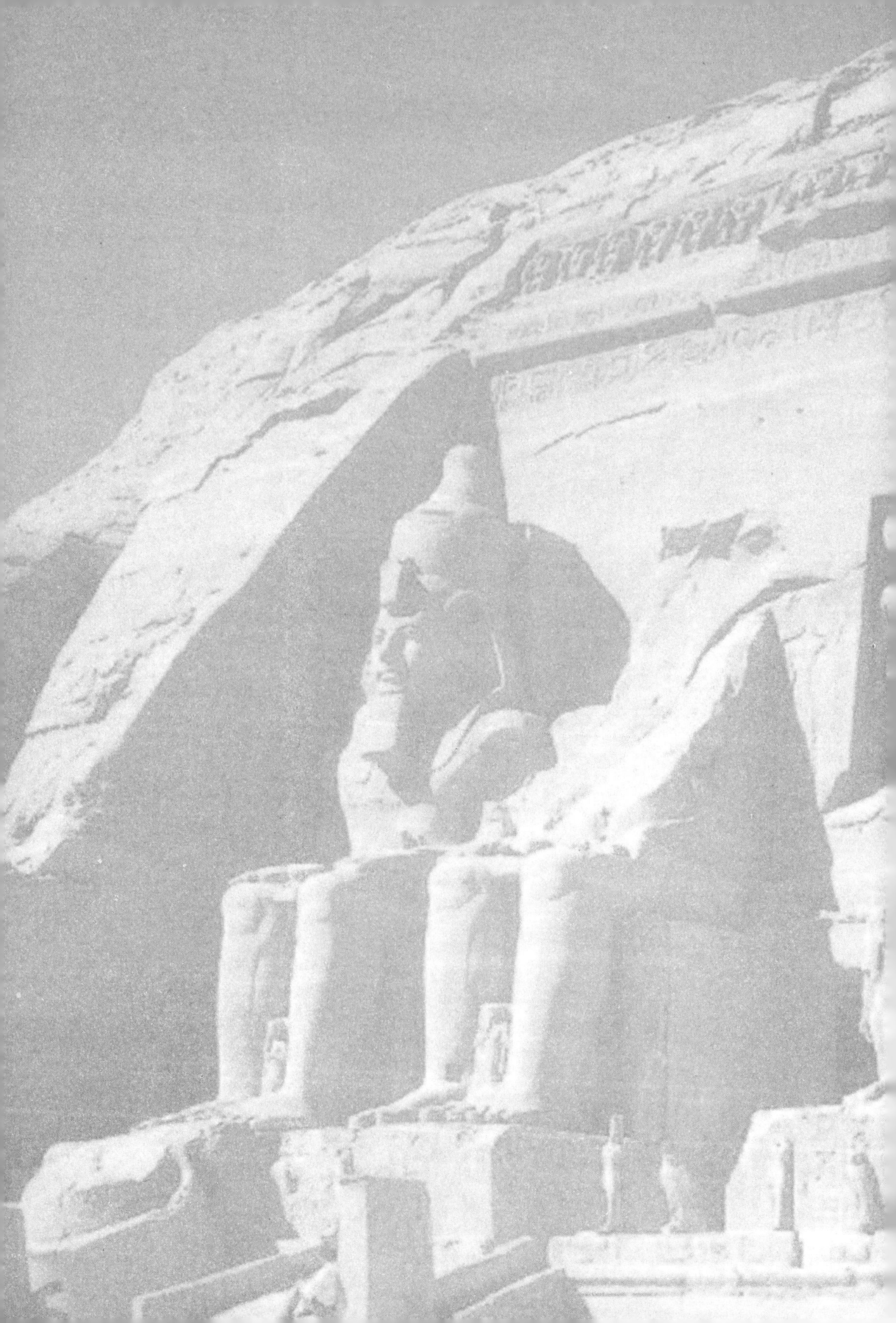

第八章
骗子的法术

消失的老婆子

　　三百六十行行行出状元,这话是一点都不假,即使是以行骗为生的骗子行业竟然也能涌现出不少精英来。老婆子戴藜兰就是这精英中的一位。戴藜兰行骗过多,引起了侦察队的注意,他们穿大街逛小巷地想要抓捕她,寻找很多天之后终于看见她从一个小巷子里大摇大摆地走出来,一副安分守己的良民模样。侦察队的人一拥而上,把戴藜兰按倒在地,扭送到省府里,让省长大人亲自发落。

　　省长问戴藜兰:"你骗了那么多人,你可认罪?"戴藜兰面不改色地叫冤枉:"我从来没有骗过任何人,大人,我是冤枉的,请你为我做主。"不管省长怎么问,戴藜兰就是不承认自己是个骗子。省长也没办法了,吩咐狱长说:"你去把这老婆子关起来,等明天再审她。"

　　狱长腿一软,跪在省长面前:"大人啊!您千万别把她放在我这儿,不知道她又会生出什么乱子来。她要是要计谋越狱了,我可担不起这责任啊。"

　　狱长是以严峻的刑罚出名的,他竟然都害怕戴藜兰,这让省长颇感意外。为了以防万一,省长亲自带了十几个人绑着戴藜兰来到城外。他们把戴藜兰的头发绑起来,拴在滑轮上,然后把她高高吊在树上。省长确定她逃脱不了,就把带来的十几个人留下看守她,自己则回家睡觉了。

　　守卫的士兵都不敢跟戴藜兰讲话,他们彼此之间也不敢讲话,就怕一个不小心被戴藜兰抓到机会骗他们放她走。守卫现场一片沉寂,士兵们不说话,戴藜兰也不说话,只听得见野风从城墙边穿过的呼呼声。

　　不知道过了多久,士兵们都困得睡着了,吊在树上的戴藜兰觉得头皮都有些发麻了。她往远处看,有个骑驴的人影隐隐约约向她这边走来。戴藜兰暗自欣喜,她知道自己的机会来了。

　　第二天凌晨,看守戴藜兰的士兵们从熟睡中醒来。他们惊讶地发现戴藜兰已经不见了,树上吊着的是个面带恐惧的瘦小男人。士兵们惊吓过度,他们开始觉得戴藜兰已经不是个简单的骗子,她一定是懂得某种邪恶的黑魔法,他们把男人放下来,就急速奔跑着去向省长报告情况。

　　省长听到事情的来龙去脉,也很愕然,那个时代拥有黑魔法的人是绝对不能惹的,于是,他下了一道秘密的命令,暂时不许任何人再提起有关戴黎兰的事情,违者必究。

让我们把时间调回前一天的夜晚,看看在戴黎兰身上究竟发生了什么事情。

骑驴的男人经过戴黎兰身边,戴黎兰敏锐地听见他对自己说:"这次到了省城,我一定要吃到乌姆·阿里,听说非常好吃。"戴黎兰眼珠一转,狡黠的笑挂上唇角,她知道,自己的机会来了。当路人经过戴黎兰,她轻声哭泣起来。路人惊奇地问她:"你为什么哭泣?你到底发生了什么?怎么会被人这样吊在树上。"

戴黎兰说:"我是个平凡的老婆子,在甜点店老板制作乌姆·阿里的时候,大声讲话,结果把一滴唾沫滴到了甜品上,老板就不开心了,非要到省长那里告我。省长就判把我吊在这儿,等待第二天天亮时,甜点店的老板就会来喂我吃乌姆·阿里,直到我吃吐为止。"

"竟然有这么好的事!"外乡人不疑有他,激动得眼睛都放光了。戴黎兰假装为难道:"好什么啊!我最讨厌吃乌姆·阿里了。这对我来说是一种酷刑啊!"

"那咱俩换换吧!"外乡人动手把戴黎兰放下来,让她把自己绑上去。为防止戴黎兰多心,还好心强调自己很爱吃乌姆·阿里。就这样,狡猾的戴黎兰逃过了一劫。

魅力埃及

乌姆·阿里:埃及的一款著名甜点。传说,某位法老的妃子,从小就精通厨艺,是她首先发明了这种甜点,并把儿子的名字运用到这款甜点的名称中。和"乌姆·阿里"一样有名的,还有"宰娜白的手指",形状和女子的手指相像,由奶油和蜂蜜制成,入口即化。宰娜白是一位乐善好施的伊斯兰名人,人们拿着她的"手指",表示对她的爱戴。

官太太被骗了

戴藜兰行骗

哈桑是巡警的头领,但他这个人经常不分青红皂白就把人打一顿,跟他毫无道理可讲,人们都叫他黑道哈桑。

黑道哈桑有钱有势,人生很得意。在他到了娶妻的年纪,更是把一见钟情的美女娶回了家。新婚之夜,他醉倒在温柔乡里,在新娘子的威逼下对她发誓:"从此以后再也不娶别的女人,也不在外面过夜。"

婚后,黑道哈桑和妻子尽享鱼水之欢,生活得非常开心。但快乐没有持续太久,他就和妻子大吵了一架。

那是在他和同僚聚会之后,他醉醺醺地回到家,拎起妻子的衣领,恨恨地看着她。妻子被他看得心里发毛,小心翼翼地问他:"你心情不好吗?"

"好?好个屁!"黑道哈桑一把把她推开:"老子自从遇见你,就没好过!"

"你到底怎么了!"被推倒在地的妻子也生气了,黑道哈桑自从结婚后就从来没这么反常过。

"我每次聚会都会看到别的官员牵着自己的一男半女,我呢?我屁股后面连个尾巴都没有!你这个不会生蛋的母鸡,娶了你真算是我倒霉!"

第八章　骗子的法术

结婚这么久还没有生育，也是妻子心里的痛，如今看往日恩爱的丈夫竟然这么说自己，她也怒火中烧："不生孩子也不是我一个人的事吧！或者是你自己的问题呢，我有什么办法！"

"我不行？"黑道哈桑听到这个对男人最严厉的指责，忍不住红了眼睛，"那我明天就娶别的女人进门，看看到底是不是我不行！"

"你背叛自己的誓言，神会惩罚你的！"妻子也不甘示弱地回吼过去。

黑道哈桑大怒，收拾行李冲出门去，打算独自旅游散散心。看他走出去的身影，妻子有些懊悔，但是说出去的话如同泼出去的水，想收也收不回来了。这个可怜的女人也只能扑倒在床上嘤嘤哭泣起来。

这件事很快被戴藜兰知道了，她觉得这是个机会，就来到黑道哈桑的家里，在他家楼下一边大声呼唤着神明的名字，一边做着祷告。戴藜兰也确实会点小法术，她在做祷告时，就使用魔法让自己全身镀上光芒，周围的人看起来，她简直像神明一般。

黑道哈桑的妻子透过窗户看到了她，她对身边的侍女说："你看看那个老婆婆，她好像神明啊。你把她叫上来，我想跟她说说我的困惑。"

侍女走到楼下，看见门卫艾布·阿里正在亲吻戴藜兰的手，恳求地说："老婆婆，求您给我喝一口您的水吧！让我沾沾您的福气。"

"可怜的孩子，你有什么想要神明帮助的吗？"此时的戴藜兰看起来就像是最善心的婆婆。

艾布·阿里说："我受雇在黑道哈桑家，他已经三个月不给我薪水了，我想改变自己的命运，求您给我喝口水吧！"

戴藜兰取下肩膀上的水袋，在艾布·阿里喝水的同时，她放了三枚金币在壶口，等艾布·阿里一放下水囊，金币就会掉下来。

艾布·阿里喝完水，金币如预期般从壶口掉下来。他半跪下来，恭敬地对戴藜兰说："老婆婆，这是您的金币。"

"不！"戴藜兰退后一步，"我可不是贪小便宜的人，这是神赐给你的。"

艾布·阿里感激地对着天空三叩首，又反复亲吻戴藜兰的手背，视她为神的使者。

侍女把这一幕看在眼里，对戴藜兰也很敬佩，一路把她引到自己女主人面前。

黑道哈桑的妻子坐在梳妆台前，戴藜兰看她满身珠光宝气，兴奋得眼睛都瞪大了。她对女主人说："您的眉间为什么会布满愁云呢？"

女主人抑郁地说："我在新婚夜逼我丈夫发出不另娶的誓言，但是婚后我们一直没有孩子,我的丈夫很不满,说要娶别的女人来给他生孩子。我正是为这事烦恼。"

戴黎兰握住女主人的手:"孩子,我会为你祈祷的,我每周五天都会为你做祷告,相信我的能力吧!"

女主人感激得泪眼婆婆:"老婆婆,我真的害怕他再娶,他有那么多的家产、田地,如果他真的娶了别的女人,生了孩子,我的地位就不保了。等他百年之后,我又往哪里去呢?"

戴黎兰略作沉思状:"如果是这样的话,我就帮不了你了。我要带你去见一个人,他是人间的真知,凡是有难处的人去找他,都会得到解决。而想要孩子的人去拜见他,也能梦想成真。孩子,我带你去拜见他。"

"可是,我从来没有出过门,哈桑也不让我出门。结婚后,我就一直待在这间房子里,除了仆人和看门人,谁也没有见过。"女主人为难地说。

"想想看,孩子。"戴黎兰进一步引导她,"说不定回来之后,你跟你丈夫就能拥有自己的孩子了。"

受孕这件事对黑道哈桑的妻子来说,实在是太具诱惑力了。她听从戴黎兰的劝告,换上自己最好的衣服和首饰,吩咐侍女看好家门,就随着戴黎兰出门了。

戴黎兰边带着黑道哈桑的妻子往闹市走,边琢磨自己如何才能把她的衣服和首饰都扒下来。她回头对黑道哈桑的妻子说:"每一个见到我的人,都会把他的苦恼加在我身上,我身上的负担太重了,为了防止这些困扰侵害到你的身体,你还是离我远点走吧!保持能看到我的身影的距离就可以了。"

黑道哈桑的妻子点点头,心里对戴黎兰充满感激。她远远跟在戴黎兰身后,头上的首饰、腕上的镯子和脚上的脚链发出叮叮当当的声响,听得戴黎兰心里直痒痒。

带着美丽的黑道哈桑的妻子走过大街小巷,戴黎兰还是没有想出一个能把她衣服扒掉的办法。当走到一个店铺前,店主赛义迪·哈桑呆呆望向黑道哈桑妻子的眼光让戴黎兰生出一计。

戴黎兰对黑道哈桑的妻子说:"你坐在门口等我一下,我要去办点事。"

黑道哈桑的妻子同意了。戴黎兰走到店铺里问店主:"你就是赛义迪·哈桑吗?"

"没错,我是赛义迪·哈桑。"店主好奇地问,"老婆婆,您怎么知道我的名字呢?"

戴黎兰说起谎来脸不红气不喘:"是神告诉我的。赛义迪·哈桑,你看到外面

第八章 骗子的法术

坐着的那位姑娘了吗？她是我的女儿,她的父亲为她留下一大笔钱。现在,她到了嫁人的年纪了,我特地把她带过来跟你相亲。她是个好姑娘,从来都是大门不出二门不迈的。这是她成年之后,我第一次带她出来。如果你跟她能够情投意合,我就把她嫁给你,然后给你钱开两个店铺。你看怎么样？"

赛义迪·哈桑一听,自然乐意,他曾经向神祈求,希望神赐予自己一个美丽的妻子,一份稳定的事业。现在,只要娶了那个美丽女子,这一切愿望就都达成了。

"我当然愿意,感谢伯母对我的厚爱。"赛义迪·哈桑说着就准备关店铺了,他在临走前暗自打起小算盘：也许此次相亲成功,需要支付点定亲的钱吧！他到柜台里拿了一千个金币,满满地揣在怀里。

戴黎兰把这一切都看在眼里。等赛义迪·哈桑关好店门,她对他说："我家女儿害羞,你就跟在她后面吧！保持能看到她身影的距离就可以了。不要吓着她。"赛义迪·哈桑应允了,就这样,戴黎兰、黑道哈桑妻子和赛义迪·哈桑三个人远远相随,继续穿过大街小巷。

戴黎兰此时发愁了,人和钱都到齐了,可是我要把这商人跟那小娘子带到什么地方去呢？一个人的脸闯入她的视线中,那是染匠穆罕默德哈,他是个声名狼藉的家伙,只要有利益在,让他做什么都可以。

戴黎兰走到穆罕默德哈面前问他："你就是穆罕默德哈？"

染匠很意外："老婆婆,我们认识吗？"

"听着,看到我身后的姑娘和小伙子了吗？"她指指远处的黑道哈桑妻子和更远处的赛义迪·哈桑,"那美丽的姑娘是我的女儿,那帅气的小伙子是我的儿子。我家原本住在一个富丽堂皇的大房子里,但最近来了一个工程师,说我们的房子需要修葺。我想让我的女儿和儿子借住在你家,等到我们房子修好后,我会付你丰厚报酬,你看行不行？"

穆罕默德哈瞥了一眼那远处的姑娘,立即就喜欢上她了。更何况,戴黎兰还承诺会给他报酬,这么好的事情,穆罕默德哈当然同意。但他也有难处："我家房子不大,只有一间卧房、一个客厅和一个阁楼。客厅和阁楼我用来招待客人和我的伙计……"

戴黎兰打断他的话："看在神的分上,你就把客厅借给我们住吧！如果你有客人来,我们会很热情地和你的客人合住,绝不给你添麻烦。"话说到这儿,穆罕默德哈也没什么回绝的理由了,把钥匙交到戴黎兰手中,给她指明自家去处。

戴黎兰走到穆罕默德哈的家,用钥匙打开大门,此时黑道哈桑的妻子也跟了上来,戴黎兰说："孩子啊！这里就是那位长老的家了,你赶快上楼去把妆卸下,化妆对长老是不尊重的表现。"

　　黑道哈桑的妻子听话地上楼,走进卧室安安静静地卸妆。此时赛义迪·哈桑也跟了上来,戴藜兰对他说:"这里是我家,麻烦你在客厅里等一下,我马上就让女儿来跟你见面。"

　　戴藜兰上楼,看到黑道哈桑的妻子已经卸好妆,娴静地坐在板凳上等着戴藜兰。戴藜兰做出捶胸顿足的动作来。黑道哈桑的妻子阻止了她的行为,问她说:"你这是做什么?"

　　"我真为你担心啊!"戴藜兰说,"长老有个代理人,但他是个傻子,喜欢赤身裸体。每次见到你这样的大家闺秀时,就会扯掉别人的首饰,扒掉别人的衣服。我劝你还是把衣服和贵重首饰先脱下来放好,再去参见长老吧!"黑道哈桑的妻子听从了戴藜兰的建议,把外衣和首饰都脱下来,仅着内衣站在房间内。

　　戴藜兰说:"你先在这儿等着,我把你的衣服和首饰都放在长老的柜橱里,这样也可以让你沾沾长老的福气。"

　　黑道哈桑的妻子同意了,戴藜兰捧着她的衣物来到楼下对赛义迪·哈桑说:"这下麻烦了!"

　　赛义迪·哈桑满心想着抱得美人归,此时见未来的岳母如此愁容满面,关怀地问:"伯母,发生了什么事?"

　　戴藜兰为难地说:"都怪那些嚼舌根的邻居们,他们看见我把你带回家就问我你是谁,我直接告诉他们,你是我的女婿。那些人看你相貌堂堂,嫉妒心理就燃烧起来了。他们四处散布谣言,还对我的女儿说:'你妈妈实在是太狠心了,居然要把你嫁给一个麻风病人。'我女儿信了他们的话,现在正在屋里哭呢!"

　　"怎么会这样!那现在该怎么办?"赛义迪·哈桑急得像热锅上的蚂蚁。

　　戴藜兰安慰他:"你别着急。我跟女儿发誓说你不是麻风病人,只要你脱光衣服到她面前,让她看一眼,她就放心了。"

　　赛义迪·哈桑愤怒地把衣服一脱:"我真受不了这些嫉妒者的胡言乱语!"

　　戴藜兰附和着他的话,看他把衣服脱下来,自己则用他的衣服包起他的金币,向门外走去,假装去叫自己的女儿。然后又把黑道哈桑妻子的衣服也包起来,急急忙忙往外走。

　　回去的路上,她碰到了穆罕默德哈。染匠问她:"我那房子怎么样?"

　　"一点都不好!"戴藜兰边说边从衣服里掏出一枚金币,"我现在要去买床被子,你帮他们买点酱肉吃吧!"

　　穆罕默德哈接过金币,照戴藜兰的吩咐买了酱肉回家。与此同时,在房子里等待见长老的黑道哈桑妻子也等不及了,走下楼来,果然看到一个裸身的男子。她用手遮住自己的重要部位问男子:"你是长老的使者吗?"

赛义迪·哈桑意外地看着她:"什么长老?你母亲呢?"

此时,穆罕默德哈正好带着酱肉进门,看见赤身裸体的小娘子和赛义迪·哈桑,惊愕地问他们:"你们的母亲呢?"

三方一对口,才知道都上了戴黎兰的当。穆罕默德哈只好自认倒霉,给黑道哈桑的妻子和赛义迪·哈桑各找了一件蔽体的衣服,就打发他们出门了。

魅力埃及

婚礼:埃及的婚礼颇为讲究,当男女双方进入适婚年龄时,男方要不停地送女方礼物,等到订婚时,还要把嫁妆的三分之二返还给女方作为聘礼。举行婚礼的那一天,女方的母亲要亲自布置花车,新娘会坐在用昂贵克什米尔毛绸和玫瑰花装饰的花车上嫁到男方家。到了新房,两个新人要共饮一杯清泉水,代表着以后会一起享受甜蜜的婚姻生活。婚礼的酒席大概要持续一个月左右,花费的数目颇为庞大。

流传千年的埃及神话故事

世界上最慷慨的人

阿里·米斯里向水夫讨水

谁是世界上最慷慨的人？答案是没有这个人，因为妇女们都还在生产，新生儿不断涌现在世界上，谁也不能承受这个"最"字。这样的答案有趣吗？这个带着辩证意味的答案却不是哲学家给出的，而是埃及的一个水夫，以终日在市场上贩卖水为生。

在水夫出场之前，我们先来认识另一个人。他的名字叫做阿里·米斯里，是一个大骗子，开罗的巡警曾设陷阱抓到他，但等第二天再去看时，已经是人去陷阱空了。那是开罗的巡警们第一次抓到他，也是最后一次抓到他，在那之后，就没人再见过阿里·米斯里了。开罗的居民们盛传阿里·米斯里已经逃亡国外，但其实阿里·米斯里还在开罗城内。

阿里·米斯里并不怕巡警，但他的老管家很怕，这个管家在某种程度上更像是他的长辈而不是仆人。他反复劝说阿里·米斯里不要出去，暂时避避风头。阿里·米斯里拗不过老管家，只好待在家里大门不出二门不迈，过着小媳妇般的日子。

没过几天，阿里·米斯里实在憋不住了，趁老管家出门买菜之际，偷偷溜出家

206

第八章　骗子的法术

门,到开罗城中散步。从酒馆门前经过时,阿里·米斯里停下脚步,酒馆里飘出的酒香勾起了他肚子里的馋虫。"不如进去喝杯酒再回家吧!"阿里·米斯里这样想着,脚就迈了进去。

酒馆里的人不少,幸好没有一个人能认出阿里·米斯里。阿里·米斯里也就默不出声地坐在门附近的酒桌上一个人喝着闷酒。酒喝到微醺的时候,一个水夫扛着水囊走过来。阿里·米斯里把他叫住:"给我来杯水。"水夫恭恭敬敬地倒了杯水给他。阿里·米斯里闻了闻,手一倾斜,水就从杯中倾泻到地上,地上顿时湿润一片。

"你不喝吗?"看自己辛苦打来的水被人糟蹋,水夫不高兴了。

"我喝。"阿里·米斯里醉眼看他,不屑的口吻说,"再给我倒一杯我就喝。"

水夫又给他倒了一杯,阿里·米斯里又以同样的手法把水洒落一地,并且要求水夫再给他一杯。水夫耐着性子倒了第三杯给他,这杯水的下场和前两杯一样。阿里·米斯里看出水夫的愤怒,并不以为然,从怀里掏出一枚金币交到他手中。

"感谢你,年轻人,你可真够厉害的!"水夫的话里暗含讽刺。阿里·米斯里听出来了,借着酒意,拔出腰间的刀,叫嚷着要杀死这看不起人的水夫。

"老头!你一袋水才值多少钱!我不过倒了你三杯水,给你一枚金币,你有什么不高兴的!"

水夫这时有点害怕了:"没,我很高兴,我说了感激。"

"难道我不是这个世界上最慷慨的人吗?你竟然敢小看我!"醉意渐浓,阿里·米斯里觉得舌头都不是自己的了。

"最慷慨的人?这我可不敢说,在这个妇女还能生育的社会,新生儿不断出生,要说您是最慷慨的,那我就是在撒谎,我怕神明会降罪。"水夫是个虔诚的教徒,宁愿被杀,也不肯说假话。

"不管那些没出生的!我难道不是最慷慨的吗?"阿里·米斯里的眼睛变得红彤彤的,看得水夫有些害怕,但他还是决定忠于自己的教义。

"就当今社会来说,您也不是。让我给您讲一个故事吧!"听到讲故事,阿里·米斯里松开水夫,重新坐回座位上,反正以他的武艺,他也不担心水夫能逃走。

"我的父亲曾经是开罗卖水者的头目,他去世后,给我留下一间房子、五头骆驼、一家店铺和一匹驴子,也不能说是不丰盛。但我是个虔诚的伊斯兰教徒,在父亲死后,我想去麦加朝圣,于是变卖所有的家产,只身前往麦加。这一路花费很多,当我在麦加朝圣完毕时,身上不仅没有一分钱,还欠下了五百金币的外债。我当时就在琢磨,如果我回到埃及,一定会被讨债的人追得尸骨无存,我还不如去投靠父亲的老友。

　　于是我去了巴格达城，找到父亲的老友，他是巴格达城卖水者的头目。他听说我的遭遇后，给了我一间房子和一个水囊，让我继承父亲的衣钵。就这样，我在巴格达城里一住就是半年。半年后的一天，我上街卖水，街上的行人突然都疯狂地奔跑起来，我随着人群奔跑，看到一队骑兵，他们个个威风凛凛，头戴缠头，腰佩宝刀。我拉住路边的行人问，这是谁的部队。他说是艾哈麦德·戴奈夫的……"

　　"艾哈麦德·戴奈夫！"阿里·米斯里兴奋地叫起来，"我认识他！"

　　"您听我说完……"水夫又开始讲述他关于"世界上最慷慨的人"的故事，"我继续问路人，这艾哈麦德·戴奈夫是什么职位，他说近卫军队长，负责维持巴格达城内外的安全。他本人每个月能领到一千个金币呢！我和路人正在讲话，谁知被艾哈麦德·戴奈夫看到了，他把我叫到面前，问我是哪里人。我说自己是埃及人，把身世讲给他听。艾哈麦德·戴奈夫对我很是同情，赏给我五个金币，还让他的部下每人给我一枚金币。那天之后，艾哈麦德·戴奈夫经常接济我，过了没多久，我竟然攒到了一千多个金币，我开始有些怀念埃及了。艾哈麦德·戴奈夫知道后也没拦着我，还很慷慨地给我一匹马和一百个金币，而他所要求的不过是把一封信给一个叫做阿里·米斯里的人。"

　　水夫朝天长叹了一口气："我对不起恩公，我竟然到现在都找不到阿里·米斯里。"

　　阿里·米斯里拍拍水夫的肩膀："老头，算你幸运，我就是阿里·米斯里！你把信给我吧！"水夫喜出望外，把信从贴身的衣服中取出来，递到阿里·米斯里手中。

　　信的确是艾哈麦德·戴奈夫亲手写的，他在信里说，自己在巴格达城得到了哈里发的信任，拥有了自己的部下，这些人中有个叫阿里·凯台夫·加麦尔的好小伙子深得他心。艾哈麦德·戴奈夫简单介绍了自己在巴格达城的现状，在信的最后，他对阿里·米斯里发出邀请："如果你还记得我们曾经发过的有难同当、有福同享的誓言，就来巴格达城找我吧！"

　　阿里·米斯里看完信后，兴奋异常，没想到自己在埃及差点待不下去了，自己的好兄弟竟然在另一个国家取得了这么巨大的荣耀，他把信放在唇边反复亲吻，后来又掏出十个金币赏给水夫，便回家收拾行囊准备赶往巴格达城了。

第八章 骗子的法术

魅力埃及

艳后艳不艳：伊丽莎白·泰勒演绎的埃及艳后深入人心，在人们的思想中，这位迷倒凯撒大帝的王后克丽奥佩托拉七世必定是风华绝代。但科学家们却否认了这个观点，他们在一个古罗马金币上发现了克丽奥佩托拉七世的头像，她有高高的鼻梁，单薄的嘴唇和过于向外突出的下巴。虽然埃及艳后的容貌人们存有异议，但对于她的智慧、气质和整体魅力却无人提出异议。莎士比亚曾盛赞她："岁月不能催她变老，人世不能让她变得庸俗，其他女人使人烦腻厌食，而她却使人胃口大开，让人欢欣备至。"

勇敢的阿里

埃及的大骗子阿里·米斯里即便是遭到埃及政府的追捕,还是有一大群人愿意追随他,但当他接到好朋友艾哈麦德·戴奈夫的邀约时,就不得不跟这么庞大的兄弟团说再见了。

"你真的要走吗?"阿里·米斯里的副手见他收拾起所有的行囊,不禁发出疑问。

"是的。我要去赴艾哈麦德·戴奈夫的邀约。"

"可是……"副手为难地启齿,"我们的库存已经不多了,你走了,我们这些兄弟要怎么过活呢?"

"放心吧!"阿里·米斯里拍拍他的肩,"我会给你们寄钱回来的,等我在巴格达城站稳脚跟,我就派车来接你们!"

在兄弟们的依依惜别中,阿里·米斯里跟着一个商队踏上前往巴格达城的旅程。一路上,阿里·米斯里和商队相处融洽,他为人大方,经常请商队的人喝酒;他也很风趣,给商队人讲自己的经历,听得他们都敬佩不已。

商队走到一片茂盛的森林前,众人停下脚步开始抽签,商队的头目抽到了有特殊标志的签,他哭丧着脸说:"该是我怎么也躲不掉。在我死后,你们要发誓把我的钱财都带给我的妻子和孩子们。"众人也都掉着眼泪说一定办到。

"你们这是做什么?"阿里·米斯里完全被他们的举动搞糊涂了。

商队的人道出缘由:"阿里·米斯里,你有所不知,这森林里有只凶猛的狮子,每次经过这里,我们都要推举出一个人来做它的食物,它才肯放剩下的人继续前进。"

"你们真没用!"阿里·米斯里挥舞着拳头,"人类怎么能屈服于这种猛兽呢?你们越是这样怯懦,它就越是凶猛。看我帮你们把它杀了!"

抽中死签的商队头目绝望地摇头:"别费力气了!这狮子是不可能被打败的,它尖锐的指甲能把地面挖出一道深坑。"

阿里·米斯里不信邪,就在他们说话的当口,狮子从森林里窜出来,朝众人咆哮不已。

第八章　骗子的法术

众人都往后退，前进的只有两个人：商队的头目和阿里·米斯里。商队头目是抱着必死的心态往前走的，而阿里·米斯里则拔出腰间的剑，全力向狮子冲去。狮子没有想到会有人敢于反抗它，一时间竟愣在原地，遭受了阿里·米斯里的狠狠一击。

阿里·米斯里的宝剑是请有名的工匠专门定制的，锋利无比，能够达到削铁如泥的地步。阿里·米斯里相信，只要剑锋碰到狮子的身体，它就必死无疑。果然，等了两秒钟，狮子的头哐当落地，血溅出三尺远。

商队头目这才反应过来，他跪倒在阿里·米斯里脚下："您救了我的性命，我愿做您一辈子的奴仆！"

阿里·米斯里扶起他，头目为了表示感谢，从包袱中掏出一千个金币，而他身后的大小随从也纷纷解囊感谢阿里·米斯里的救命之恩。而阿里·米斯里也没客气，揣起金币继续上路。接下来的路程，他担心狮子有同类追杀过来，催促商队连夜赶路，直到到了安全的地方才稍作休息。

商队很快又遇上了第二次劫难，一队强盗挡住去路，这队强盗的头目是附近最恶的，商队一看到他们的身影就又感到绝望："完了，这下人是没问题了，货物和钱财却是不保了！"

阿里·米斯里依旧不畏强险，奋起杀敌，把匪首的脑袋一剑砍下，保全了商队的财物。为了表示感谢，商队的人又掏出一千个金币，阿里·米斯里可谓收获颇丰。

商队很快到达巴格达城，阿里·米斯里找到一个可靠的人，让他把所有的金币都运回埃及，交到副手手中，给自己的团队当营运资金。

魅力埃及

毒蛇终结者：埃及獴是一种身形娇小、动作灵活的哺乳类动物，它们因为高超的捕蛇本领而闻名于世。埃及獴是杂食动物，除了毒蛇，它们还爱吃各种小动物，比如鸟、田鼠等。而各种动物的蛋也是它们的最爱，它们常常会把蛋竖立，退后几步，然后再猛地往前一扑，把蛋击碎。埃及獴曾被非洲国家带到不同的岛屿上，希望它们能控制岛上毒蛇的数量，但不幸的是，埃及獴也攻击其他的小动物，导致岛上不少动物濒临灭绝的惨状。

流传千年的埃及神话故事

让人心动的女骗子

戴黎兰在用沙盘卜算

埃及的大骗子阿里·米斯里到了巴格达城，他向路人打听艾哈麦德·戴奈夫的住处，但善良的巴格达城居民看他打扮、口音都和本地人不同，谁也不肯告诉他。

阿里·米斯里在巴格达城慢慢蹓跶，他在市中央的广场上看见一群玩耍的孩童，他嘲讽地对自己说："看来，除了问这些孩子，没有人愿意告诉你艾哈麦德·戴奈夫的住处了。"

这群孩子中有个叫做艾哈麦德·莱各图的，他是巴格达城大骗子戴黎兰的外孙，他看起来比同龄人都要成熟，阿里·米斯里也就锁定了他，悄悄走到他身边，问他："孩子，能跟你说几句话吗？"

艾哈麦德·莱各图冷冷地问他："你要做什么？"那眼神一点也不像是个孩子。

阿里·米斯里说："我曾经有过一个儿子，他很久之前去世了，昨天我梦见了他，他向我撒娇要糖果吃，可是我再也不能买真的糖果给他吃了，所以我想买些糖果给你们这些孩子吃。"说着，就从口袋里掏出一颗糖，那糖他之前做过手脚，在糖纸上粘了一枚金币。

212

第八章　骗子的法术

艾哈麦德·莱各图接过糖，看看那上面的金币，笑着说："这种伎俩也想骗到我？我可不是两三岁的儿童。"

阿里·米斯里看骗不到他，就实话实说道："实不相瞒，我想找到艾哈麦德·戴奈夫，可是我是个外乡人，城里的路人都不告诉我，我只能向你求救了。"

艾哈麦德·莱各图也是个谨慎的孩子："既然大人们都不能告诉你，我也不能。"

阿里·米斯里一点也不泄气，他对艾哈麦德·莱各图说："这枚金币其实很好赚，只要你在前面走，我在后面跟着，到了艾哈麦德·戴奈夫的住所，你示意我一下，这枚金币就归你了。你总不是个傻孩子吧！见了金币也不动心？"

"那好吧！我在前面跑，你在后面追，到了艾哈麦德·戴奈夫的门口，我用脚趾夹个石子砸他的大门，你就知道他住在哪里了。"艾哈麦德·莱各图说完，拔腿就跑。

阿里·米斯里跟在他后面，跑了两条街，艾哈麦德·莱各图终于停了下来，用脚趾夹起一个石子，朝一个白色大门狠狠踢去，阿里·米斯里就知道了艾哈麦德·戴奈夫的住处。

但此时，他已经不想让这个孩子这么容易就赚到一枚金币了，他揪住艾哈麦德·莱各图，让他归还金币，孩子怎么都不肯，阿里·米斯里无奈地笑着说："好吧！聪明且勇敢的孩子，如果有朝一日，我当了官，一定会找你来做我的部下。"

他放开艾哈麦德·莱各图，孩子转眼间就跑得无踪影了。

阿里·米斯里走到白色大门前敲门，他大声嚷嚷道："阿里·米斯里来了，快叫艾哈麦德·戴奈夫开门！"

艾哈麦德·戴奈夫亲自前来迎接，他部下的四十几个兄弟也都热情拥抱了阿里·米斯里，对他的到来表示欢迎。

艾哈麦德·戴奈夫拿出一套衣服给阿里·米斯里："这是哈里发发给我的部下的制服，先委屈你穿上，当几天我的部下，等哈里发有兴致时，我立即推荐你进宫。相信以你的能力，官位不会比我低的。"

阿里·米斯里感谢万分，揽着艾哈麦德·戴奈夫的肩参加他为自己准备的洗尘宴。

第二天，艾哈麦德·戴奈夫要出街巡逻，他对阿里·米斯里说："你好好待在家里，千万别乱走动。"

阿里·米斯里不高兴了："我在埃及就天天待在家里，到你这儿还是待在家里，我可不是来坐牢的。"

艾哈麦德·戴奈夫耐心解释说："你可有所不知，巴格达城里到处都是骗子，他们的骗术可比埃及的骗子高明得多，你没弄清楚他们的实力之前，还是别贸然行动地好。"

阿里·米斯里不听劝，他相信自己的技术，凭他行走江湖的经验，谁能骗得了他！艾哈麦德·戴奈夫前脚刚出门，他后脚也跟着出门了。

阿里·米斯里在城里晃了半天，觉得肚子饿了，就找了一间小旅馆坐下来品尝巴格达的美食，吃饱之后，站起来到门口的井边洗手。这时，恰好戴藜兰带着她的四十位仆人从街上经过，站起身来的阿里·米斯里吸引了她的注意力。

戴藜兰暗自思量，这人和艾哈麦德·戴奈夫身形相像，气质比艾哈麦德·戴奈夫更胜一筹，他腰间佩着宝剑，目光炯炯有神，这人恐怕不是什么善类，自己一定要小心提防。

回到家，戴藜兰就拿出沙盘卜了一卦，她算出小伙子名叫阿里·米斯里，是艾哈麦德·戴奈夫的好朋友，她正要查看他的命盘时，她的女儿宰乃白走到她面前："母亲，您为什么拿出沙盘？城里来了什么新鲜的人吗？"

"我今天回家时看到一个男人身形和艾哈麦德·戴奈夫很像，刚才卜出来的结果表明，他是艾哈麦德·戴奈夫的好朋友。你曾经骗过艾哈麦德·戴奈夫和他的部下，我怕这小伙子是来帮艾哈麦德·戴奈夫报仇的。"

宰乃白呵呵笑起来："母亲啊！这有何难，让女儿去戏弄他一番，不就知道他的深浅了？"

宰乃白精心打扮一番就出门了，她本身就是个倾国倾城的美女，再加上首饰和华服的衬托，整个街道上的人都在看她。她不理会他们的眼光，只在人群中搜索阿里·米斯里的身影。等到好不容易在人群中找到他时，她立即走上前去，装作不经意的样子撞了他一下，然后回头用楚楚可怜的眼光看着阿里·米斯里："对不起，我没仔细看路。"

阿里·米斯里初被撞时很郁闷，待看清撞他的人时，他的眼睛就没能从她身上挪开，她是他见过最美的女人，她的一颦一笑都是风情万种。

"小娘子，你有主人了吗？"阿里·米斯里呆呆地问她。

宰乃白掩袖轻笑："有，是和您一样的俊俏少年，但他是个花花公子。"

"他跟您有婚约了吗？"

"我已经结过婚了，他是我的丈夫。"宰乃白说，眼睛还不忘勾住阿里·米斯里的心。

"我还有幸见到您吗？"阿里·米斯里还是那副呆呆的样子。

看自己的美人计得逞,宰乃白在心底得意地笑,可是表面上还是楚楚可怜的模样:"实不相瞒,我的丈夫在新婚时对我很好,可是没过多久,他就开始不间断地外出,我也不知道他是真的去做生意还是别的什么。我今天一个人在家寂寞地做完饭,可是没有人陪,一点胃口都没有。幸好遇见了您,我……"宰乃白做出害羞的表情,"我便对您一见钟情。如果您不嫌弃,能去我家坐一会儿,让我快乐点吗?"

"当然可以!"阿里·米斯里忙不迭地点头,"坐多久都可以啊!"

宰乃白暗笑,径自在前面带路,绕了很多个巷子还没有走到。

阿里·米斯里此时多了个心眼,他暗想,我是个外乡人,对这里地形不熟,听说在巴格达城里通奸,外乡人的罪过是很重的,如果这小娘子刻意想骗我,我可怎么办啊?还是早溜走为妙。

主意既定,阿里·米斯里对宰乃白说:"改天再去您家吧!我们另约时间好吗?"

宰乃白做出黯然神伤的表情:"我难得遇见一个知心人能让自己快乐,我的命怎么这么苦啊?眼看着家就在面前,自己却还是快乐不了。"

阿里·米斯里看美女双眼欲泪的样子,于心不忍,对宰乃白说:"你家在这附近?"

"是啊!"宰乃白指着不远处的白色楼房,"那就是我家。"

阿里·米斯里跟着宰乃白来到大门前,门上一个坚固的锁将军挡住了路。

"你去开门吧!"宰乃白对阿里·米斯里说。

"给我你的钥匙。"

宰乃白做出寻找的姿势,半晌欲哭无泪道:"钥匙被我弄丢了。这可怎么办啊!"

"没有钥匙进家门属于偷窃行为,我绝对不可能做这样的事!更何况,没有钥匙,我也根本不会开门啊!"阿里·米斯里严词拒绝。

宰乃白轻叹了一口气,当着阿里·米斯里的面,把之前一直戴在脸上的面纱拿掉。阿里·米斯里一看她的五官,更是惊为天人,她美得像是雕刻出的神像。

宰乃白把面纱罩在锁上,没用几下锁就拧开了。阿里·米斯里一直盯着她的脸看,根本没注意她开锁的手法。

走进屋,阿里·米斯里猴急地想亲宰乃白的脸颊,却被她轻轻推开了:"有些事,要夜幕降临做才有意思呢!"宰乃白为阿里·米斯里端来饭菜,在他酒足饭饱后,还亲自端水为他洗手。

当一切工作都做完时,宰乃白突然大哭起来,阿里·米斯里看不下去,轻轻揽过她的肩问她到底发生了什么事。

宰乃白说:"我刚才帮你打水洗手的时候,不小心把我丈夫的一个戒指掉到井里了。那戒指是他的一个债务人当作五百个金币抵押给他的。要是被他知道丢了,一定会很生气的。"

宰乃白挣脱阿里·米斯里的怀抱,做出脱衣服的假动作:"可人儿,你等我一下,我下到井里把戒指捞上来,再和你共度良宵。"

阿里·米斯里被美人的举动完全迷惑住了,他按住宰乃白的手:"我是个男人,我在这儿,却让你做下井的粗活,你让我颜面何存。你在井上等着我,我帮你把戒指捞上来。"

阿里·米斯里脱掉衣服,让宰乃白把绳索系在他腰上,把他慢慢放下井。

阿里·米斯里还没到井底,宰乃白就故意说:"绳子不够长了,你还不如把绳子解开,直接下水比较方便点。"

阿里·米斯里觉得她说得有理,把绳子解开,赤身站到冰凉的井水里。

宰乃白一看计谋得逞,立即蒙上面纱匆匆走出大门。回到家,宰乃白得意洋洋地对戴藜兰说:"母亲,你放心吧!我把阿里·米斯里骗到了黑道哈桑的井里了。这下就不用担心他会来找我们麻烦了,黑道哈桑会帮我们整治他的。"

"黑道哈桑?我曾经骗过他的妻子,如果他这次发现了又是我们搞的鬼,会不会报复我们?"

"放心吧!母亲。"宰乃白自在地端起茶杯,小抿了一口,"他根本都不知道我是谁。"

另一方面,黑道哈桑回到家,看见院门大开,大喊着让手下人寻找小偷,后来一个小士兵在水井里找到了阿里·米斯里。

"你是小偷?"黑道哈桑问。

阿里·米斯里连忙摆手:"不,我不是小偷。"

"那你怎么在我家的水井里?"

"是这样的。"阿里·米斯里正色解释道,"昨天我睡觉时候做梦,梦见自己在河里游泳,我就一直游啊游啊,一醒过来就在你家的水井里了。具体什么……"

黑道哈桑把手里的马鞭狠狠抽了一下,严厉地说:"给我说实话!"

阿里·米斯里一看糊弄不过去,就把自己如何被宰乃白引诱,又如何被骗到水井底的事情告诉了黑道哈桑。黑道哈桑也许因为妻子的事情对骗子憎恨至极,居然没惩罚他,还赠送给他一套干净的衣服,放他回去了。

阿里·米斯里回到艾哈麦德·戴奈夫的住所,向他讲述自己被骗的经历。艾哈麦德·戴奈夫说:"我不是早就告诉你了吗?叫你不要在街上随意闲晃,你就不听。"

艾哈麦德·戴奈夫的部下阿里·凯台夫·加麦尔也在一旁打趣道:"阿里·米斯里,你可是埃及的骗子头啊!如今怎么被一个小姑娘给骗了。"

阿里·米斯里苦笑着摇摇头。

艾哈麦德·戴奈夫问他:"你知道骗你的是谁吗?"

"不知道。"

"她叫宰乃白,是戴黎兰的女儿,她的母亲曾经把我和四十位部下都骗了,把我们的衣服都扒得精光。真是奇耻大辱!"

"为了兄弟们和我自己,我要报仇!"阿里·米斯里愤愤地说。

"你打算怎么办?"艾哈麦德·戴奈夫问。

"我要娶宰乃白!我要做她的主人!"

艾哈麦德·戴奈夫看这个已然被宰乃白的美色迷住的兄弟,也只有无可奈何地好心提醒一句:"这可不是件容易的事。"但阿里·米斯里俨然一副不到黄河心不死的表情,憧憬地望着天空,眼前就默默浮现出那张摘了面纱的倾城的脸庞。

魅力埃及

毛驴选美大赛:虽然有人觉得毛驴看起来笨笨呆呆的,但埃及人却对它青睐有加,视它为"亲密的朋友"。他们还为毛驴举行选美大赛,人们给它们穿上衣服,经过节节比赛,选出"最美毛驴"、"最快毛驴"和"最滑稽毛驴"。埃及的历史上还曾有个"毛驴协会",成员都是著名的文学家和艺术家,不过这个协会可不是研究毛驴的,而是借毛驴坚忍不拔的精神来鼓励埃及人民勇敢反抗当时的英国殖民者的。

流传千年的埃及神话故事

游龙戏凤

埃及骗子阿里·米斯里对巴格达的女骗子宰乃白一见钟情,即使被她骗到井底,也执意想打败她,近而娶她。他的好朋友艾哈麦德·戴奈夫看不下去了,对他说:"你按照我说的方法做,我保证你能戏弄到宰乃白和她的母亲。征服了她,也就离做她的主人不远了。"

阿里·米斯里如拨开云雾见青天般:"你说,我一定照你说的做!"

"把衣服脱掉。"艾哈麦德·戴奈夫拿来一口锅,放进一些柏油烧热,然后把黑色糊状物都涂在阿里·米斯里的脸上,再丢给阿里·米斯里一套奴隶服装,最后施以魔法。阿里·米斯里看起来就是个正宗的黑奴。

艾哈麦德·戴奈夫说:"你打扮成这个样子,就跟宰乃白的厨师很像了。你现在去找他,跟他套关系,把厨房的事情都套出来,然后你想办法请他喝酒,等他醉了,就把麻醉剂灌入他嘴里,穿上他的衣服,给宰乃白做饭。别忘了在饭里也放上麻醉剂,等他们都睡着了,就把他们的衣服都拿回来,如果你真的想得到宰乃白,就顺道把她养的那四十只信鸽也带回来。"

阿里·米斯里听从艾哈麦德·戴奈夫的指导,带上美酒美食,找到宰乃白家里

艾哈麦德·戴奈夫为阿里·米斯里做伪装打扮

第八章 骗子的法术

的厨师对他说："咱们可好久没一起喝过酒了。"

厨师看了阿里·米斯里半天："我们认识吗？"

"当然，我们在酒馆里认识的。来吧！一起喝酒吧！"阿里·米斯里热情地拉厨师往厨房深处走。

"不行，我太忙了，我每天要去买菜，帮宰乃白和戴藜兰以及四十几个仆人做饭，做好后，要先服侍戴藜兰吃饭，然后服侍宰乃白吃饭，再然后要服侍仆人们吃饭，最后还要给那几只看门护院的狗盛饭。我一天的时间全部都浪费在做饭和服侍他们吃饭上了。"厨师抱怨地说。

阿里·米斯里继续热情地拉他往角落走："不打紧，咱们就在这角落里喝几小口，不会耽误你太多时间的。我还带了点烤羊肉，来尝尝吧！"

阿里·米斯里故意把酒壶口拧开，让酒香飘到厨师的鼻子里，他立刻就被吸引住了，搓着手乐呵呵地说："那就喝两口再干活吧！"

阿里·米斯里左一杯、右一杯地劝厨师喝，不一会儿，厨师就醉倒了，阿里·米斯里趁机问他一些关于厨房事情的细节，醉醺醺的厨师一一道来。阿里·米斯里看他已经喝醉，于是喂他喝了一口麻醉剂，就脱掉他的衣服，冒充他的身份大摇大摆地去市集上买菜了。

阿里·米斯里提着一筐菜回到宰乃白家，宰乃白刚好坐在大厅里，她目不转睛地看着阿里·米斯里，阿里·米斯里断定自己的身份不会被人揭穿，也就放心大胆地往前走。

"贼人！你混到我们这里来干什么！"宰乃白一声大吼，阿里·米斯里吓得一哆嗦。但他还是镇定地转过身，问宰乃白："小姐，您有什么吩咐吗？"

宰乃白走到他面前，狠狠地瞪他："你把厨师怎么了？是把他杀了还是麻醉了？"

阿里·米斯里装作迷糊的表情问："厨师？这里不就我一个厨师吗？"

"你别给我装傻！"宰乃白说，"你不是厨师，你是阿里·米斯里！你把厨师给我交出来！"

"阿里·米斯里是谁？"阿里·米斯里摸着脑后勺问，"他是白人还是黑人？"

"他怎么了？"宰乃白身边的仆人问她，"他就是厨师啊！"

"他不是！"宰乃白坚持自己的观点，"他是把自己身体涂黑的阿里·米斯里。"

"谁是阿里·米斯里！我就是萨阿德拉赫！"阿里·米斯里大声喊出厨师的名字。

宰乃白哼了一声："你别得意，我有的是去色油。你待会儿就会现出原形！"

宰乃白从自己的房间里取出去色油，使劲抹在阿里·米斯里的胳膊上，但不管她怎么搓，就是没有颜色下来，那层黑色仿佛真的是阿里·米斯里的皮肤一般。

仆人们看宰乃白不成功，纷纷叫嚷道："让他给我们做饭去吧！肚子都饿了。"

"好啊！"宰乃白的嘴角扯出一抹阴险的笑，"如果他是萨阿德拉赫，那他一定知道昨天给我们做了什么饭！"

这个问题阿里·米斯里恰好问过厨师，他细声慢语地说："每天的午餐和晚餐都是要做五个菜，分别有扁豆、米饭、肉汤、葱头烧肉和玫瑰露等。而昨天加了两道菜，分别是蜜稀饭和煮石榴子。"

"没错，他就是萨阿德拉赫！"仆人们听他报菜正确，欢呼道。实在是腹饿难忍啊！

"不可能，他绝对不是！"宰乃白还是不放弃，"这样吧！我们跟着他去厨房，如果他对厨房了若指掌，我就相信他。如果他不熟……"宰乃白漂亮的眼睛里闪过一丝邪恶，"你们就尽管杀了他！"

仆人们决定再相信宰乃白一次，他们跟着她随阿里·米斯里走到厨房，刚推开门就有一只猫跳上阿里·米斯里的肩上，这只猫是厨师所养，它经常躲到厨房里等主人给它好吃的。看到阿里·米斯里进来，它以为是自己的主人，就急匆匆地上来亲近了。

阿里·米斯里把猫从肩头放到地上，猫就自己蹦蹦跳跳地到厨房门口了。阿里·米斯里看它回首凝视自己的模样，明白了这只猫一定是经常来厨房，他在灌醉厨师时，忘了问他关于钥匙的问题，刚才还在想如何脱身，现在看来，扭转的时机到了。

厨房门口有好几把钥匙，阿里·米斯里看到其中一把上有根羽毛，他大胆猜测这就是厨房的钥匙，拿起钥匙一试果然不假。厨师的猫首先蹿了进去，它站在一道门前就不走了。阿里·米斯里心想，这猫一定是在厨房吃东西吃习惯了的，它走的地方肯定是仓库。

阿里·米斯里跟着猫来到那门前，看到门口挂着几把钥匙，其中一把沾满油渍。阿里·米斯里拿起来，打开房门，里面就是厨房。

"他就是萨阿德拉赫！"仆人们异口同声说。

宰乃白虽然依旧觉得怪异，她看得出来阿里·米斯里只是根据猫的行为判断房间的，但她也找不出具体的证据，也只得作罢。

阿里·米斯里镇定地在厨房里做饭，饭煮熟后，他小心地撒上麻醉剂，然后把这些含有麻醉剂的食物端上去给宰乃白和她母亲吃，最后给仆人们吃。他刻意把

第八章　骗子的法术

喂狗的时间延迟了一些,他害怕狗敏锐的嗅觉会闻出异常。

等院子里的人都被麻醉剂麻醉,阿里·米斯里才放心大胆地拿起宰乃白和戴黎兰的服饰,顺手拎起宰乃白养的信鸽的笼子,跑回艾哈麦德·戴奈夫家。艾哈麦德·戴奈夫用特殊的去色油往阿里·米斯里身上一泼,阿里·米斯里立即恢复了皮肤原来的颜色。阿里·米斯里脱下厨师的衣服,又回到宰乃白家给厨师穿上,给他喂了解药。厨师缓缓苏醒过来,像什么事都没发生一般,挎着菜篮子出门买菜去了。

魅 力 埃 及

侧面正身律:当观看埃及的壁画,你是否会觉得有些奇怪?画中的法老和王室子孙,他们所呈现的都是侧面,侧面的脸,侧面的身体;但他们的眼睛和腿却是正面的。这就是古埃及神奇的艺术法则——侧面正身律。埃及人认为人的身体从鼻尖到肚脐形成一条正中线,这条正中线让人体左右对称,因此,以正中线为基准的坐姿、站姿是最稳定的,而只有稳定的状态才能正确找到通往天堂的路,进而使灵魂复活。